# 沉月之鑰

水泉——著 竹官——繪

愛藏版・第一部・卷三

JOKER

# Content

## 〈封祭〉

## 〈殊途〉

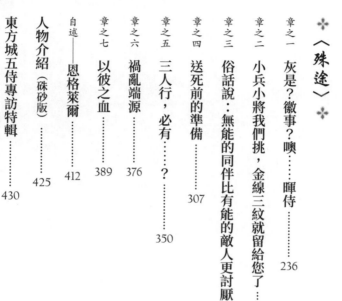

# 封祭

## 范統的事前記述

喔哈哈哈、啊哈哈哈哈哈。

啊，我一時之間真的不知道該說什麼，是這次實在太逼近真正的死亡，卻又因為對象而太不真實了嗎？

所以，這麼說來，我怎麼還笑得出來呢？

我想我天生樂觀的本性在這種絕境之中應該無法發揮才對呀，真的發揮的話，那應該叫做白目而不是樂觀了吧？

才剛熱鬧過完年、抽完籤、參加了轟轟烈烈的比武大賽，感覺人生才正要開始精采呢，為什麼我就要死了呢？

我甚至也還不知道暉侍的下落如何啊——啊，這個是抓來湊數的，其實相較之下，這個我不怎麼關心，對我來說，關心今天的晚餐是什麼還比較有意義。

但是，我還有機會吃到今天的晚餐嗎？

嗯，即使是在如此生死交關的一刻，我還是要再來徵求一次女友。因為再不徵就真的沒有機會啦！被那發光的武器砍到不會重生的！那時候就什麼也不剩啦！女人！妳們這些女人！真的不考慮在我還活著的時候嫁給我嗎！我知道我的嘴巴很可恨，但是妳們難道不覺得在它還可以動的時候跟我交往比較好？這真的是最後的機會了，現在開放報名，快一點啊！

沒有人嗎？真的沒有人嗎？

唉，為什麼刀劈下來到頭頂的這一秒就如同一世紀一般漫長？

對不起，我說錯話了，其實我很希望這一秒如同一世紀一樣長久，因為我不想死啊——！

可惡，月退你要是讓我沒娶到老婆就死了，管你三七二十一，我就算是魂飛魄散也一定不原諒你啦！

章之一

# 崩界

『范統，如果有生命危險的話，你可以丟下朋友逃走。』——范池（范統的爹）

『不是吧！如果有生命危險的話，你也會丟下兒子逃走嗎！死老爸！』——范統

『這個，爸爸就先走一步了。』——范池（范統的爹）

『你到底出來做什麼的——展示你那跟我一樣愚蠢的名字嗎——』——范統

在月退持著那把熾亮到令人覺得刺眼的刀劈下時，那毫不留手的力道，甚至可以讓范統感覺到一股撕裂空氣的風壓，尚未貼近，就已經迫得他有種要被震傷的錯覺。

會死。

真的會死。

無論是這扭曲而失色的世界帶給他的壓力，還是從上方而至，來自於月退，足以將他一刀斃命的攻擊，都只能讓他的腦袋浮現「死」這個字。

范統不是不想掙扎，只是無從抵抗。

他發現自己只能沒用地發抖，即使手沒有被綁住，也逃不掉。

上次西方城的敵人要砍他的時候，是月退出來救他的。

那麼，這次呢？還有誰嗎？

「嘖！」

在范統意識到某個聲音穿插進來時，有一隻手已經飛快地扯住他，然後他的視線忽然往旁平移了好幾公尺，那是一種十分奇妙的體驗，當他抬頭看到硃砂俏麗的臉孔時，結合硃砂之前說過的話，他頓時腦中靈光一閃。

「這、這不就是瞬間挪移？」

硃砂瞪了他一眼。

「你死裡逃生想說的第一句話就是這個嗎？」

這麼說來的確是……我應該感謝妳的大恩大德嗎？可是，我們的危機好像還沒有過去耶？剛才綁著范統的地方，被刀氣破壞出了一道深深的痕跡，而一擊未果的月退已經轉過了身，殺氣直接便鎖定到他們身上來，即使隔了一小段的距離，那種必死無疑的感覺還是瞬間籠罩了他們全身。

「發生了什麼事，范統？」

硃砂緊盯著狀態完全稱不上正常的月退，冷靜地問著。虧她在這種異常環境中還如此處變不驚，相較之下，范統的內心可是波濤洶湧，波瀾萬丈，海嘯到都快把他自己掀翻了。

「妳為什麼可以這麼驚恐地問我問題，我們沒有這個時間嗎？」

不，我是說妳為什麼可以這麼悠哉地問我問題，我們有這個時間嗎？他隨時會出手攻擊啊！

「喔，因為……」

硃砂還沒解釋，月退就忽然動了，這次不同於剛才緩緩移動的模式，他幾乎是一踏出步伐，身形就向前躍動了一大寸，明明他單薄的身軀仍淌著血，卻可以進行這樣靈敏迅速的移動，如果他沒有受傷，不曉得他們是不是還沒反應過來就被做掉了呢？

不過，月退的刀在做出攻擊之前，卻先折回做了防禦的動作，前進的動作也不得不為之停頓。

原因是緊接著出現的音侍揚手揮去的一道劍氣。

音侍大人！您居然還是來了啊？難怪硃砂一點也不緊張，是這個原因嗎？

范統在看見音侍出現的時候，多少因為生命出現一線曙光而感到欣喜，然而音侍的神情卻是少見的嚴肅，沒有打招呼也沒有說話就拔出了劍，彷彿是因為這個敵人而出現的慎重。

被阻下來的月退轉移了他關注的目標，如同因為剛才那一擊而感到憤怒，他所散發出的憎恨隨著他的武器直指向音侍，而當他揮出的氣勁橫掃過去與音侍對應的劍氣相撞時，音侍竟然被逼退了一步，看似受了點內傷。

不會吧？音侍大人居然被擊退？我看錯了吧？

「搞不好真的需要擔心。」

硃砂淡淡說了一句。

喂！現在說什麼風涼話啊！我們是命運共同體吧？妳也幫幫忙啊！

范統一直都知道月退很強，可是他從來不知道月退強到什麼程度，從現在的情況看來，搞不好完全超出他的想像。

他現在也不知道要支持誰了。月退贏了，他們只怕都得死，音侍贏了，月退活得下來嗎？音侍能夠在這樣的戰鬥中不殺死月退而將他擊敗嗎？

雖說只要不使用噬魂之光，死了也可以從水池重生，可是，范統還是很不希望看到這樣的事情發生。

他不希望月退再度面臨死亡，即使他那身傷也許重生還比治療實際，但……

這不只是一百串錢的問題，也許還有很多很多，他會感到難過的問題。

在這個月退主掌的領域內，他的一舉一動都充滿了徹底的壓制與凌厲，讓人找不到任何可突破的缺口，在鎖定了目標後，他隨即展開了一連串高速的攻擊。

長刀與殘劍每次的撞擊，震盪出來的餘波都是具有破壞性的，月退彷彿無視肢體的痛苦，進行著全然的攻擊，音侍則在必須自保的情況下處於劣勢，幾乎被他毫無間斷的攻勢全面壓制。

戰鬥緊繃得彷彿無聲無息，武器擦撞的聲響與帶起的破空聲，他們全都聽不見，偶爾爆出的也不知是魔法還是術法的效果，在旁觀戰的范統跟硃砂，都看不出最後誰會獲勝。

硃砂皺著眉頭，似乎在這樣的環境中也感到身體不適，范統則是努力將暈眩感與想吐的感覺從腦中趕出去，努力盯著他們兩人的戰鬥，始終無法安心下來。

這個時候，月退忽然加強了力道，在接著的一次交手中將音侍揮退了一段距離，然後他握著刀的右手便產生了異變——那是什麼樣的異變，他們尚未看到，音侍就因為那隻手上出現的異樣氣息而神色一變，立即做出了決定。

一道燦亮的光芒由他的斷劍爆起，范統他們無法仔細看清那是怎麼發生的，只見得那道光射了出去，掃過月退的身體。

月退原本就已經殘破不堪的身體顫了一下，然後，他倒下了。

「月退！」

范統幾乎要驚叫出來，他和硃砂都連忙跑了過去。在月退倒下後，世界黑白扭曲的狀況頓時也一下子退散，眼睛看出去的色彩終於恢復了正常，巷內的慘況連同月退受過的傷，也因而一目了然。

「音侍大人！月退他……」

在他們靠近倒在地上的月退身邊後，赫然發現他已經沒有了氣息。

「抱歉，我必須制止他的行動，實在沒有辦法，所以……」

音侍自己其實也受了不少深淺不一的傷，卻還是語帶歉意地道歉了。

因為最後他還是迫不得已地動手，將月退殺了。

「您是說……」

范統震驚地說不下去，就連硃砂也難以再維持冷靜，發不出半點聲音。

「啊，那個光不會有事的，那只是劍……只是一種攻擊型態，不是噬魂之光，小月他還是會在水池重生的，你們不要誤會。」

音侍突然想到這一點，連忙做出解釋，這才讓他們鬆了一口氣。

「范統，這裡出了什麼事？月退為什麼會變成那個樣子？」

硃砂和音侍都在觀察巷弄內如同經歷過一場殘忍屠殺後的現場，殘破的人類肢體被分割得相當徹底，沒有一個人有生還的可能，而頭部仍完整的死者臉上，殘存的表情也是驚懼莫名，依照他們來時的態勢，這些人應該是月退殺的，但月退明明不像是這種人，理由自然得問。

「我們……」

范統雖然想說明，可是這裡又沒有紙筆，要用說的解釋清楚，也太難了點。

而且，在精神鬆弛下來後，原本因為緊張感而暫時遺忘的痛楚及疲憊便全都回來了，當各種看得見看不見的傷口同時開始發作，連腦部遭到重擊的後續反應也併發時，范統登時覺得自己就要昏過去了。

「原生居民……」

在范統暈倒之前，他聽見音侍錯愕地唸了這麼一句。

不是的……

音侍大人，不是的，不是月退的錯，那是因為他們……

「你們可能不能去水池接小月了……」

這是范統失去意識之前聽到的最後一句話。

他覺得，事情好像往他曾經設想過的，很糟糕的方向發展了。

❀

這輩子好像沒有這麼累過。

那是一種精神加上肉體的疲倦，一下子爆發開來的，比起之前撿雞毛人逃亡的筋骨痠痛，這次的疲憊要來得劇烈多了。

范統覺得自己可能腦震盪了，不過這個世界多半也沒有醫學科技可以檢查得出來，搞不好還腦出血腦溢血，這到底該怎麼救呢？話說東方城到底有沒有醫療設施、醫護人員？還是太重的傷一律殺掉重生比較快？

如果已經殺掉了，應該直接進入了水池重生的程序，不會在這裡昏沉吧？范統一方面又覺得，可以進行這種思考的腦袋，好像也昏沉不到哪裡去，那麼，應該趕快醒過來吧？

為什麼要趕快醒過來呢……？

好像有很多事情要做啊，很多很重要的事情。

『答應我……』

有個聲音劃破了他的思緒之海，在他的腦袋中飄蕩。

『答應我……好嗎？』

他想不起來這個聲音。

尋不到連結著這個點的記憶，努力去想，好像就會覺得頭疼。

難道是因為被封印起來了嗎？

不然為什麼會沒有印象呢？

『答應我……』

它只是一次又一次。重複再重複地訴說。

這樣的聲音令人焦躁不安，很想弄個明白，但是這卻也是無法辦到的事情。

唯一的途徑是問自己的腦袋——而這條路目前是不通的。

很重要嗎？是很重要的事情嗎？

不，明明有更重要的事情。

明明有更重要的事情，必須先做才對——

「范統！」

當范統睜開眼睛時，看到的是硃砂微帶怒意的臉與一旁掛著擔心表情的璧柔。

「你總算是醒了，快點把事情交代清楚！」

剛才那喊著他的名字把他吼醒的大概就是硃砂了。剛清醒過來的范統還搞不太清楚現在的狀況，神情出現了幾分茫然。

「咦……？」

「別說你忘了！音侍大人都讓人治療過你了，腦袋應該也修好了吧？你給我回魂啊！」

「硃砂，別再搖他了，等一下他又頭暈怎麼辦……」

璧柔雖然看得有點擔憂，但硃砂的氣勢讓她也不敢怎麼阻止。

「耶？傷口都醫壞了！」

范統驚異地看看自己身上。原來東方城還是有醫療人員的啊？

「什麼醫壞了，你到底清醒了沒！」

硃砂看起來就像想賞他一巴掌打醒他一樣。

「月退被東方城以殺害原生居民的罪名下獄了，幾乎百分之百死刑確定，你如果知道什麼還不快說！」

如果硃砂真的打了一巴掌，范統還不一定會醒，但這句話卻完全將范統打醒了。

「什麼！我清醒了多久？不！我是說，紙，紙跟筆！」

這種時候用說的當然是說不清楚的，所幸他需要紙筆的意願還是有正確表達出來，硃砂很快就從旁邊的抽屜拿過來給他了，然後，范統便以最快的速度寫下了事情的經過。

「原來如此……」

硃砂皺著眉頭，總算明白了范統跟月退缺席比賽的緣由，璧柔則是在聽完硃砂轉述後，氣憤地感到不平。

「太過分了！這也不完全是月退的錯啊！就只因為那個死者是原生居民嗎？罪行判定就只根據這一點嗎？」

「還沒有判定。等到審判之日才會判刑，可是依照大家的說法與現行法令，殺害原生居民就是死刑。」

硃砂陳述了打聽來的結果，這話再度讓范統一陣僵硬。

「就算問明狀況也沒有幫助？月退會被處死？有別的辦法嗎？」

「我、我跟音侍說，審判他也會參與吧？」

璧柔說著就拿出了通訊器，準備要聯絡音侍。

「開團訊吧，讓我們聽。」

硃砂說著，把之前在地上撿回來的通訊器拋給范統，便跟著開啟了自己的通訊器。

聯繫上音侍後，璧柔以快要哭出來的語調跟音侍說完了事情經過，只是，通訊器那頭的音侍幾乎維持沉默，不像平常那樣多話，這樣的氣氛也更令人不安。

「音侍，審判是怎麼進行的？能救救月退嗎？是他們先做出那麼過分的事情，他們自己也有錯吧？如果綾侍大哥也能幫忙的話，還有珞侍……」

現在參與審判的四位侍中，如果有三位不贊成死刑，那麼只有違侍一個人堅持死刑，也還是有希望吧？他們是這麼想的。
就目睹了現場的范統來說，那些被月退殺掉的人根本死有餘辜。但事情的演變卻變成這個樣子，也實在太讓人難以接受了。
『小柔，事情沒有這麼簡單。』
音侍總算開口說了一句話，聽他這麼說，璧柔就急了。
「為什麼？是因為最後的決定權還是在女王手上嗎？但是、但是如果聽完原因，她難道也不會有任何感覺嗎？月退他……」
『從水池浮上來的，只有小月一個人。』
剛聽到音侍這句話時，他們還不太了解是什麼意思。
『原生居民死了是不會浮上來沒錯，但現場被殺的所有新生居民也都消失了。』
這個消息使得璧柔跟硃砂充滿訝異，范統則是猛然想起那把發光的刀。
『他們是被噬魂之力殺死的……也就是說，包含那名原生居民在內，他們的靈魂都被毀滅了……』
在音侍說完之後，他們總算明白「事情沒有這麼簡單」是什麼意思了。
「怎麼會……但是月退拿的明明是壞掉的武器……」
這也是范統感到疑惑的點。那把刀不應該發光的，但是刀的亮光是他親眼看見的，即使那個時候視覺十分錯亂，他依然十分肯定這一點。

「音侍，可是……真的沒有辦法了嗎？我不要，我不想看到月退被處死……」

璧柔說著說著，就突然哭了出來，受到這樣的情緒影響，范統跟硃砂的心情也都低到了谷底。

如果一定得迎接月退的死……那會是什麼樣的狀況？

無法想像。或者該說，連想都不願意去想。

『……我會救他的。不要把現場發生的事情告訴任何人，即使是綾侍也不要說，好嗎？』

「咦？」

音侍突來的承諾，讓璧柔止住了哭泣。

『不要把這件事告訴任何人，你們只要做這件事就可以了，他不會有事的。』

他將這句話說完後，便直接切斷了通訊，讓璧柔即使想詢問詳情也找不到人問了。

「真的不會有事嗎？」

硃砂好像還是覺得有點放不下心。

但是，當前他們所能做的，也只有相信音侍了。

審判之日是在五天之後。

五天之後，他們就可以得知結果了，就只是被動地得知結果而已——宛如坐以待斃。音侍交代他們的做法，可以說就是什麼也不要做就對了，即使他們想去探望月退，也不得其門而入，重刑犯是不允許探視的，反正關進去之後，幾乎都被當作死人看待了，要是最後真的逃不了死刑，他們甚至不知道會不會有收屍的機會。

「如果拜託珞侍或者綾侍大哥，有沒有可能進去看看月退呢……」

璧柔看起來還是很想看看月退現在如何，儘管范統跟硃砂也很想探監，但如果接觸這兩個人，可能一不小心就會說出一些內情來，那就違反音侍要他們答應的事情了。

「還是不要吧，五天後聽審，如果真的是死刑，再拜託他們讓我們探視，還不是一樣？」

硃砂說的狀況，大概是最壞的打算了，如果到了只有短暫時間可以話別的地步，那他們真的不知道該怎麼面對那種狀況。

「死刑……」

范統坐在房間的角落喃喃自語，這兩個字是多麼不真實啊，他們只是想好好在東方城過活而已，不是嗎？

上中下鋪少了睡在中鋪的月退，好像就少了很多東西。他的棉被摺得好好的，就這麼擺在床上，而床的主人真的還有機會回來睡嗎？

而負債的人的悲慘就是，即使心情不好，才剛脫離傷患身分，只要東方城徵召，他還是得乖乖去當義工，以勞力換取金錢好還清剩下的債務。

而且，工作夥伴還沒得挑。

「范統，月退怎麼變成殘殺了一票人的重大刑犯了？你有沒有什麼內幕可以提供啊？」

米重這個人就是時時刻刻都想從別人身上榨取出八卦來，若說平時的范統是不想理會，現在的范統就是完全不想理會，加上想把他揍到路邊的水溝裡去。

不是關心，只是好奇或者想從中謀取利益，這種人實在令人反感，雖然米重就是這個樣子，但在月退生死未卜的情況下，范統真的很難不對用這種輕率隨便的態度問出這個問題的米重生氣。

「怎麼都不說話嘛，每次從你這裡都問不出什麼消息來，東方城有多少少女心碎啊……」

那關我屁事。

范統連一句話也不想回答。

一直自說自話都得不到回應，即使是米重，糾纏久了還是會膩的，等到他自己走開後，范統總算能稍微清靜些了。

不過，這個時候又有個聲音讓他惱怒了。

『咦？范統，為什麼我好像打個盹兒，你就差點被滅掉了啊？』

當噗哈哈充滿疑惑地說出這樣一句話時，范統差點想把它拆下來摔到地上。

Shit！老子有生命危機的時候你都沒反應，現在才醒是有個鬼用啊！

## 范統的事後補述

嗯——其實，在命懸一線的刀光劍影中，我覺得我腦中彷彿閃過我老爸的嚴肅臉孔。這就是所謂的迴光返照嗎？但我覺得回憶我考試考一百分的情景還比較開心，迴光返照看到我老爸，簡直就好像看到考不及格之後偷偷處理掉考卷，還洋洋得意沒有人發現自己一樣，雖然的確印象很深刻，但這種不上不下的回憶就是讓人覺得很不堪啊……

說到我老爸，就不得不說說我們范氏一家子的名字。我覺得，老爸他絕對是因為被爺爺取了范池這樣不體面的名字，才會抱持著不良的心態惡搞他兒子——也就是我的名字。不然為什麼好好一個前途光明的無辜孩子要被安上范統這樣的名字啊！

由於我們家沒有族譜流傳下來，爺爺又過世得早，很難溯源祖先們到底都頂著什麼樣的名字過完他們的一生，但根據爺爺的名字叫做范郭這一點，我個人認為我們家子子孫孫的名字根本是冤冤相報何時了，要不是名字有長度的限制，搞不好還會有「飯後水果」、「飯後運動有益身體健康」之類的同族出現，要是讓人家以為我們一家都是要飯的，該如何是好？

媽媽啊！在老爸要給妳的獨生子取下范統這樣的名字的時候，妳為什麼完全不阻止啊！女人不要嫁了老公之後就逆來順受，該反抗的時候還是應該反抗，更何況是爭取妳重要的兒子未來幸福的關鍵時刻啊！

總而言之，最後我還是叫范統了。這就是命運的不可抗力，與大男人主義的淫威吧……至於我的兒子會叫什麼名字，那先等我娶到老婆再說，沒有老婆，提兒子這種不可能存在的生物，一點意義也沒有。

唉，乍看之下我是從危機之中脫出，安然無恙了，可是我還是很不開心。

除了很擔心，我還覺得很寂寞。

之前月退不跟我說話，不跟我一起上學的時候，就已經很難受了，現在是連看也看不到，甚至不知道他的狀況好不好，這五天真的很難熬。

好不容易有了朋友，卻得體會失去朋友的感覺，難道這就是人生？

除了月退我還真是沒有其他比較好的朋友……好吧，珞侍算一個，硃砂就算了，我們幾乎沒有好好講過一句話……璧柔？我光是閃光就避之唯恐不及。米重？米重？

我居然悲傷到要考慮米重是不是我的朋友這種問題了。選項真的少到這種地步嗎？我做人真的這麼失敗？

月退，你一定要活著回來啊，求求你繼續當我的朋友，求求你……

好吧，這可能也不是你自己能決定的。那，音侍大人，求求您話說到要做到啊！只要您把月退救回來，以後我提到您一定洋溢著滿滿的尊敬，再也不會亂開您的玩笑啦！

✣ 章之二 審訊台上

『啊，其實不是每個人都有機會體驗被關進死牢是什麼滋味的。』——音侍

『也不是什麼人都有機會體驗說話十句有九句錯亂顛倒的人生的。』——珞侍

『那我還說不是每個男人都有機會體驗自己照鏡子時看到的是個美少女咧！』——范統

『你們好像離題很遠了……』——月退

被囚入監牢的犯人，很多都是有親朋好友的，獨身一人的並不多，因此，審判之日會前來關心判決的人也不在少數。

只不過，審判的過程不允許旁聽，犯人的親屬只能在神王殿外守候，若得到釋放的指令，便可以到牢裡去接人出來。

但從以前到現在，能等到釋放命令的親屬，可說是少得可憐，十之八九等到的都是死刑的宣判，只是親屬們還是會抱持著一線希望過來這邊，也能最快得知判決結果。

范統、硃砂和璧柔都來這裡等了，其實范統覺得璧柔也來了實在是一件很奇怪的事情，應該說，璧柔會這麼關心月退，他想來想去都覺得很不可思議。

月退明明一直對璧柔很冷淡啊？一直都很冷淡不是嗎？還曾經嚇到人家過，感覺也沒多少

交集嘛？難道同是西方人就這麼有親切感？還是女人天生會關心帥哥跟美少年？

比起關心璧柔跟月退的關係，其實還是關心月退的情況比較重要，范統一面默默祈禱，一面安靜地等待。

神王殿內的審判會是什麼情況，那是他們無法預料的。

❀

預定的時刻已經到了，審判桌前，照理說眾人都該已入座，但有個位子卻到現在仍然空著，這也讓矽櫻的臉色不太好看。

「音侍到哪裡去了？」

這個問題沒有人出面回答。珞侍從進來結界之後就臉色蒼白心不在焉，違侍則是一副「音侍沒有來最好」的模樣，於是，矽櫻將目光投到了綾侍身上。

「綾侍，你知道音侍在哪嗎？」

「我不知道。已經好幾天沒跟他見面了。」

雖然他們私底下交好，但平常本來就不是會天天見面的，有的時候音侍跑出去玩，半個月才回來也是發生過的事，所以，綾侍會不知道他的下落也很正常。

「聯絡他。」

「是。」

矽櫻既然下了命令，綾侍便掏出了符咒通訊器準備進行聯繫，不過，他動作還沒做完，音侍就出現了。

「啊，不好意思，我遲到了，你們開始了嗎？」

音侍一到，大概也看得出矽櫻臉色不善，連忙通過結界走上議台，快速入座。

其實他各種事情遲到是常態，大家也早就習慣了。違侍雖然想借題發揮，可是矽櫻都沒多說什麼了，似乎也輪不到他說話，因此他只有在嘴裡嘀咕幾句便作罷。

「那麼，我們就開始今天的程序了。」

矽櫻淡淡地說了這麼一句話，大家便將注意力集中到了手上的資料。

自從先前有犯人對女王不敬的事情發生過後，為了避免造成矽櫻的不愉快，受審的犯人就不再押到議台旁，這對審判過程是沒什麼影響，反正在違侍的主導下，也很少會給犯人辯解的機會，也因為這個制度改變的關係，月退並沒有被押到現場來。

今天要審理的案情資料，在審判開始前他們就提早拿到了，這也是珞侍臉色那麼難看的原因。

前面幾個案子看違侍表演，很快就過去了，因為幾乎沒什麼人插嘴。平常比較會提出異議的珞侍今天整個人心神不寧，彷彿無法集中注意力在資料上，關注這些犯人的案情。

他只是一直盯著其中一頁，緊抿著唇。如同不能明白為什麼自己重要的朋友會在犯人名單上，而且還是如此不可挽回的罪行一樣。
綾侍翻了翻資料，瀏覽了一下內容，也不由得嘆了口氣。
難辦啊。犯人裡面出現認識的人，到底應該怎麼處理呢？
對於審判結果，綾侍一向是漠不關心的，他也鮮少出言發表自己的意見，不過這次的犯人出現了有一點點交情的對象，就這麼不管，放著讓他被違侍處死刑，似乎又有點說不過去啊。
雖說他如果不管，應該還是有兩個人會管……而他也無法估算自己的發言能有多少效用……不過，盡點道義上的責任，說幾句話，還是可以考慮的吧？
可這個案子要幫犯人講話怎麼這麼難啊？
多人殘殺還牽扯上一條原生居民的命，這根本無力回天了吧？
「死刑！如此窮凶極惡的犯人，唯有讓他以死贖罪，我想這個案子根本沒有多說的必要，直接就可以判定死刑了！」
也許是罪狀相當充足，違侍也不多費唇舌，直接就作出了死刑的請求。
瞧他憤慨的表情，說不定還覺得一個死刑不夠。
「請等一下……」
珞侍聲音虛弱地說了一句，卻也想不出什麼好的台詞接下去。
這樣的殺人重罪，究竟能有什麼辦法為他辯白呢？
「這案子還有什麼需要猶豫之處嗎？我想以陛下的英明，一定也能一眼看出死刑的必要性！你有什麼話要說？」

珞侍的臉蒼白得幾乎快沒有血色了，而他也答不上來，多半腦袋一片空白了。

「如果沒有的話，那麼，陛下，請裁示——」

「我有話要說。」

音侍的聲音將違侍的話打斷了，違侍咬了咬牙，十分不悅地看向他。

「你又有什麼意見了嗎？」

「啊，我認為應該無罪釋放。」

「無罪釋放？你知不知道你在說什麼？你只會提這種來鬧的意見嗎？這名犯人的罪行你沒有看見？這等凶殘的行徑——」

「犯人應該無罪釋放，這是個誤會。」

音侍再度打斷違侍的話，接著解釋了下去。

「因為人是我殺的。」

❀

當音侍說出這句話後，所有的人的目光都集中到他身上了。

有訝異、有錯愕，而違侍是第一個無法接受這個說法的人。

「荒謬！怎麼可能是你殺的！」

「啊，為什麼不可能？應該有人看到我出現在事發現場吧，奇怪了，你為什麼這麼想把無辜的人定罪呢？我都已經說是誤會了，冤枉的人就快點放出去吧。」

「但是你沒事跑去殺人做什麼，毫無可信度！」

「一個深綠色流蘇的新生居民拿著壞掉的武器，可以讓受害者死得神形俱滅，才是毫無可信度吧？自體使用噬魂之力，連你也未必做得到，他有可能嗎？再說那把殺人的刀也是我的，武器店賣出時都有記錄，你如果懷疑就去查啊。」

所有受害者的靈魂毀滅的確是個疑點，違侍遲疑了一下，有點難以判斷。

就調查的結果來看，現場是有一把噬魂武器，屬於被殺的那名原生居民，但是上面沾染的血跡只是被濺到的，它並沒有被用來行凶。

被斷定為凶器的長刀是品質很差、做壞了的武器，要使用這樣的武器達到跟噬魂武器一樣的效果，就必須使用者自己能輸出噬魂之力才行，這普遍是黑色流蘇以上才辦得到的事情，無庸置疑。

在原先已經認定凶手是月退的情況下，違侍也只當作那把刀也許湊巧變異出了噬魂之力，不打算追究這個問題，但音侍現在這麼一打亂，頓時好像變成真的有幾分道理了。

「但你沒有殺人的理由啊！」

「哦？所以你有調查過資料上的犯人有什麼殺人的理由嗎？我只是路過那裡發現他們虐殺

這名新生居民，覺得東方城沒有必要讓這種敗類繼續存在，所以順手把他們宰了，怎麼知道你們居然把受害者誤認為凶手？我已經解釋得夠清楚了吧，無罪釋放還有問題嗎？」

議桌邊，珞侍已經被突來的變化搞得有點迷糊了，矽櫻依舊沒什麼表情，綾侍則是沉著臉不知道在想什麼，事情發展到這個地步，違侍好像也有幾分相信了。

犯人是冤枉的，那自然該無罪開釋，而殺人的人是音侍，侍殺人不受律法管束，當然也不必受審，也就是說那幾個人，大概真的要變成死了活該了。

「無罪釋放吧。」

矽櫻語氣平淡的一句話，等於了最後的結果。

對於這樣的結果，珞侍好像還有點難以置信，反應過來後才露出喜色，但又怕太明顯而趕快克制了自己的表情。

違侍猶如打了一場敗仗般，看起來很不開心，他滿心只想快點進入下一個案子，好繼續他快樂的死刑，不過這時候，音侍忽然重咳了幾聲，原本以術法進行的掩飾也難以穩定持續下去，顯露出了他真正的狀態。

為數不少的傷口與黯淡的氣色，顯示著他身受的傷其實不輕的事實，看到這一幕，矽櫻大為震驚，隨即又面露惱怒，因為她近期才使用了王血救治一個重要的商人，即使王血用在一個人身上的療傷不限次數，不像復活只能做一次，她還是不能立即為音侍治療。

「音侍，你為什麼會受傷？」

「啊，我出去外面晃了一圈，有點不小心……」

「為什麼隱瞞傷勢？」

「我不想讓妳生氣嘛……」

音侍說著，因為傷勢的關係，神情轉得有點痛苦，看他這個樣子，矽櫻也無法再對這樣的他出言責怪下去，稍作猶豫之後，她便有了決定。

「綾侍，扶他回去休息。審判結束後我再過去看看。」

「是。」

於是，綾侍走到音侍的座位旁，幫助他站起離開議台。珞侍略帶擔心地決定結束後也去關心一下，違侍皺著眉頭瞥了音侍一眼，再看看矽櫻，就接著在少了兩個人的情況下繼續審判會議了。

在扶著音侍回音侍閣的路上，綾侍什麼也沒有說，等到讓他躺上床，調整一些地方讓他舒服點之後，他才站在床邊看著他，冷冷地說了一句話。

「拙劣的謊言。」

「……啊？綾侍，你說什麼？」

「我說，你的謊話漏洞百出。月退要是真被虐殺，你會殺完了人就跑，也不處理一下後續的事情？以那些死者的能耐，他們能對月退怎麼樣？而其中最可笑的就是——」

綾侍彎腰伸手，扯開了音侍的上衣，眼神帶著冷意地看著他那不正常的傷口。

傷口沒有滲血，卻彷彿有什麼在流失一般，使得他現在如此虛弱。

「出去逛一圈就受這種程度的傷？誰傷得了你？你逛街逛到落月去了嗎？櫻關心則亂，但是我不一樣，你真以為大家都那麼好騙？」

音侍沉默了下來，沒有應答。

「那麼我再問一次，你的傷是怎麼來的？」

「你就當我逛街逛到落月去好了。」

「我不要這種答案！」

「啊，我現在很不舒服，身上好痛，你為什麼這麼凶，就不能溫柔一點安慰我嗎……」

音侍按著額頭，一副頭痛不想談下去的樣子，綾侍則是盯著他盯了幾秒後，冷淡地轉身。

「也許你比較需要的是小柔，我替你叫她來。」

「啊！等一下！男人狼狽的樣子不可以被女人看到啦！被櫻看到已經很慘了，不要再多出小柔啊！你留下來陪我說話嘛，我現在好難過……」

即使他隱瞞了不少事情不告訴他，但他受了傷正難受是事實。

綾侍對自己搖了搖頭，嘆了口氣，最後還是拉了把椅子坐到了床邊，默默地守在一旁照顧他。

范統覺得自己這輩子沒這麼緊張過。

在紀錄官從神王殿內走出來，攤開卷宗準備宣布判決結果時，他根本大氣都不敢出一個，尤其在連接著宣布了好幾個死刑，看到旁邊犯人的朋友哭喊時，他覺得心臟幾乎就要麻痺了。

一連串都是死刑，真的還有希望？

然而，當唸到月退的名字，那聲與前面的死刑處在兩個極端的無罪釋放出現時，范統反而有種分不清是現實還是幻覺的錯覺感。

無罪釋放？

無罪釋放！

這是真的嗎？音侍大人真的說到做到了！太好了！

「月退不用死了！」

璧柔開心地跳了起來，本來想跟身邊的人來個擁抱，可是卻發現身邊兩個人都是男的，只好作罷。

硃砂也露出了微笑，似乎是終於放寬了心，能夠不再那麼緊繃了。

「真是太好了。」

雖然跟他們的開心相較，周遭那些無法接回親友的人很可憐，但月退能夠得救的喜悅讓他們也無法顧及別人的情緒如何了。

好事不歡呼慶祝，可是會憋得內傷的。

而當守衛過來表示只能有一位跟去牢中接人，詢問他們誰要去的時候，范統便自告奮勇搶了這個名額——儘管硃砂一直瞪他，他還是跟著沒事人一樣，帶著有點緊張的心情跟著守衛走了。

要說有點緊張，大概是見了面不知道該說什麼吧。

因為，本來在這之前就好幾天沒有好好講過話了，說起來他也不知道月退後來到底是怎麼想的，關於他說話會顛倒的事情。

范統就這麼一邊思考著，一邊跟著守衛來到了死牢，牢中本來就燈火昏暗，氣氛陰森，他沒什麼心情多研究這裡的設備或風水，本來就不是來觀光的，重要的還是找到人，把人接回去。

所以他只是一直前後左右觀察著每間牢房。從牢欄的間隙看進去，就可以看見囚室裡的犯人，他這麼看來看去看了一陣子，才忽然發現守衛停了下來，而他差點就這麼撞了上去。

月退就坐在前面這間牢房裡，抱著膝靜靜地看著地面。即使聽到守衛開鎖、抽掉鐵鍊的聲音，他還是一動也不動，完全沒有把頭轉過來看看情況的意思。

「喂，出來吧，你的朋友來接你，你可以走了。」

直到守衛朝裡面喊了一句，月退才將臉轉向這邊。在看到站在門口的范統時，他漂亮的臉孔上表情出現了幾絲變化，像是有點僵硬，但卻沒有發出聲音。

守衛向范統交代可以自行帶人離去後，就回去執行勤務了，面對用這種不知道該如何形容的表情看著自己的月退，范統只覺得要講話好像更難了，但是不開口又很奇怪，所以他只好硬著頭皮說了一句話。

「月退，沒事了，我們回家吧。」

詛咒在這個時候沒有竄出來跟他作對，他感到無比欣慰。要是變成什麼「月退，出事了，我們回不了家了」之類的東西，那他可真的要欲哭無淚了。

「……你為什麼會來呢？」

月退用那樣複雜的表情盯著他看了那麼久，最後卻是問出這樣的問題。

咦？

怎怎怎麼了，難道不想看到我嗎？

范統馬上就驚慌了起來。

啊啊，我害他被一群沒實力只會耍心機的混帳圍毆，逼出不正常的一面，失控殺了人，最後還經歷了一次死亡……這一次他該不會真的要跟我絕交了吧？

「我差點就殺了你……為什麼你還會來呢？你不介意嗎？不會覺得害怕、恐懼嗎……」

呃——容我想一想。我還真的沒有認真思考過這個問題耶。如果你隨時會六親不認大開殺戒，那的確是挺恐怖的，不過那只是非常偶發性的意外吧？

范統聽月退的語氣，彷彿是早就以為朋友已經做不成了一樣，整個人死氣沉沉的，像是也不在意判決的結果。

「可是，你是因為我的關係才會變成那樣的啊，我也沒有死，這是大幸中的不幸了。」

如果最後一句話不要顛倒就很完美了。什麼大幸中的不幸啊，有夠刺耳……

「月退，不要難過，雖然你殺了那些人，但那也是個意外，不要覺得內疚……」

正當范統開心於說對話的機率提升時，月退卻突然靜靜地說了一句話。

「我並不覺得難過。」

「……咦？」

范統的思緒停頓了一下，而月退說話的神情，看起來不像是在開玩笑。

「如果我說，我覺得他們都該死，所以殺了他們我一點都不難過呢？你會怎麼想？」

那種讓范統難以適應的氣息又出現了。

那樣深刻且糾結的負面情緒，宛如實體一樣纏繞上來時，范統其實是很手足無措的。雖說見識過那擴大成黑白領域的憎恨之壓後，這應該只是小意思，但實際上體驗又不是這麼一回事了。

即便他知道，這樣的惡意應該不是針對著他的。

「所以……那時候你真的想殺了我嗎？」

范統的這句話讓月退為之一愣，然後，他緩緩低下了頭。

「我沒有想殺你。」

他的聲音依然是那麼平靜，就如過去展現過的每一次空洞。

「我只是想殺了所有的人。」

這只是一句直敘句。

范統試圖在空白的腦袋中找出回應的話語，不過，在腦細胞太過活躍暴衝的情況下，最後他講出來的卻是……

「月退！我沒有看到刀會發光，我沒有看到你的祕密，拜託你要殺我滅口啊！」

這段話說出來之後，月退愣了幾秒，總算露出了點比較正常的表情，然後他好像想起了范統的語障問題，也忽然理解了這句話原本應該是要講什麼，最後，他居然忍不住笑了出來。

范統覺得這場面有點熟悉。似乎珞侍的情緒也這麼變化過吧……難道講錯話演變出來的可悲話語真的有這麼好笑嗎？

「我不會對你怎麼樣的，范統。」

月退溫柔地笑著，那樣的溫柔中，似乎揉合了一絲悲傷。

「像是沒有認出你而差點殺掉你這種事情……再也不會了。」

那樣的保證，像是他對他自己起誓、要求的話語。

但范統還是忍不住想在這種氣氛下想著糟糕的話。

意、意思是說，以後是看清楚再殺嗎？那個，你的話能不能明確一點啊？

「我們待在牢裡很好，慢點出去吧，硃砂跟璧柔都沒有在等你呢。」
剛才講對太多話又遭到報應了，每一句都錯是怎麼樣啊！是怎麼樣啊！
「范統，我真的很難翻譯出你的話，到底該怎麼辦呢……」
月退的表情如同因為言語無法理解而感到胃痛一樣，這件事大概真的造成他很大的困擾。
「我怎麼知道怎麼辦啊！剛剛的句型已經是很難的了！你連剛剛那句都聽不懂，我也覺得充滿希望啊！」
我是說剛剛的句型很簡單啦！啊啊！總不能逼我來到這個世界後還要去學手語吧！我絕望啦！
「月退，你怎麼又哭了？」
我是說又笑了啦！不要又因為這句話笑得讓身體更顫抖啊！
「沒什麼，我只是覺得……這樣子也沒什麼不好。」
月退伸手抹了一下笑出來的眼淚，又將這句話重複了一次。
「現在這個樣子很好，能夠認識你也很好……大概就是這個樣子了。」
咦？什麼這個樣子？這又是哪裡來的結論啊？雖然聽起來不錯，但我不太懂啊？
「我們走吧，硃砂跟璧柔還在等不是嗎？」
月退說著，終於走出了牢房，看他應該已經釋懷了，范統也覺得很高興。
不過，你不是聽不懂剛剛那句嗎？真是奇怪了。

儘管內心嘀咕著，但畢竟是不怎麼需要追究的小事情，范統就無所謂地將之擱置一旁，心情愉快地和月退一起離開這裡了。

「有了，他們回來了！」

「月退！」

硃砂和璧柔在遠遠看到范統與月退的身影後，連忙迎了上去，喜悅之情溢於言表。

月退在看到硃砂跟璧柔朝這邊跑過來時，似乎出現了短暫的僵硬與窘迫，然後在那段僵硬時間過去後，他選擇做出的反應是躲到范統背後。

「……喂，為什麼躲到范統後面啊？」

硃砂用冷冷的眼神看向范統。因為月退在他背後，瞪不到。

就是嘛！什麼態度！你在意的兩個女人親自來迎接你耶！雖然其中一個現在是男的。

范統被瞪得很無辜，不由得在內心唸起了月退。

「是啊，月退你怎麼了？難道不想看到我們嗎？」

璧柔也覺得月退的態度很奇怪，於是疑惑地問了這麼一句。

「沒有這回事。」

月退勉強露出了笑容，但好像還是不想從范統身後走出來的樣子。

你不會說謊就不要說吧！這態度分明是有這回事啊！

硃砂看了看范統，再瞧瞧只露了半張臉出來的月退，微微一笑。

「你以為躲在范統背後有什麼用嗎？」

……

硃砂同學，不要做出這種魔女般的危險發言，更何況你現在是個男的。

「……」

月退如同被蛇盯住的青蛙一樣，彷彿不敢妄動。也許他心中正在懊悔，躲在范統背後當然沒有用，早在看到硃砂的時候，就該轉身狂奔頭也不回絕塵而去才對。

「月退，我們都好擔心喔，你沒事就好，你們應該還有很多話要說吧？既然這樣，我就先回去了。」

璧柔似乎也察覺了氣氛之險惡，本著趨吉避凶的心理，她強笑著說完這段話，便趕緊離開現場。

不要走啊啊啊啊——

這句話不知道是范統的心聲，還是范統跟月退共同的心聲，總之他們兩個都不太想被留下來面對硃砂，這已經成為一種生理上的恐懼了。

月退！你快點面對現實啦！這是你的事情吧！是男人就站出來跟他說說話啊！

不過現在這樣好像才是正常狀況，要是有一天月退能應付硃砂應付得得心應手，那才是真正可怕的事情吧。

范統整個人被硃砂瞪得很不舒服，最後他終於忍不住轉過身去，在月退的肩膀拍了拍，指指硃砂，然後跟隨著璧柔的腳步——火速撤離現場。

「范、范統！」

就算月退的叫聲再怎麼慌張失措，范統也沒有回頭的意思。開什麼玩笑，怎麼可以碰到棘手的女人就拿朋友當擋箭牌？對象是硃砂的話，有一百條命都不夠啊。

於是，寧靜的小路邊，就只剩下月退跟硃砂兩個人了。

「你做了什麼虧心事嗎？這麼怕看到我。」

硃砂淡淡地問著。語氣中多少包含了點不愉快。

「對不起。那只是一個反射動作。」

月退道歉的時候依然臉色僵硬。至少現在硃砂是男性型態，這讓他覺得交談比較不會不自在。

感覺他們之間應該有些話需要說。像是「讓你擔心了」、「因為我的緣故，比賽似乎泡湯了，很抱歉」之類的話，但月退想了又想，最後先說出口的卻是道謝。

「硃砂……謝謝你那天趕到那裡，救了范統。」

那天幾乎失去意識的情況下，主導著他的身體的是殘存的本能，但事後他並沒有失去當時的記憶，回想起來，每一幕依然一清二楚。

接受了這樣的謝意的硃砂臉色似乎有點複雜，大概心情也是。

「我會救他，只是因為覺得你如果真的殺了他，事後一定會很難過。」

聽了硃砂的這句話，月退也不曉得該做出什麼反應。

也就是說，沒有這層考慮的話，你其實並不想救他嗎？

對於范統沒人緣的程度，這麼一想，也實在令人只能苦笑。

「你是不是應該有別的話要說啊？」

硃砂不悅地皺起了眉頭，顯示他並不喜歡跟范統有關的話題。

「……咦？要說什麼？」

月退遲鈍地反問。經過剛才那兩句對話，他已經把前面覺得該說的話都忘記了，腦袋有點接不上線。

「我們那麼久沒見面，你真的一點也不想我？」

硃砂好像失去耐心了，直接就在這裡變身成女性面貌，以哀怨的口吻問了這個問題。

「……可、可能有想過吧……」

他一旦變成女性，月退過去被性騷擾的經歷便激發起了他內心的恐懼。

「你到底有沒有認真考慮過我的事情嘛？」

妳要我在死牢裡考慮這個，也太為難我了吧？

「硃砂，妳可不可以不要再靠近了……」

「我再靠近，你又要逃跑了嗎？」

月退無話可說，只好默認。對他來說，女生最好還是保持兩條手臂以外的說話距離。不過，硃砂會那麼聽話的話，就不是硃砂了，見有機可乘，她立即眼明手快地湊過去抱住月退的右手，然後無視他接近尖叫的驚呼。

「硃砂——」

「難得是個值得慶祝的日子，就讓我抱著你的手臂一起回去嘛。」

硃砂說著，聲音也低了下來。

「我是真的很擔心你呢。」

月退沉默了。對於別人溫暖的心意與關心的態度，他總是不知道該如何回應。因為這是他一直以來都無法招架的事物。

「……只有今天。」

最後，他很小聲地做出了回答，硃砂則在聽到之後，開心地露出了燦爛的笑容。

「那我們回去吧！」

雖然回去的路上，月退因為「大家都在看我們」、「不要靠那麼過來，胸部不要壓著我的手」之類的問題，對自己的一時心軟不知道後悔了幾百次，但最後他們還是平安無事地回到了宿舍。

至於有了一次心軟會不會有第二次，那就是以後的事了。

## 范統的事後補述

月退好手好腳地回來了，這真是一件可喜可賀的事情，上天果然還是有聽到我的祈求嗎？還是音侍大人發揮了水準以上的智力，所以成功讓月退無罪釋放了呢？

啊，我說過如果月退得救，我就再也不拿音侍大人開玩笑的，怎麼忘了？對，我還說過，如果月退得救，我以後提到音侍大人，言語之間一定洋溢著滿滿的尊敬……

……

我究竟為什麼要這麼為難自己啊？

這樣的話，意思是，即使以後音侍大人在我們面前小柔長小柔短的，我也要發自內心地讚嘆「音侍大人您真是專情」，然後音侍大人隨口說一句天氣真好的時候，我也得滿心尊敬地覺得「音侍大人您眼力真好，一眼就看得出今天沒有沙塵暴」……？

認真的嗎？

這世界上有人能做到嗎？就算我發過這樣的誓，但我還是管不住我的腦子怎麼想啊！

我根本平時就對音侍大人的言行舉止充滿了源源不絕的惡意吧！要一下子完全矯正過來，怎麼可能啊！

好吧，以後在我的腦子開始想說音侍大人的壞話時，看在月退的分上，我會努力制止自己。

嗯……說到這個，我不得不說，我真是越來越不了解月退了。

牢裡他對我說的那些話以及他的態度，都讓我覺得很陌生。我所認識的月退心裡，彷彿還住著一個我所陌生的月退。

對我來說，他讓我覺得看不清本質，但無論是對哪個角度的他來說，我應該都單純地只是范統，他所認可的朋友。

我到底該不該去試圖接觸他的黑暗面呢？

但我覺得那彷彿是他的地雷，只要敢踏進去就會死無全屍的樣子。

我不了解他，我真的不了解他啊。

尤其是當我看到他跟硃砂手挽著手回來時，我直接就把璧柔請我喝的溫豆漿從嘴裡噴了出來，那到底是怎麼一回事？天要塌了嗎？

什麼叫做「只是個小小的要求我無法拒絕」啊，你要就要，不要就不要，這樣優柔寡斷態度曖昧只會給你的人生添更多的麻煩啦！

可惡，為什麼我的人生都沒有這種麻煩——

# 章之三　劫後

『什麼東西？被打劫之後？可是我身上根本沒有什麼可以搶的啊！』——范統

『不要這麼快就忘記你剛經歷的生命危機好嗎……』——珞侍

從小到大，范統一向自認是個怕痛的人，而他成長的一路上也是跌跌撞撞的，時而發生一點不大不小的意外，有的時候只需要包個繃帶，有的時候得住院住個幾天。

對於這種不幸的事件，他唯一的安慰就是——受傷的時候可以收到一些慰問的禮物或者花朵，即使大家可能只是基於同學一場的道義寫卡片鼓勵他，他還是會因為這種彷彿忽然一夕之間受歡迎起來的錯覺而感到高興。

而現在……就有點感傷了。

明明之前遭逢了幾乎死掉的大危機，但那時候月退被打入死牢的事情比較要緊，根本連他自己也不會想到自己剛劫後餘生的事情。

現在月退出獄了，平安無事……結果，來慰問慶祝的全都是慰問月退，整個就是把他忘得一乾二淨。

忘得一乾二淨啊——

這究竟是平時做人處事的問題，還是那張臉皮的問題？

還是他嘴巴的問題？還是都有？

范統處於一股極度哀傷的自我檢討中。

為什麼都沒有人關心一下從大屠殺現場倖存下來的我啊——難道就因為我沒有真的死掉嗎？這樣說來好像還是月退比較慘？被一群人渣圍毆受重傷，被音侍大人宰掉了一次，又無端遭受牢獄之災，還差點被處死……

不，其實也不算無端，人殺也殺了，只是情有可原而已。總之我真的對沒有人慰問我任何一句話感到悲哀啊——

硃砂的眼神彷彿就在說「你沒死算你命大，感覺活下來也沒什麼用」，璧柔來送吃的喝的也都是指名要給月退，連前來關心了一次的珞侍都只有對月退表達善意，好像眼裡根本沒看到范統一樣。

做人失敗。不，其實珞侍根本不了解案情吧？這段時間也沒什麼機會跟他說明……范統只能這樣安慰自己了。

璧柔和珞侍送來的補品與好吃的東西，暫時把他們的房間堆得很充實。雖然是送給月退的，不過月退自己一個人根本沒有能耐通通吃完，當然食物就照慣例充公大家一起吃了。

雖然以結果來說，好東西還是吃到了，但范統的內心就是覺得異常空虛啊。

偏偏這種彆扭的委屈，又沒辦法跟任何人說，范統只能自己抱著一堆零食縮到上鋪的角落去吃，整個人有點頹廢墮落。

說起來，來到幻世之後這種新身體，還是挺方便的。

因為是沉月力量下的產物，定型之後就不會生長，所以窩在床上不動亂吃，也不必擔心變胖的問題，甚至每天早上都不必刮鬍子，要過頹廢墮落的生活十分容易，成天趴在床上也看不出頹廢的痕跡，頂多就出現一點黑眼圈或者氣色憔悴。

然後，因為他跟月退被捲入事故的關係，學校方面強制放了他們七天的假，以免到學校來大家等著問八卦，干擾學生們上課的情緒。

所以這七天的時間，范統完全可以窩在他的小角落醉生夢死，要自閉耍憂鬱。

「范統……」

月退爬了梯子上到上鋪來，探了個頭，看向龜縮在床鋪一角的范統。

「你在做什麼啊？怎麼都不下來？」

范統陰沉著回過頭看了他一眼，然後有氣無力地繼續吃東西。

「范統，不要一直待在床上嘛，教我寫字也好啊，我一個人也很無聊……」

月退看范統不理他，只好又說了一句。

「好啊，我要發憤圖強，我不要待在床上。」

「那很好啊，那就下來吧。」

范統無力地癱到了床上。

我是說不要，我要墮落，我要待在床上啦……

月退等了他一下，看他沒有動靜，頓時恍然大悟地叫了一聲。

「范統，我該不會又誤解你說的話的意思了吧？」

是的，你知道你誤解真是太好了，那麼麻煩你自己倒轉一下，然後自己翻譯成正確的意思……

「那……我把毛筆、墨汁跟紙拿上來，我們在床上習字？」

「快一點……」

不，我是說等一下！你解讀錯誤了啦！我又沒有答應！

只是，月退的手腳很快，沒兩下子就下去把用具帶上來了，看他上了床來，認真地在硯台裡倒起墨汁，范統還真不知道該怎麼阻止他。

以你的功力，你以為你有辦法在軟軟的床上寫字？

……其實這個床也沒有多軟，但是我要耍自閉吃東西啦，誰有習字的心情啊？

「好，準備完成了，我們來寫字吧！」

月退彷彿對練字興致勃勃，明明平常要教他的時候他常常一臉為難的，這讓范統覺得有點奇妙。

「我沒有心情啦，我不要吃東西。」

「范統……」

雖然這樣好像很小家子氣，但范統現在就是沒有心情做任何事，只說了這一句就轉頭繼續吃零食了。

哼！你收到那麼多慰問我都沒有！哼！雖然我在吃的是你的食物，我還是不想理你啦！

范統心裡雖然是這樣想，但是在他轉過頭後，後面就沒有聲響了，這還是讓他很介意，只好轉回去看看月退的狀況。

「月退，你……」

本來他是想說，你沒事的話就下去吧，床也不寬，這樣很擠——不過，在看到月退略帶無助的臉色後，他就說不出來了。

「對不起。我一直沒有好好道歉……」

等一下！喂！好端端的又道什麼歉！

「不想理我也是正常的，我不應該打擾你，沒有顧慮到你可能不想看到我的心情……」

我哪時候這麼說啦！我只是有點鬧脾氣而已！喂！回來啊！

「月退！等一下啦！不要自己一股腦就說了一堆話，要道歉我也沒道歉啊！」

范統爬起身子來阻止了正準備要下床的月退，難得成功表達了自己的意思。

「咦？」

「要不是、要不是我太有用被抓住，你也不會被他們牽制圍毆啊！看起來就很爽的樣子，還差點就被殺了，最後也真的被音侍大人殺了，我覺得很高興，這些話我一直都還沒跟你說……」

我認真覺得月退就算跟我絕交我也不意外。這是什麼嘴巴？

「……」

月退沉默了下來，不知道是不是在消化他說的話，范統覺得忐忑不安。

「其實我覺得我應該要讓你揍回來啦，雖然我很不怕痛，可能打了十拳還站著，但是我覺得我很對得起你，我只是因為大家都很關心我所以才心情不好……」

是不是越慌張越語無倫次？本來想補充一些話的，結果好像越講越偏離本意啦？

「聽不懂。」

月退非常直白地回了這麼一句，范統頓時遭到打擊。

啊——可惡，為什麼人與人之間不像武器可以有心靈相通的功能呢？

「總之……你覺得你要補償我嗎？」

月退就自己的判斷，試探性地問，范統連忙點頭。

「那你陪我習字。」

范統連忙再接著點頭。

「零食也要分我一起吃。」

這本來就是你的啊。范統忍不住在心裡這麼說，然後點點頭。

「太好了，我們還是朋友吧？」

你這不是廢話嗎？范統無奈地點頭。

看他點頭後，月退俊美的臉上頓時露出了很開心的笑容，又把紙墨重新在床上擺了起來。

月退總是這個樣子，可以因為一點小事情就覺得開心。

范統其實也知道的，看他開心，他自己也覺得心情好像豁然開朗了些。

……不過，你就一定要在我床上習字嗎？

「你不想學什麼字？」

這句話月退聽懂了，他知道是問他想學什麼字的意思。

於是他微微一笑，讓范統握住自己拿筆的手。

「『對不起』跟『謝謝』。」

傍晚硃砂回來宿舍的時候，一打開房門就臉色怪異。

「你們在做什麼啊……」

趴在上鋪練習毛筆字的月退跟指導著月退寫毛筆字的范統一臉無辜地看向他。

「習字啊。」

「為什麼是在床上？不覺得一邊蘸墨汁一邊吃東西很不衛生嗎？」

「因為、范統說他不想下床……」

喂，月退，那是你自己誤會了，我從來都沒有要你到床上來習字喔。

「殘廢？」

硃砂冷笑了一聲。范統可以充分感覺到他身上傳來的惡意。

有必要這樣嗎，只不過是月退從來不願意跟你一起躺床，何必臉色難看成這副德性。

「硃砂，不要用這麼難聽的詞。」

月退皺起了眉頭，好像有點不愉快的樣子。

「我想起我好像還有兩個要求沒有用。」

硃砂淡淡地說完這句話後，月退的臉色頓時難看了起來。

「比賽又沒有比完，減一個。」

哇，月退居然會討價還價了，奇觀啊！

「沒有比完不也是你們的問題？嗯，我還幫你救了范統，是不是應該增加一個？」

月退，真是抱歉，好像我還是應該死一死比較乾脆的。噢，我當然是開玩笑的，能活下來誰想死啊？

「兩個就兩個……」

月退屈服了，恍神地挪開視線，心情彷彿盪到了谷底。

「剛才路上遇到璧柔，她說明天要去探望音侍大人，你們要一起去嗎？」

「音侍大人？」

范統跟月退都有點不太明白。

「據說受了傷，狀況不太好，我想應該是……」

硃砂說著，瞥了月退一眼。月退隨即想起了之前的事情，臉色也轉得蒼白。

「我也去，我想我需要致歉。」

唔……因為是你弄傷他的？但他把你殺了啊？不過音侍大人是無端被捲入的沒錯，確實有點倒楣，其實那張血光之災的籤把你們的命運緊緊聯繫在一起了吧？

「如果有別人在，最好還是別表示什麼，音侍大人說過，現場的情況不要讓人知道，月退，你應該也不希望別人知道吧？」

硃砂叮嚀了月退一句，月退一愣之後，沒有再說什麼，大概就是默認了。

對於音侍，致謝也是需要的，如果不是他，月退也不會被無罪釋放了，所以明天這一趟，他們都決定要去。

而且，音侍的傷勢如何，這也是他們關心的一點。

❀

璧柔挑的探病時間是下午，硃砂因為一向是個不翹課的學生，所以就不跟了，范統跟月退因為放假，時間上沒問題，璧柔本身則是不怎麼在乎有沒有去上課，在宿舍門口集合後，他們三人便一同前往神王殿了。

「妳那一籃是……」
從見到璧柔開始，月退就對璧柔手上提的籃子有點介意。
「要去探病當然要帶愛心食品啊！補補營養嘛！」
璧柔說得理所當然的樣子，月退則又遲疑地問了一句。
「……妳做的？」
「才不是！那怎麼可以啊！音侍要是死掉怎麼辦！」
璧柔聽到這個問題立即尖叫著否認，讓兩個人有點無話可說。
妳怎麼這樣說妳自己做的食物啊……廚藝真的有那麼糟糕嗎？
范統覺得上次的三明治明明還在正常範圍，吃了會死的應該是音侍自己做的食物才對吧。
「這是我充滿愛心去街上買的補品啦，不要誤會。」
說到買補品給喜歡的男人，范統就是會不知不覺想歪，他忍不住打了一下自己不純潔的腦袋，讓它回歸正軌。
「原來愛心食品可以這樣解釋……」
月退的嘴角抽動了一下，沒再說什麼，但感覺就是很有意見的樣子。
「討厭，怎麼這樣嘛——心意有傳達到就好了啊！」
璧柔有點害羞地拍了月退一掌。
如果要說心意的話，自己做的不管多難吃還是有心意在吧？做很難吃的東西，微笑著說

「張開嘴巴，啊——」就這麼笑吟吟地強迫對方吃下去，不是情侶之間很流行的考驗感情戲碼嗎？噢不，應該是閨房情趣吧？

「妳高興就好。」

月退決定無視她了。這個決定很正確。

范統思考過，他們到了神王殿之後要怎麼進去的問題，不過這個問題在到了神王殿之後，就消失無蹤了。

綾侍就站在神王殿的門口。想也知道是來等他們的，總不可能沒事出來吹風吧。

遠遠這麼看過去，搭上綾侍身後的宮殿建築，看起來真是如同畫裡才會有的畫面，美人美景，任誰都會讚嘆的。

但為什麼是男的呢？

這根本是個讓天底下所有男人搥胸頓足的錯誤吧？

米重那個傢伙為什麼可以欣然接受，樂在其中啊……

「綾侍大哥！」

綾侍其實遠遠的就看到他們了，當璧柔走近喊了一聲時，他也只是點點頭，面上看不出有什麼波動。

「走吧，我帶你們進去。」

從他的臉色跟態度看來，他的心情應該不太好。

也許是因為音侍大人受傷的關係吧？畢竟他們還是好朋友——儘管范統一直懷疑他們私底下不睦。

音侍大人那種白目的行徑跟白爛個性，我實在很難相信會有人真心把他當朋友嘛，到底誰受得了啊？

哇！對不起！我又情不自禁對音侍大人造了口業！不行啊，我要為了月退積口德才對，都是沒有真的說出口的關係，要是說出來就變成好話了，真是的……

「綾侍大哥，音侍他還好嗎？」

因為希望有點心理準備，即使走到音侍閣不需要多少時間，璧柔還是先擔心地問了這個問題。

「死不了。」

綾侍的回答依然十分有個性，這大概就是他的風格了，抑或是對音侍的態度。

「音侍為什麼會受傷啊？是誰那麼可惡傷了他？」

聽到璧柔這句話，范統才想起來，她好像只知道前面的部分，不知道後面音侍來了之後的過程。

月退雖然想維持表面上不動聲色，但還是抿了抿唇。

「妳可以親口問問他。他說他散步散到落月去了，妳相信嗎？」

綾侍的口吻充滿了濃濃的不悅，顯然完全不相信這個說法。

的確，正常人都不會相信吧。

「咦——就算散步散到西方城去了，應該也沒有人傷得了他吧？」

璧柔驚呼了一聲，她不相信的理由似乎跟別人不太一樣。

「誰知道？搞不好他隨便逛逛也可以撞見少帝呢？」

「恩格萊爾？可是……」

璧柔彷彿認真追究起這件事的可能性了。范統只想叫她別傻了，人根本就沒有過去啊，還討論得那麼深入做什麼啊。

「啊——想不通，音侍沒事逛街逛到西方城去做什麼啦！」

拜託，小姐，他沒有去，他真的沒有去啦……

「月退、范統，你們覺得呢？」

大概是自己想不出來，璧柔便轉向同行的夥伴尋求答案。

「呃……」

月退一個字也回答不出來。

「說不定是去落月物色美男子。」

我是說去物色美女。美男子哪還需要物色啊，身邊就有一個破表的啦……還有，我只是想開玩笑緩和氣氛而已。

「什麼？」

璧柔的臉孔立即變得猙獰。

喂，小姐，開玩笑而已不要當真啊！

「……」

綾侍陷入沉默。

喂，綾侍大人您也不要不說話啊！不說話很恐怖耶！

等一下該不會一進房，傷患就被你們兩個聯手宰了吧？他真的什麼都沒有做啊……應該吧。

從大門走到音侍閣不需要多久，這次有綾侍在，出入就安全多了，不必擔心再被那秒殺人的防禦光束做掉。

說起來，音侍大人還真是常常跟死亡連結在一起。好像只要碰到音侍大人就沒好事，不小心就會死掉這樣，我死了兩次，月退也死了兩次，這次來音侍閣不會又發生事情吧？

就算現在好好地進來了，等一下能不能好好地出去，也還是個未知數啊……

「音，小柔他們來看你了。」

綾侍在進門後，朝裡面喊了一聲，然後得到了一個吃驚的驚叫。

「咦——！為什麼？我有什麼好看的？」

「你當然沒什麼好看的，他們是關心你的傷勢。」

「啊！什麼！不要看我的傷口！好丟臉！」

「有臉受傷卻沒臉給人看？」

綾侍一面跟音侍進行喊話，一面領著他們進了內室，不過進去之後，他們只看到用被單把自己裹得緊緊的音侍，密不透風到什麼也看不見。

既然可以那麼有精神地說話，應該是沒問題吧？

「音侍——我帶了愛心食品來看你耶，至少露個臉出來嘛！」

璧柔似乎不太滿意來了卻看不到人，所以嬌聲要求了一句。

在我看來，小姐妳來這裡的目的只是想看看那張妳喜歡到叛國的俊臉吧……

「不要！在女孩子面前怎麼可以憔悴狼狽！」

音侍堅持不肯探頭，硬是把自己捲在被單裡面。

「啊！而且綾侍你怎麼不早說！我的衣服啊！」

原來您現在沒穿啊？

「你還會在意身上有沒有衣服嗎？我以為你早就寡廉鮮恥。」

綾侍絲毫沒有去幫他拿衣服過來的意思，音侍則在被單裡面悶悶地抗議。

「什麼恥不恥的，只有你就算了，這裡有一個半的女孩子，你叫我怎麼見人啊！」

一個半……？噢，一個半？那半個是硃砂？可是硃砂沒有來啊，音侍大人。還是月退你真的可以變女生？

「硃砂不在，音。」

「喔。我現在感應不到嘛……」

感應不到？那好像有點嚴重？

「這樣被單掀開好像真的會有點害羞耶……」

璧柔產生了一點點的猶豫，畢竟她疑似還是個純情少女，沒有像硃砂那麼百無禁忌。

「音侍大人，您的傷勢還好嗎？」

進房到現在這麼久，總算有人問出了一個正常該問的問題。問話的人是月退，畢竟音侍其實是他傷的，他也覺得內心十分愧疚。

「啊？很好、很好啊。天氣也很好。」

這個不需要您補充吧。話說您沒出門，真的有機會注意到天氣如何？

「哪裡好？死要面子。」

「啊！哪有！我能動能說話，能思考能睡覺，挺好的啊！而且櫻明天就可以幫我治療了，根本沒什麼事嘛！」

噢，我個人認為，沒什麼事的話，您還是露個臉讓我們安心吧？

「是啊，幸好明天就可以治療了，我照顧你照顧得很煩。」

綾侍毫不客氣地說，但還是拿來了乾淨的衣物，從被單下面塞進去給他。

「你怎麼可以對好兄弟不耐煩啦！」

音侍一面哀怨，一面在被單底下穿著衣服，等被單的抖動結束，看起來應該是穿好了，可是他還是不出來。

「音侍——那麼久沒見面了，你不想看到我嗎？」

璧柔嘟起了嘴巴，有點不開心。

「啊，不是，是不想被妳看到。」

「但你衣服都穿了不是嗎——」

「啊，那是安全感。」

什麼安全感啊？被單忽然被抽掉也不至於裸體見人嗎？

「小柔，我好想妳，可是我現在不宜接客。」

音侍大人，我覺得您用見客可能會比較好一點。

「好吧……」

雖然來了一趟沒看到人很不甘心，但璧柔還是沒有繼續無理取鬧下去，乖乖將食物遞給了綾侍。

「那我們走囉，明天傷治好再來找我玩。」

「啊，好啊好啊。」

既然是一道來的，要走的時候也就一起走了。畢竟留下來也沒什麼意義，別說音侍不露臉了，就算他可以拿掉被單正常交談，要跟他這種腦袋異常的人找到談得下去的話題，也太難了一點。

他們要出去，依然是綾侍送的客，有綾侍陪著，感覺比較有保障，至少不會發生被哪個侍衛攔下來詢問之類的事情。

「綾侍大哥，音侍他真的沒事嗎？受的是什麼樣的傷啊？」

問綾侍似乎比較能得到完整正確的答案，這已經是大家的共識了。儘管明天傷口就會好，璧柔還是忍不住想問清楚一點。

「既然是出外散步傷的，就當作是被野獸咬傷的吧。」

不過，綾侍也沒正面回答這個問題，只給了個漫不經心的假答案。

月退，你有咬他嗎？

范統忍不住想用眼角餘光偷看月退的表情，但以現在的位置，這個動作有點難以達成，只好作罷。

「綾侍大哥，怎麼連你也不認真回答嘛……」

璧柔埋怨了一聲，對於今天一直被敷衍感到不太愉快。

「妳就體諒一下他那個愛面子的人吧。好了，就送你們到這裡，我回去了。」

原來不知不覺已經走到了神王殿大門口。於是，他們向綾侍告別，便踏上了回宿舍的路。

「唉，我還是好擔心喔。」

璧柔彷彿覺得一顆心無法安定下來，按著胸口這麼說。

明天女王就會還你一個活蹦亂跳又吵鬧的音侍大人了，妳應該擔心的是這點吧？

「唉。」

月退跟著嘆了一口氣，好像心事重重的樣子。

「我明天想去城西逛街，你們有興趣一起去嗎？」

范統立即搖搖頭。

誰有興趣啊，妳可以過那種有錢人家小姐的生活，我們可是生活水準低下的一般平民耶。況且，女人找沒有錢的男人一起去逛街，不就是為了購物的時候有個免費苦力可以幫忙搬東西？如果妳給我打工費我還會考慮一下。

「我也不了，待在宿舍裡挺好的。」

月退跟著拒絕後，璧柔好奇地看了過來。

「你們現在應該是放假中吧，成天關在宿舍裡有什麼好玩的？都在做什麼？」

對喜歡外出玩樂的璧柔來說，一直待在家裡無聊又不健康。既然她都問了，月退也就沒什麼心機地回答了。

「嗯……做什麼都好啊，在床上吃零食、學習東方城的文字、聊天猜他原本要講的話的意思……反正只要跟范統在一起就很開心。」

噗！

范統差點噴口水出來，而不用等他思考什麼，璧柔就已經用異樣的眼光看過來了。

「范統，你自己要過那種不健康的頹廢生活沒關係，不要帶壞月退好嗎？」

這……妳這樣看著我也沒有用啊！我也覺得他好好一個美少年，實在應該有健全一點的社交，但是他身邊不是像我這樣的廢柴、硃砂那樣喜歡霸王硬上弓的人妖，就是像妳這樣的花痴，我也不知道他的大好青春到底該怎麼辦呀。

還有，為什麼我過那種生活就沒關係？我看起來就很像會自己關在家裡一直看電視吃洋芋片把自己搞成大胖子、不修邊幅的那種男人嗎……雖然以前我的確是。

不過這輩子跟上輩子我還真是第一次聽到有人說只要跟我在一起就很開心，真有點飄飄然的感覺，受寵若驚啊。月退你真是個可愛的傢伙，這樣會讓人不由自主地害羞起來耶。

「你為什麼一臉很爽的樣子，有沒有聽到我說的話啊？」

什、什麼？我看起來一臉很爽的樣子嗎？這麼明顯？女孩子用字應該文雅一點啦！不用這麼直接好不好！只不過因為自己喜歡的對象不在就這樣——

「我聽了也不知道該說什麼，妳跟我說有什麼用？」

難得正常的一句話居然出現在如此無關緊要的地方——但這好像也是常常發生的事情啊……

「你們應該多出去走走啊！」

去哪？逛街沒錢，郊外踏青沒體力。還是我們也學音侍大人去抓小花貓？哈哈哈哈……

「我很習慣待在室內了。」

月退稍微表態了一下，而在他說完之後，璧柔跟范統都瞧向了他。

「咦？生前的習慣嗎？」

「你死後果然不是大小姐？」

月退用十分複雜的表情看向范統。

「大小姐……」

不要這樣嘛！人有錯蹄馬有失手……糟糕，我已經錯亂到連腦子都顛倒了嗎？我真的是要說你生前是不是大少爺啦！相信我！

「我只是一直覺得你生前是路邊的乞丐，剛才大小姐那句是顛倒的啦！」

喂！詛咒不要陰我啊！怎麼這次有錢人家少爺就變成路邊的乞丐啦！到底有多希望我們絕交啊！

由於璧柔看向范統的眼光已經越來越不友善了，月退連忙幫范統解釋。

「范統他……過去被人詛咒，常常會講出相反的話來，他不是那個意思的。」

月退，你果然是好人，珞侍就不肯幫我解釋，不過其實你能理解我的苦處就好了，天下人怎麼看我的笑話我已經不在乎了啦，就算心在淌血我還是可以不在乎啦……

「真的嗎？」

璧柔第一次聽到這種事情，好像覺得很新鮮也很訝異。

「范統，那你再多說幾句話看看啊？例如你對我有什麼觀感？」

「……我覺得妳長得挺難看的，人很冷漠，會因為有了情人就不管朋友，總而言之相處起來還算難過啦。」

是妳自己要聽反話的，聽不順耳就不要怪我啊，我的本意都是在稱讚妳喔，我可沒有拿放閃光、搶了我三千串錢跟疑似欺騙過月退的感情來說。

璧柔聽完這一段話，整個人的臉色變得十分難看，心情大概也相當不美麗。

「我怎麼覺得詛咒只是藉口，因為有詛咒當擋箭牌，你就可以無所顧忌藉機說話諷刺人了啊！月退，你覺得呢？」

喂，妳怎麼跟硃砂那個人妖一個德性啊！怎麼女人的天性就是善猜忌嗎！我不是對女人有偏見，只是妳們這樣就太過分啦！信任這種美善的情操難道在人性之前是不可能存在的？

「這個……」

被問到這個問題的月退別開了臉，看向了別的地方，看他這種反應，范統不知道該說什麼。

難道月退你心裡其實也有疑慮嗎？怎麼不果斷地說信任我——

「范統他是十分之九的機率會講錯話，還是有十分之一正常的機會，他是這麼告訴我的……」

「這就更可疑了啊！那十分之一簡直是為了在該說對話的時候說對而做出來的方便設定嘛！」

小姐，妳不要因為剛才被說難看就這麼憤怒，一副想置我於死地的樣子好不好？這樣子很小心眼耶？

「可是，范統在該說對話的時候還是常常說錯。」

月退這話應該是在幫范統澄清，但反而讓范統覺得更加悲哀了。

人生帶衰如我，還能樂觀面對至今，一直都沒有自暴自棄，實在難能可貴啊，我覺得我這一點簡直可以拿個表揚獎章了……

「說不定是他自己玩得很開心。」

正值青春的少女被批評容貌，看起來真的會非常記恨的樣子，璧柔整個就一直把范統往糟糕的方向假設。

誰玩得很開心啊！妳怎麼不去嘗試怎麼樣都無法說對話的痛苦——妳去試試看對妳的音侍大人整天說「你長得像豬頭笑起來好醜我一點也不想看到你」之類的話啊！沒有體會過根本不了解我的心酸血淚啦——

范統雖然口不能言，但他的面部表情常常可以說明一切，情緒都擺在臉上，十分明顯，月退看他那副極不開心的模樣，趕緊改口安撫他。

「范統，我沒有懷疑你的意思，我相信你的理由，真的。」

來不及了啦——現在才說已經太遲了啦——你以為我是這麼好敷衍的嗎？不鬧點脾氣我就改名叫范建——

「不要不說話嘛，范統……」

月退看他的臉色沒有和緩改善的跡象，頓時急得好像快手足無措了，那慌張不安的神情真是讓人心硬不起來，結果范統還是瞬間投降了。

「我很生氣。」

我是說我沒有生氣。唉，我真的要改名叫范建了。我犯賤、我犯賤，可以了吧？

我覺得我這種不正常的狀況很危險。因為一個美少年的表情就牽動我的情緒，這好像是走上不歸路的徵兆。這樣不行，我可不想跟米重同流合污，我一定要隨時保持我神志的清醒，剛剛那一瞬間的鬼迷心竅就當作是五秒鐘前的我的過失，現在的我已經無懈可擊了，我的內心剛強如鑽石。

「你是說你不生氣嗎？呼。」

月退呼出一口氣之後，拍了拍自己胸口，接著馬上露出單純的笑容。

「還好你有把詛咒的事告訴我，不然我又要被嚇一跳了呢。」

嗚啊！好可愛！見鬼的！我剛強如鑽石的內心呢！鑽石這種東西一把火就燒掉了啦！

范統忍不住轉身就抓起腰間的噗哈哈哈，狠狠往頭頂敲下去，以平衡剛才被月退的笑容衝擊到的驚恐。

「咦！范統！你怎麼了？」

月退大吃一驚連忙扶住他，不明白他怎麼突然做出這種奇怪的舉動。

啊，敲下去之後眼冒金星的感覺真好。算了，我也不要什麼剛強如豆腐還是鑽石的內心了，管他銅牆鐵壁還是泥牆磚瓦，月退還不是一劍就劈開了，一點意義也沒有。

不是我的錯，是月退太強了，就是這個樣子，對，沒錯。

「我還是自己先回去好了。」

從剛剛開始就覺得自己像個透明人的璧柔非常無言。最近她好像常常做「自己先回去」這種事，不過這多半是在察覺現場的氣氛波長與自己不合之後做出的決定，就好像現在她就覺得自己是多餘的。

「再見。」

月退很乾脆地回應。

「快走。」

范統還是一樣說著反話。

四四四號房的這幾個朋友之間的關係對璧柔來說，可能過於複雜了一點，而且她到現在也沒搞清楚過硃砂到底是男是女，感覺繼續沉浸在自己滿腦子想著音侍的甜蜜世界裡可能會比較輕鬆，所以，她在自行離去後很快就轉換了心情，自我調適十分良好。

「范統，為什麼要打自己啊？會痛吧？」

月退擔心地問著，同時還瞥了噗哈哈一眼，彷彿慶幸范統沒有不小心用這凶器把自己給殺掉一樣。

『會痛的是我，死范統，本拂塵哪是這樣給你糟蹋的……』

范統還沒回答，就先聽見了噗哈哈哈的抱怨，這一敲似乎把它敲醒了。

誰跟你糟蹋不糟蹋的啊，你的桿子硬還是我的頭硬？我都不知道該從哪裡開始吐槽你了。

『沒禮貌，明明就是你胡亂使用我，還不道歉。』

我為什麼要跟一根拖把道歉？如果要正規使用，應該拿去拖地才是？

『本拂塵不是拖把！到底說過幾次了！』

你說你的，反正你又管不了我的嘴……咦？等、等一下……

范統忽然發現，噗哈哈哈居然在跟他內心的想法對話。

「咦咦咦咦咦——」

❀

回到宿舍後，范統先驚恐地將這把聽得到他心聲的拂塵放到一邊，這才回答了月退自己在路上那麼驚慌的原因。

「心靈相通了？」

當他一開口又再度說出「我跟噗哈哈哈肉體相通了！」這句令人絕望的話時，他立即決定不要去看月退的臉色，直接坐下來拿出紙筆寫字說明。

「如果可以直接在腦中對談，那應該是心靈相通了沒錯吧，范統，這是好事情啊，恭喜了。」

月退真心地祝賀他，但范統卻不知道該高興還是不高興。

跟一根拖把心靈相通、跟一根拖把心靈相通……

我怎麼想都覺得彷彿是很丟臉的事情耶……而且！為什麼沒事會突然就心靈相通了啊！

范統帶著悲憤莫名的心情寫下了這個問題，再拿給月退看，做完這個動作後，他忽然覺得好像哪裡怪怪的。

唔……月退好像跟我一樣是新生居民啊？為什麼我像是把他當成幻世的百科全書啦？

其實我內心深信他已經把所有的課本都預習完了嗎？但是以他學習東方城文字的進度來看，根本不可能啊？

「嗯……這是很難解的問題，一般來說，默契足夠，氣息同調就可以交心了，所以應該也只是時候到了吧？」

儘管范統仍然在質疑自己為什麼會拿這種有點難度的問題問月退，但月退確實回答他了，他也在聽到答案之後臉部肌肉抽動。

默契——！我跟那根拖把怎麼可能會有啥勞什子默契——！就算要說什麼共患難同生共死的，感覺也很沒說服力啊！遇到落月的敵人，這傢伙叫我自殺，比武大會要它幫個忙，還得虛情假意稱讚它，我遭遇大危機差點被月退滅掉的時候，這傢伙還睡得不醒人事——如果說這樣子也能培養出默契，我只能說天下之絕望莫過於此……

「你成天把它帶在身上形影不離，應該也有助氣息調和……」

月退看了看范統那無法接受的臉色，試圖找出一些合理的原因提供給他。

形影不離！形影不離！啊！我為什麼要慣性把它帶在身上啊！就好像出門一定要帶把雨傘比較保險的感覺嗎？可是出門帶根拖把到底是為了什麼樣的不時之需？吃霸王餐被留下來打掃餐廳之類的？

「范統，你那麼困擾的樣子，難道你真的想跟噗哈哈哈那個……肉體相通嗎……」

月退彷彿覺得難以啟齒，但最後還是問出口了，也許是真的很好奇吧。

「對！」

不！我是說不！絕不！可惡，一時情緒太激烈，反射性就用說的回答了——

在驚覺嘴巴又造下大錯後，范統立即在紙上揮毫了一個佔滿整張紙面的「不」字塞給月退，月退則尷尬地點點頭。

「我明白你的意思了，你不用這麼激動沒關係……」

噢噢，月退，如果一定要心靈相通的話，我寧可是跟你也不要跟噗哈哈哈啊！

「總之……你可以正確讓它隨時知道你的意思了，那麼就可以好好溝通了，順便也讓它知道一下你語言障礙的問題？」

月退做了個建議，順便又補充了一句。

「戰鬥中可以心靈對話是很方便的，比用說的快很多，而且敵人也聽不見，跟武器心靈相通後，未來的配合就能更順利了。」

范統聽完他這番話，完全無法去想像那樣的未來。

我覺得啊，只要讓它聽見我心裡偷偷罵它的話，再讓它知道之前我那些讚美它的話都是在講反話，它就不會理我了啦，哪來的合作愉快啊？不，不理我只是最輕微的後果吧，搞不好它還會自己胡亂放光，讓我手忙腳亂，或者趁我掃到自己的時候讓我當場自裁一路好走……

天啊，噗哈哈哈，你還是自己睡覺就好，當一根無害的拖把吧——

從他陰晴不定、變幻萬千的臉色來看，月退大概也猜得出他在顧慮什麼，他也只能嘆氣。

「范統，你總不能瞞一輩子吧？還是跟它開誠布公比較好。」

月退說著，便想伸手去拿桌上的噗哈哈哈，以便遞給范統。看到這一幕，范統驚叫了一聲，連忙抓住他的手制止他。

「月退！你忘了你的腿是殺刀腿嗎！這一碰下去噗哈哈哈要是死掉怎麼辦啊！」

范統這句話又把手顛倒成腿了，月退愣了一下才會意過來，怔怔地抽回自己的手。

「啊……也是。其實……不，沒什麼。」

耶？這種欲言又止的氣氛是怎麼回事？想說什麼就說啊，為什麼吞吞吐吐的？

范統雖然內心有疑惑，但眼前比較迫切的是噗哈哈哈的問題，月退反正本來就常常話講一半，他也習慣了。

他抱著早死早超生的心情將噗哈哈哈拿起，果然立即就聽見了噗哈哈哈的詢問。

『范統，你有事情瞞著我？你的語言能力有什麼障礙呀？』

不要一開始就直奔主題啦！而且我跟月退的對話你居然有聽到……

『嗯？只要我想聽就會聽到啊，而且、而且都多久以前的事情了，你為什麼還對肉體相通念念不忘……』

……

這段誤會大概是源自於剛才月退問他是不是想跟噗哈哈肉體相通，他又很大聲地回答了「對」的部分，范統整個人石化。

如果本來還有點逃避現實不想說明解釋，現在也容不得他不解釋清楚了。肉體相通的誤會一定要澄清！一定要澄清啊！不然我還用做人嗎！我才不是那種會對拖把興起妄念的變態——

『我是拂塵啦！拂塵！再叫錯我不理你了！』

好啦！拂塵就拂塵，總之我要說明我的嘴巴問題，你專心聽就對了！

在心靈交談沒有詛咒干擾，每一句話都可以說出正確意思的情況下，要將說反話的前後事由說一遍其實沒有很難，范統在腦袋裡劈哩啪啦地想過所有該解釋的話後，就等待噗哈哈的回應了。

這段等待的時候其實有點煎熬。雖然范統的確嫌拖把不帥不知道嫌了幾百次了，但他實際上畢竟還是已經接受了這是「他的」武器，再說，噗哈哈雖然有點大牌、有點懶散，外加有點瞧不起主人，但感覺上它本性似乎還挺天真無邪的，大概是涉世未深的關係吧，所以，范統還是不太希望真相會傷害到它。

『……所以，你其實不喜歡我囉？』

……

范統努力讓自己什麼也不要想。

『你沒有覺得我很好，也不想選我，是這樣嗎？』

因為這些好像都是事實，至少以當初的心態來說，正確無誤，所以范統更加不知道該怎麼回答。

『好難過喔……我要睡覺了，有事也不要吵我。』

等、等一下！噗哈哈哈，我不是那個意思，我……

『不要吵我啦，討厭。』

然後，它就沒聲音了。

范統將噗哈哈哈擺回桌上，臉色灰敗，十分沮喪。

「談完了嗎？怎麼樣？」

月退關心地問起狀況，其實也不太需要問，因為范統的臉色只能用慘來形容。

「完蛋了，它好像超高興的，這下子慘了……」

這種時候說出來的反話實在很刺耳。要不是噗哈哈哈沒有長腳，范統甚至得擔心它會不會半夜離家出走不回來了。

「唔，想辦法安撫它吧？范統。」

噗哈哈如果有那麼好搞定就好了啦——

范統在紙上寫下「它拒絕跟我說話了」之後，月退為難地看著他。

「不然……我們去問問璧柔，對這件事情有什麼辦法，有沒有方法解決吧……」

什麼啊？月退你昏頭了嗎？為什麼要問那個花痴？你到底是哪根筋不對想到那個滿口音侍大人的女人啊？

范統想是這麼想，但他現在有種病急亂投醫，什麼都好的感覺，所以，他還是乖乖跟著月退去敲了璧柔的房門。

「有事問我？」

本來說要逛街的璧柔，大概是因為一個人去就得自己搬自己買的東西，所以就沒有去了，當范統跟月退來找她的時候，她正一個人在房裡等室友上課回來吃飯。

「嗯，范統跟他的武器出了點問題，我們想問問看妳有沒有什麼解決辦法。」

「咦？為什麼會想來問我啊？」

璧柔吃了一驚，像是不太明白他們為什麼會想到她。

你看吧！連當事者都不懂為什麼要問她啊！月退！你該不會只是想藉故跟她說話吧——

「算了，既然都來問了，是什麼問題呀？」

「嗯……我想，大概是欺騙感情之類的問題。」

月退回想著挑武器那天范統說的話，做出了這樣的判斷。

「欺騙感情？」

璧柔完全無法領悟。

「就是今天跟妳說過的，語言障礙的問題，應該就像……忽然發現以前說的喜歡和稱讚，通通是反義吧……」

月、月退，也沒那麼慘啦，我還是偶爾有真心稱讚它的時候……

「如果是我的話，這輩子都不會原諒他了喔。」

璧柔用一種有點鄙視的眼神看向范統，顯然覺得他的行為很不可取。

「一輩子——？」

媽呀！我果然還是小看了女人的小心眼嗎！

幸好噗哈哈哈不是母的！呃，性別真的是這個問題的重點嗎？好像也不是吧？

「一輩子……？這麼嚴重？真的沒有和好的可能嗎？」

月退也恍神了一下，才接著問下去。

「因為，人家最討厭被欺騙了啦，尤其是欺騙感情，整天說很喜歡我，結果到頭來其實根本就討厭我，這種事情怎麼能夠忍受嘛。」

「仔細想想的確無法忍受。」

月退居然跟著贊同了起來，喃喃自語了一句。

那個……月退，我覺得你身上又散發出陰氣了唷？又想到那個你喜歡但是被拒絕的人了嗎？克制一下、克制一下吧？這裡是學生宿舍，你要在這裡爆發，把大家的住所夷為平地嗎？

「范統，你為什麼要造成這種誤會呢？不喜歡人家又讓人家認主，誤了人家一生，這樣很差勁耶。」

璧柔轉向范統指責，月退也看向了范統。

「在發展到這種地步之前應該還是要盡力阻止誤會吧，變成這樣的結果，究竟對誰有好處？」

等一下，為什麼變成你們同聲撻伐我了啊？我承認我也有錯，不過我們來這裡的目的不是想找出解決辦法嗎？

「而且，你不是討厭它嗎？那你到底希望怎麼樣？你可以討厭它，卻不准它不喜歡你？」

璧柔這麼問後，范統也陷入了短暫的呆滯。

我討厭它？我真的討厭它嗎？如果是這樣的話，當它也發現這件事的時候，我應該很高興可以一拍兩散才對呀？

可是我現在卻真的很擔心它以後不理我——好吧，這可能也有一點實戰上的考量，但它說它很難過的時候，我還是覺得好像心臟被揍了一拳，整個有點呼吸困難啊……

「雖然已經認主了，但經過一些特殊的手續還是可以解除的，不如……」

璧柔還沒講完，范統就急急搖頭了。

不要！我才不要解除認主！

「你這人是怎樣嘛！都這樣了還不放人家自由，死纏爛打！」

隨便妳怎麼說啦！解除認主的話，噗哈哈它該去哪啊？回去那間武器店不見天日嗎？繼續在那裡等個幾百年也等不到會想選拂塵的主人嗎？

就算它搞不好一直在黑暗中睡覺，沒有別的武器要跟它聊天，它也覺得無所謂，但是我還是覺得這樣子……很寂寞……

不然它怎麼可能因為我隨便說了幾句讚美的話就跟我走了呢？我是什麼實力水準，它明明也看得出來吧？

而且它就算知道了真相也沒有主動要求我解除認主，如果我自己提豈不是傷害它第二次？

「這是我跟噗哈哈哈之間的事情，我自己解決就好，你們不要管啦！」

想了半天，范統拋下了這句話，就自行回了房間。

一打開房間的門，便又看到桌上的噗哈哈哈。

范統把它拿起來，試著在心裡喊了一聲，但它果然沒有回應，不像之前那樣，即使正在睡也會發出睏倦的聲音問他有什麼事。

這到底是什麼樣的心情呢？

這到底應該是什麼樣的心情呢……

## 范統的事後補述

朋友的危機過去，身邊的人也漸漸理解了我說話的障礙，照理說生活應該越來越開心順利，但怎麼彷彿不是如此？

先是出現心魔覺得月退好可愛，接著又是噗哈哈哈自閉的問題——

雖說關於心魔那回事，我已經看開了，長得好看的人容貌就是有殺傷力，看久總會習慣，只要忘記他是個男人，用輕鬆愉快的心情面對就沒問題了，反正我不說，他這輩子也不會知道這件事情，就是這個樣子。

想當年我十幾歲還是個稚嫩少年的時候，我媽媽也拍過我的頭說過「你真是可愛」這樣的話啊，雖然在媽媽的眼裡孩子總是可愛的啦，而且那時候我好像剛把打工的第一筆薪水孝敬給她，她整個就是笑得合不攏嘴……我到底想表達什麼呢？

這麼說來，我那老爸有對我說過「你真是可愛」這樣的話嗎？

他到底有沒有覺得他兒子可愛過呢？

雖然我後來畢業就變成沒事只會待在家裡，不修邊幅、成天看電視、賴床叫不醒，完全跟可愛絕緣的樣子，但那時候我老爸早就歸天了，他對我的印象應該還停留在乖巧上進那時候，所以他到底會不會偶爾覺得我其實還挺可愛的？

男人覺得另一個男人可愛到底正不正常？對，我就是想探討這個問題啦，如果連老子都不覺得兒子可愛了，那其他關係下冒出來的可愛，好像就有點需要擔憂了？

暫時擱置這個問題……人如果覺得一根拖把可愛，又正不正常啊？

雖然它可不可愛，我都不會想跟它肉體相通，但我覺得這個問題也很重要，我到底該去問誰？

硃砂之前也買了武器，我可以問他覺不覺得他的武器可愛嗎？

但他如果回答我「世界上沒有什麼東西比月退可愛」這種恐怖的話，我該怎麼回應啊？

然後就是……噗哈哈到底什麼時候才肯跟我講話？

我問了一堆沒有答案的問題，但我也只是覺得這種冷戰的氣氛好難過……

如果、如果噗哈哈肯跟我合好，我就——

不，等一下，不行，這次真的不能再亂發誓了，上次發的誓害我得慎重克制對音侍大人毒舌，那實在非常痛苦，這次要是再發什麼超難做到的誓，我以後的日子到底該怎麼過啊？

要是我說，以後再也不喊它拖把，會乖乖叫它拂塵，是不是誠意有點不夠？

可是我還有什麼能為它做的嗎？每天好好為它清洗梳理它的毛？一直都白閃閃的好像沒這個必要啊。為它講睡前故事？它每次都差不多三秒就睡著了，我大概只來得及講三個字吧。

神啊！快點把我生前的能力還給我！讓我算一算現在的局勢如何啊！

什麼負債、老婆，那些都已經不是重點了啦！

……不，老婆還是重點的，只可惜這些心靈相通善解人意的，通通不能當老婆。

# 章之四　意外的邀請

『像是綾侍大人邀請我進他的寢室之類的嗎……呃啊，光想像就快心臟病發流鼻血了！』——米重

『這種事情音侍大人應該常常遇到，也沒聽說他有心臟病發流鼻血。』——范統

『啊，本來就是啊，就算看他脫光也不會心臟病發流鼻血。』——音侍

『你們通通閉嘴好嗎？』——綾侍

隨著一個月的結束，迎接新一個月來臨時，月退的深綠色流蘇也被收了回去，變回了白色。

這是之前那些人以不正當的手段讓他不戰而敗的緣故。雖然他們都已經死了，但流蘇留下的記錄依然存在，因此，依照規矩，月退的流蘇便退回了白色的水準，之前的努力也等於白費了。

音侍和綾侍當然不可能再帶他去殺一次雞，要開口請人家買雞毛雞皮來換回草綠色流蘇的等級，月退也不可能說得出口，雖然他自己去殺雞綽綽有餘，但他似乎也沒有這樣的興致，在領回白色流蘇後，他只有淡淡一笑，就接受了這個結果。

「月退，我們再陪你去殺雞吧？東方城的制度真是討厭，怎麼可以這樣不考慮其他情形就

判斷嘛……」

對於月退的流蘇變回白色這件事情，硃砂感到忿忿不平，要不是當初的罪魁禍首們已經死無全屍不會重生了，他搞不好還會私下去報復一番。

「不，不用了，沒關係。」

月退笑著拒絕了硃砂的好意，看他皺眉，只好稍作解釋。

「就這樣變回初始的白色，其實也不錯。就好像一切重新開始一樣，回到最開始時的樣子……」

他略微停頓後，笑容變得有點寂寞。

「也許是本來就不該屬於我的東西，才會留不住吧？也許這是個理所當然的結果，本來……就應該這個樣子。」

范統在旁邊聽到這些話，心裡也覺得不好過。

「不要說這種話啦，你沒有努力過的事情都是事實，那些都不是你的，跟你一起度過這段時間的我們也是假的啊。」

呃……為什麼鼓勵的話可以因為詛咒的顛倒而瞬間變成落井下石？

我是真的覺得，說這種自己才聽得懂的話不好啦，這不能叫做樂觀、看開，而是自暴自棄吧？為什麼要否定這一段時間的一切呢？

「我只是覺得，拘泥於流蘇的顏色其實沒什麼意義，事到如今，它變成白色也無所謂了，只是這樣而已。」

月退自己看似毫不在意，相較之下，范統和硃砂還比他在意得多。

流蘇那純淨的白色，真的就好像在暗示著——過去發生的事情，除了他們的記憶，沒有任何事物能留下痕跡記錄一樣。

在時間與命運之下，他們能夠把握的事物真的不多。

「月退，怎麼會無所謂呢？薪水很重要啊！錢這種東西是最不實在的，沒有一定比有好，白色流蘇沒有薪水生活很好過的！」

不要在我倡導錢的重要性時跟我唱反調啦！

「月退賺的錢不也都被你拿去抵債了？你怕他沒收入不能幫你還債？」

硃砂一聽他說的話，立即瞪了他一眼，似乎覺得他十分無恥。

噢——這……這事情我還真是無法否認。不如我們不要再追究這個話題了吧，哈哈哈，哈哈哈哈。

「聽說比武大會的結果已經出來了，今天公布名次以及進行前五名對幾位侍大人的挑戰，你們有興趣去看嗎？」

不知是不是上天聽到了范統的祈求，硃砂沒在這個話題上繼續糾纏下去，而是提起了別的事情。

這陣子說忙不忙，說閒也沒有很閒，但事情上下起伏的刺激，讓范統早就忘記比武大會這回事了，提到這個未能有始有終參加完的比武大會，他就覺得傷心，本來只要倚靠兩名隊友的實力，他們這一組就很有可能晉身前五名了，最後卻因為意外的關係，還是與獎項絕緣，這就是所謂人算不如天算吧。

缺席加上月退被關了好幾天的關係，他們也沒機會參加敗部復活賽，幸好他們缺席的理由被認可，兩百串錢不用賠，否則可真是賠了夫人又折兵。

「反正沒什麼事，去看看應該也不錯。」

月退表示了一點興趣，范統也覺得去看看沒什麼不可以。

既然我們沒緣分拿到前五名，去看看前五名長什麼樣子也是好的嘛。

人畢竟多少都有點看熱鬧的天性，在大家都沒有異議的情況下，他們便動身前往比武擂台了。

由於他們是臨時起意決定來觀賽的，並沒有趕上一開始的時間，在他們到場時，四、五名精采的部分都已經結束了，不過前三名的想來也比較精采，應該也不需要惋惜什麼。

雖說有挑戰賽，但畢竟主要是正式的頒獎儀式，所以四位侍是和女王一起端坐在看台上的，一眼看去就可以看見。

音侍看起來十分正常，精神奕奕，果然經過王血的治療，整個人已經沒有大礙，當然他們也沒機會知道之前他躲著不肯見人時的傷勢是怎麼樣了，不過，看到人平安無事，總是好的。

珞侍坐在台上的樣子，看起來就是努力要正襟危坐、擺出嚴肅架勢的樣子，反正在「必須與身分合襯」這方面，他總是十分在意。

綾侍維持著一貫的冷淡，彷彿對頒獎儀式本身沒什麼興趣，同時也為了人群中一堆聚集在他身上的熱切目光而感到不悅，但他大概也已經習慣了。

坐在位子上的違侍則正在調整自己的儀容，看來剛剛第四名的挑戰賽應該是他下場的，就不知道是打贏還是打輸。

女王矽櫻淡淡要求司儀繼續接下來的內容後，第三名就被請上了台，這時候，范統也提出了一個疑問。

「挑戰賽，打贏有什麼懲罰嗎？」

「咦？」

月退的腦袋又轉不過來了。

「打贏了應該是侍大人們自己要檢討，懲罰挑戰者做什麼？」

硃砂這麼說之後，月退才意會過來。

「啊，范統，你是要問打贏有沒有獎賞嗎？」

正確！不錯，雖然反應慢了點，但至少還是解讀出來了！

「聽說沒有獎賞，只是一種榮耀罷了，大概就是出去可以逢人便說『我在擂台上打贏了音侍大人耶』這種感覺吧。」

什麼？就這樣？那不是很空虛嗎？拼死拼活打贏的結果，只有炫耀的用途？打贏音侍大人又怎麼樣啊，可以拿這個來當作徵求女友的廣告句嗎？講出這句話就可以吸引到女孩子的注意？但我怎麼覺得，講出來以後，女方會大怒說出類似「也不看看你什麼樣子，居然有膽打贏音侍大人，快點跪下來道歉」這樣的話？是我想太多嗎？

「這樣的話，選擇珞侍挑戰的目的是什麼？」

在挑戰成功後的獎勵等於「很光榮」這件事確定後，月退一臉不解地問了這個問題。

……月退，可以毫無心機問出這麼傷人的問題的你，真是不簡單啊。幸好沒給珞侍聽到，他要是聽到，看他以後還理不理你……

「就算打到了前五名，也是有品格不好的人。」

硃砂這麼回答。

要是我們沒中途棄權，一定有前五名，這句話我原封不動奉還給你……

這個時候，第三名的頒獎儀式已經結束，那個小組想挑戰的是違侍。台上的音侍在聽到他們想挑戰違侍時，立即就爆笑出來，然後便轉頭跟綾侍交頭接耳竊竊私語了起來，也不知道在說什麼。

「音侍大人看起來很幸災樂禍，不知道在聽什麼……」

雖然說被顛倒成了聽，但至少幸災樂禍這個詞有表達出來，還不算錯太嚴重。

「音侍大人說：『綾侍！你看！死違侍就是顧人怨，大家都喜歡挑戰他！啊，我可不可以在比賽中故意丟個小石子彈飛他的帽子啊？』」

月退忠實地轉播了過來。可以聽見這麼遠的竊竊私語，他果然不是省油的燈。

「那綾侍大人又回答了什麼？」

既然都聽了前面了，硃砂便忍不住問了問後面。

「綾侍大人說：『乖乖坐好，不然回去你有得瞧。』」

月退也回答了這個問題，不過音侍和綾侍的對話不只這兩句，於是范統又問了下去。

「前面呢？」

我是說後面呢。

「後面……就算了吧。」

月退移開了眼神，看向了遠方。

「咦？為什麼？」

「後面不太想說出口。」

你這樣講實在讓人很想逼你說出口啊，到底是什麼難以啟齒的話……

不過，能讓你不想說出口，依照你的個性，我只能猜音侍大人開黃腔耶。不然就是跟璧柔有關！

如果是這種話題的話，的確不聽也罷……

「挑戰賽要開始了，專心一點吧。」

硃砂提醒了他們一句，於是，三個人便將目光集中到了台上。

挑戰違侍的這一組，平均都有紅色流蘇的階級，實力算不錯了，但三個紅色流蘇加起來能不能勝過深紫色流蘇呢？

范統一直覺得挑戰違侍需要做很多心理建設，因為，輸給音侍或綾侍的話也就算了，輸給違侍真的會有一種很不愉快的感覺，只要看看這一組的戰鬥結果就知道。

違侍顯然覺得跟他們動手是折了自己的身分，完全沒有讓一讓的意思，看得出來不想多做糾纏，直接簡單俐落地就把人轟下了台，絲毫不留情面。

「哼。身分低下的新生居民也敢挑戰我？」

而且贏都贏了，還要再加上這樣一句藐視意味十足的話，足以讓每個新生居民都覺得不舒服。范統覺得，就是因為他這種態度，下一組的挑戰者才會心生不滿繼續挑戰他，也因此才會連戰三場吧？

要不是為了頒獎的氣氛，挑戰賽禁止殺人，說不定違侍還會給他們一個痛快，讓他們付出一百串錢的重生費當作吸取教訓的學費。

見他這種表現，音侍又在台上碎碎唸了起來，聽力普通又不會讀唇語的范統自然無法知道他在唸什麼，不過大概又是恨不得自己上場教訓違侍之類的話吧。

頒獎儀式進行到了第二名，這次，他們要求挑戰的是珞侍。

場上的氣氛頓時變得有點微妙，三個深紅色流蘇要挑戰一個鮮紅色流蘇……怎麼看都是挑軟柿子吃啊？

「品格不好的人出現了。」

硃砂這麼斷言。

就是嘛！居然想欺負美少女！狼心狗肺啊！

嗯，這句話要是被珞侍聽到，他應該也會想宰了我，就算跟他扯謊說是反話，應該也沒有用吧。

單看實力，珞侍實在不應該出戰，而且規定上也說，可以挑戰的侍不包含珞侍在內，現在這組人指名挑戰珞侍，明顯就是故意的，不曉得他們會怎麼處理。

礙於身分與面子，面對公開的挑戰，珞侍即使知道幾乎沒有勝算，還是因為自尊的緣故而想應戰，不過，他還沒來得及說話，違侍就先站起來了。

「陛下，能交給我處理嗎？」

他先做的手續是向矽櫻請示，在矽櫻微微點頭後，他隨即轉向了台上第二名的小組。

「比賽規矩明訂了可挑戰的人選，你們提出向名單外的人的挑戰要求，是刻意藐視規定？」

違侍這樣嚴肅而帶著冷意的態度，讓他們微微退卻。

「提出你們的理由，平民。你們以為拿到了比武大會的第二名，就可以隨心所欲做出任何要求而不會遭到處分嗎？新生居民何時有了冒犯侍的權利？這是你們最後答辯的機會，還有十秒鐘。」

「我、我們……」

在違侍淩厲的氣勢之下，台上這幾個人完全因為自己的愚蠢惹來的禍而不知所措了起來，十秒鐘當然很快就過去了。

「你們的挑戰權視同放棄，同時依照法令處以杖行一百，帶下去。」

違侍一秒也不浪費，十分快速地決定了刑責，然後就坐回了位子上。至於接下來衛兵將人帶走的事情，也只是個必經程序罷了。

音侍又臉色怪異地跟旁邊的綾侍交頭接耳了起來，珞侍皺著眉頭也不知道在想什麼，范統則是在內心感慨。

人果然會因為交友不正常而忘記自己的身分啊。原來冒犯珞侍一次就要被打一百棍，我平時跟他說話沒大沒小的，老早欠了好幾千棍了嗎？這要是一次算帳，不死也半殘呀，身為一個身分地位低下的新生居民，我對幾位侍大人的態度還真是不夠尊重？

說起來，也是因為結交了權貴的緣故，我們棄權的處罰金才可以被取消吧？唉唉。

「聽說違侍大人很喜歡判死刑，沒想到這次居然不是。」

這話有點失禮呢，硃砂。雖然違侍大人是我們新生居民的公敵，但好歹他這次是維護珞侍，就留點口德吧。

「咦？這點小事也可以處死刑嗎？那我到底是怎麼被放出來的？」

月退有點震驚，畢竟相較之下，他犯的罪在東方城的律法裡，鐵定嚴重多了。

嗯──這麼說來，我們好像沒有深究過音侍大人是如何讓月退無罪釋放的耶？有機會問問珞侍好了，他也有去現場開會吧，所以他一定知道情況。

第二名的鬧劇過去後，便是第一名的部分了。

這次的比武大會，第一名的一樣是個小組，隊伍中流蘇級別最高的已經是淺紫色流蘇了，這可以說是個不可小覷的等級，走在路上也很難看到，想來得到第一名，應該算實至名歸吧。

嗯，感覺都是高手的樣子，至少會有點高手風範吧？不要像第二名那麼愚蠢了。你們要不要考慮一下挑戰違侍大人？違侍大人是深紫色流蘇，似乎有點希望戰勝的樣子？

范統在心裡這樣想，不過第一名小組的隊長一開口發言，就整個違背了他的期待。

「我們非常傾慕綾侍大人，懇請綾侍大人指教！」

……高手風範呢！高手風範！理想幻滅啊！搞了半天居然是綾侍大人後援會的嗎──

范統在心中的哀號是不會有人知道的，硃砂則是冷靜地說了一句話。

「這世界上果然無奇不有。」

你給我慢著，這位人妖，應該用無奇不有來形容的是你吧？是你吧？無論是你的身體還是你的人格，甚至你追求月退的大膽行徑都是啊！相較之下，人家不過是得了名在光天化日之下公開求愛，跟你比起來算什麼啊！

這時候，音侍微微一愣後又轉頭跟綾侍說起了悄悄話，看到這一幕，范統忍不住以殷切的眼神看向月退。

月退，這次他們說了什麼？快轉述啊！總覺得應該很有趣！

無奈月退沒注意到他的眼神，反而是硃砂問了。

「月退，音侍大人跟綾侍大人說什麼？」

奇怪，硃砂怎麼剛好跟我有一樣的問題，感覺好像我跟硃砂心靈相通了似的，實在不太舒服。

「咦？我剛剛沒觀察他們，不知道耶。」

當月退這麼回答後，范統頓時覺得一直在注意人家一舉一動的自己很糟糕。

唉，我也只是覺得兩位大人的互動充滿了奧妙嘛，而且擂台挑戰賽本身，看到現在都沒什麼樂趣啊。

姑且不論音侍跟綾侍溝通了什麼，也不知道他們是否達成了什麼共識，總之，音侍就直接從台上跳了下來，看向場上的挑戰者們，笑容滿面。

「啊，綾侍不想動手，所以我代勞吧。」

什麼啊？什麼亂七八糟的東西？連綾侍大人也不給人挑戰的嗎？搞不好他們打到第一名就為了讓綾侍大人在台上揍飛啊，您們這樣叫人家情何以堪？

「音侍！你又在胡鬧些什麼！不要破壞規矩！」

台上的違侍看不下去，表達了他的憤怒，不過音侍一向不太理會這種話，尤其話還是從違侍口中講出來的，那就更不會理睬了。

「啊，什麼規矩？上面只寫可以挑戰，又沒說一定要接受，我覺得沒有任何問題啊。」

怎麼會沒有任何問題，問題可大了，這根本是詭辯吧！音侍大人，您這樣會變成綾侍大人後援會的頭號剷除對象的，超越眼中釘的等級啊！

「綾侍，你不打？」

矽櫻的目光轉到了綾侍身上，淡淡問出了這個問題。

「……確實沒有什麼可以指教的。」

綾侍好像也不知道該回答什麼，對音侍十分無可奈何。

「那就這麼決定囉？啊，你們應該不介意吧？我們可以開始了嗎？」

不介意的大概只有音侍一個人而已，這個第一名的小組傻眼到說不出話來，矽櫻也只嘆了一口氣，像是決定縱容他不阻止了，於是，這場挑戰賽就變成音侍愉快地舒展筋骨的場子了。

「啊，太好了，活動自如！身體應該沒什麼問題了，感覺真好。」

音侍在迅速解決掉他們之後，沾沾自喜地說了這麼一句話，看來這應該是治療康復後第一次動手吧。

音侍大人，您身體沒什麼問題，但他們恐怕有問題了。拿比武大會優勝組來當試身手的靶子，這樣不太好吧，您就沒有別的練習對象了嗎？比如說虛空二區的小花貓？還是自從您號稱逛街逛到重傷歸來後，綾侍大人就不准您外出散步啦？

「都是一面倒的戰鬥，實在不太有趣。」

月退似乎覺得有點無聊，的確，跟之前的示範賽比起來，優勝者的挑戰賽無聊多了。

因為頒獎跟挑戰賽也到此結束了，接著就是一些慣例的閉幕宣讀，是可以先回家了，雖然感覺有點掃興。

不過，在他們離開現場要回宿舍時，范統接到了珞侍的通訊。

『范統！有重要的事情要跟你們說，老地方見。』

「喔，我知道了，我不會去的。」

『你不會去就算了，叫月退去喔。』

珞侍說完就結束了通訊，讓范統只能瞪著符咒通訊器乾生氣。

明明知道我嘴巴的毛病還故意將錯就錯嗆我——

「月退，珞侍沒有約我們老地方見。」

「噢……珞侍約我們見面，是這樣嗎？」

月退勉強解讀出了范統的意思，范統也連忙點頭。

「既然這樣我就自己先回去了，我跟著去不方便吧？」

硃砂沒有不識相地硬要跟，而是很乾脆的自行離開，接著，范統就跟月退一起到常常跟珞侍約會的餐館等候了。

他們沒有等多久，珞侍就出現了，大概是那邊的儀式結束了吧，他趕過來的時候還有點喘，多半是怕他們等太久所以用跑的。

「呼……我們進去再說吧。」

范統不反對這個提議，既然進去了就一定有東西吃，何樂而不為呢？

這麼說來，他好像每次總是懷抱著對食物的渴望這樣不純的心思在期待跟珞侍的約會。沒辦法，珞侍終究不是真正的美少女，食物的吸引力比較大也是正常的嘛。

等到他們三人入座坐定，珞侍也稍微喘一口氣後，點了些簡單的菜色，在等待上菜的期間，珞侍便開口說明了主要目的。

「最近有一件大事，不過我想你們才來東方城定居沒多久，應該不曉得，所以找你們出來說一下。」

珞侍這麼開頭之後，范統就發問了。

「所以你只是為了告訴我們一些不需要的資訊才約我們出來啊？」

我是說必需的資訊、必需的資訊。

「才不是！當然還有別的相關的事情啊！我才不是會為了不重要的事情就隨便約你們出來的人呢！」

珞侍立即態度強硬地反駁，顯然非常不想被這麼誤會。

不，你是。我相信你會為了想看月退以懷念暉侍，然後用一些不重要的理由約我們出來見面。不過話說回來，朋友見面吃個飯聊個天，本來就不需要什麼名正言順的藉口當掩護啊？你本來就可以為了一些不重要的事情約我們出來吧？

「所以，是什麼事情呢？」

月退把主題拉了回來，珞侍這才說下去。

「沉月祭壇的王血注入儀式。」

喔喔！……聽不懂。

雖然聽不懂，但是又提到沉月祭壇，又提到王血的，感覺就是很重要的樣子，嗯。

「說起來這個儀式跟新生居民切身相關呢，因為它牽涉到水池的復活功能。上次注入王血的效果已經快到期了，如果不重新注入一次，水池的復活效果就會消失，新生居民死了也就無法重生了。」

喔咿！

這個聽起來的確很切身相關！尤其是我這個很容易就死掉的脆弱傢伙啊！

「……啊。」

月退似乎微微怔住了，大概是也體認到這件事的重要性吧。

「這個儀式對我們跟落月來說，都是很重要的事情，儘管我們立場敵對，還是得合作一下，反正注入過一次後就很久不必再見面了。」

珞侍在陳述這件事時，還是帶了點不愉快的情緒。

「誰教水池的力量一定要兩邊的王血才能維持延續呢，想到要跟落月的人合作就覺得好討厭。」
不錯啦，碰到利益一致的時候，你們至少還願意合作，而不是互相扯後腿。你就忍忍吧！無論如何儀式一定要順利進行啊！不然以後我該怎麼辦！我還是寧可付一百串錢也不要真的死掉的啦！
「然後，我主要要說的是……這次儀式會前往沉月祭壇，我們幾個侍都會隨行，還會帶上一些相關人員，我可以以隨從的名義帶幾個人……你們要不要跟我一起去？」
珞侍問出這個問題時，范統跟月退兩個人都呆了一下。
沉月祭壇耶！可以去沉月祭壇看嗎！那地方一般來說不是禁止閒雜人等進去的？我們可以去看看嗎？結交王子果然有很多好處？感覺回來都可以跟人炫耀我看過沉月了——
「因為……暉侍的事情，我想這次去也許有機會可以調查看看有沒有什麼蛛絲馬跡，搞不好他離開東方城後有去過那裡……」
見他們沒有立即答覆，珞侍又斷斷續續地做了一些解釋，看得出他的不安。
我懂了。反正你要一個人去調查會覺得怕怕的，所以要找朋友壯膽吧？那就直說嘛，真是的，害羞些什麼。
「總之，你們想一起去嗎？」
范統爽快地點了點頭，月退也同意了，說實在的，好像也沒什麼不能同意的理由。
「希望儀式能夠順利舉行啊，我很想死。」

「范統，你要是想死沒有人阻止你。」

珞侍你不要因為我們已經答應跟你一起去了，就翻臉不認人好不好？你最近好像很喜歡順著我的話諷刺我？

「我們需要做什麼準備嗎？」

月退問了個比較實際的問題。相較之下他比范統認真多了。

「應該不需要吧，因為你們名義上是我的隨從，不是儀式隨行人員，不需要工作，反正跟著我行動就好。」

哈哈哈哈！所以我們是去當大爺的嗎？搞不好還有人伺候？聽起來好爽——啊，慢著！

「隨行人員是怎麼選的啊？如果我沒有被徵召去打工欠債怎麼辦？」

唉，我不想多說了，珞侍你聽得懂就好了，你應該聽得懂吧？

「你是說會不會被找去勞動服務還債嗎？放心，隨行人員的素質是經過挑選的，輪不到你。」

……聽起來一點也不開心是怎麼回事？珞侍，你一定要這麼直接地貶我嗎？

「反正我跟月退就只是一個草綠色流蘇跟一個黑色流蘇的傢伙啦……」

我是說白色流蘇，雖然我覺得黑色流蘇搞不好才是月退真正的實力。

「所以……我們也會看到落月的人？」

月退今天似乎對范統說的話都無所動搖，很專注在正經話題上。

「嗯。沉月祭壇在我們跟落月的中間，有一段距離，會有人先出發到那邊布置休息處，我們會先在那裡停留一陣子，我想落月的人也是，在儀式正式進行之前可能會有一些協商吧，我想他們主要來的人應該就是落月少帝與魔法劍衛們。」

「魔法劍衛？所以我們還會再看到那個高個子跟那個天才囉？這簡直是孽緣啊！」

哇！我不得不說詛咒實在是太強了！矮子跟笨蛋居然可以變成高個子跟天才！神乎其技啊！

「……什麼叫做再看到？你們什麼時候看過魔法劍衛了？」

珞侍瞇起了眼睛，完全抓到了這段話裡面有問題的地方。

啊，糟糕，魔法劍衛入侵我們的地盤殺雞拔毛的事情是音侍大人他們私下解決的，說好不提……讓珞侍知道了，怎麼辦啊？

「月退，你們見過落月的魔法劍衛？」

哇！珞侍你好陰險！不要看我不回答就問月退那個老實人啊！

「咦？怎麼問我？」

月退彷彿也不知道該怎麼回答，這時候，為了避免被繼續追問，范統當機立斷站了起來。

「月退你跟珞侍慢慢吃，我忽然想到沒事，不太想家，我先回去了啊哈哈哈——」

說著，他連忙拔腿奔出了餐館，逃離是非之地。

天曉得我有多心痛，飯菜都還沒吃到啊！不過，這樣不管月退被問出什麼都不關我的事了！月退你自己要堅強啊！

范統一面為了逝去的一餐哀悼，一面為月退祈求好運，然後走上回宿舍的路。畢竟現在也沒事可做，只能回宿舍，至於月退回來後會不會跟他算帳，那又是另一回事了。

沒關係，只剩下月退跟珞侍兩個人的話，珞侍一定會變緊張，也就無法咄咄逼人地追問了！一定沒有問題的！

「范統。」

我的設想很周到，而且比起留月退一個人面對珞侍，讓他一個人面對硃砂才是真正殘忍的事情，所以這次應該還好吧？他應該不會怪我吧……好像有人在叫我？

范統在意識到有人喊自己的名字後頓了一下，本來以為是珞侍或者月退追上來了，差點嚇得魂飛魄散，但他一回頭，卻發現是另一個他完全無法理解為什麼會出現在這裡，又為什麼會叫住他的人。

綾、綾侍大人……？

綾侍整個忽視他驚愕的表情，那雙漂亮的眼睛平靜地看著他，接著問出了問題。

「你現在應該有空？希望我沒有弄錯。」

我才覺得是我有沒有弄錯咧！綾侍大人為什麼會在路上埋伏……叫住我，問我有沒有空啊！這是米重心目中夢寐以求夢想了好久的場景，但可不是我的呀！

「您沒有什麼事嗎？」

「我希望你跟我走一趟，到我那裡去。我有事情需要你的協助。」

綾侍直接表明了自己的目的，這讓范統更加一頭霧水。

啊？這是要我去綾侍閣的意思？這到底是怎麼回事啊？這是什麼發展啊？我跟綾侍大人一點關係也沒有吧？

「我可以不去嗎？」

我知道我拒絕綾侍大人的邀請，米重要是曉得了一定會想宰了我，抓著我肩膀吼「這麼好的事情你居然拒絕」之類的話，可是我真的覺得很危險嘛，還好詛咒沒發作，我都已經表達了不想去的意思了，綾侍大人您也可以就這麼算了吧？

「那只怕……」

綾侍淡淡說著，飛快地抓住了他的手。

「由不得你。」

## 范統的事後補述

發生了什麼事情——

繼上次小巷中被綁架之後，這次是綾侍大人要在街頭公然綁架我嗎——

這次月退會來救我嗎——會嗎——會嗎——不，如果依照上次的模式，月退如果來救我，那是最後他會把我跟綾侍大人一起幹掉嗎？

我真的不知道我什麼時候這麼搶手了，我只不過是個飯桶啊！

雖然說比起被一群心術不正的新生居民加上一個原生居民綁架，被有東方城第一美人之稱的綾侍大人綁架，在視覺與心理上似乎稍感安慰一點，但是、但是……

但是還是一樣被綁架啊！還不是一樣嗎！

上次被綁架是為了用我拐月退來，他們真正的目標是月退，那這次綾侍大人綁架我是……？總不會也是為了月退吧？

還是他真正的目標是硃砂？其實他看上硃砂了？不對啊，硃砂的話，他直接去綁他不就好了，綁我做什麼？況且硃砂跟我的感情又不好。

無論是為了月退還是硃砂都不太可能啊，綾侍大人看起來只會為了音侍大人吧——？見鬼啊——為了音侍大人的話，又關我屁事啊！您們都可以在台上悄悄話綿延不絕了，我這個升斗小民難道能幫上您們什麼忙嗎？還是新年那時候音侍大人迫於規矩親了我那一下讓您記恨這麼久啊——

因為過於慌亂不安的緣故，我的腦袋都亂了起來，一直做出一堆糟糕的猜測，這樣應該是不行的吧？

我應該要冷靜下來，恢復我知性睿智的冷靜形象，這樣才能引領我的未來，導向光明之途……

但是這根本是不可能的事情啊——！

說真的，那個，噗哈哈哈，你有沒有考慮要救我一下？

你該不會又在睡覺了吧？

還是你還在生氣啊？不要這樣啦——

# ✣ 章之五　為誰而起

『如果你不在乎，就由我替你在乎。』——綾侍

神王殿第五殿，可以說是整個王殿的最深處，也最靠近女王居住的地方——范統上次來到這裡，是為了幫珞侍清掃暉侍閣，這一次來，卻是被綾侍給「請」回來的。

會被邀請到綾侍閣作客，是范統想都沒想過的事情，這樣算起來，整個神王殿五侍的住所，就只剩下違侍閣沒去過了，當然，他也沒有跑遍一次的意願，對他來說，這個地方還是有點危險，能不接近最好還是別接近，以免又有什麼他一個平民無法承受的大難迎頭降下。

不過，說被邀請來，只是好聽一點的說法，實際上應該是被強行帶回來的，因為綾侍根本無視范統的意思，以他的能耐，其實也不必考慮范統願不願意，在他的手抓住范統的那一刻，就足以讓對方失去抵抗能力了。

被帶到這裡來的范統沒什麼心情研究綾侍閣的擺設，他現在比較憂心的是自己的處境與未來，儘管腦袋裡胡亂轉過了一堆猜測，還是猜不出綾侍非得請他來一趟的原因。

「很抱歉手段強硬了一點，你想喝點茶嗎？」

綾侍讓他坐下後，先詢問了這麼一句話，似乎還是把他當成客人招待的。

但范統只覺得心裡更加不安了。

綾侍大人，您這招是先禮後兵嗎？能不能跳過這些繁文縟節，直奔主題？您這樣什麼也不說清楚，您端上來的茶我哪敢喝啊！

「我知道這麼突然的邀請會令人不安，其實你也不需要擔心，只是有一些小事情需要你的配合而已。」

見范統不說話，綾侍以極為平淡的語氣稍作了一下解釋，不過，這種程度的解釋其實沒多大的幫助。

「什麼大事？開始後我就不能回去了嗎？」

哇！不要自己詛咒自己！我是要問結束後我能不能回去！

「如果你配合就不會有事。要是你不需要喝個茶放鬆心情，我們可以直接開始。」

……這是威脅？這是威脅吧？這是不配合就會出事的意思，對嗎？綾侍大人您何苦為難我這號小人物啊？

「所以，你需要茶嗎？」

「好。」

不！我是說不必了！事情快點辦完讓我早點回家啊！

啊啊，月退跟珞侍在吃飯，不會立即回宿舍，所以也不會發現我不見了——

茶水似乎是綾侍閣常備的東西，綾侍沒有被沖泡的手續耽擱到時間，而是直接端了茶盤出來，再將倒好的一盞茶放到范統面前，自己也喝了起來。

好茶是應該慢慢品嘗的，從綾侍閣端出來的茶當然不會是什麼廉價品，只是在這種氣氛下，再好的茶范統也嚐不出味道，只覺得一舉一動都如坐針氈，相當不自在。

「那麼，我便開門見山說了。我要知道先前那場屠殺的真相。」

茶喝到一半，綾侍就開了口，一開口就讓范統繃緊了神經。

「除了凶手與後來被認定不是凶手的嫌疑者，你是現場唯一的倖存者，所以，我要知道真相，透過你是最好的方法。」

咦？不是沒有人說出去嗎？為什麼會知道我也在現場？綾侍大人果然神通廣大？

送審時的查驗報告書上有寫部分案情，這點范統自然是不會知道的，在聽完綾侍的話後，范統陷入了十分為難的處境。

實情當然是不能說的，因為他沒有把握說了之後月退的案子會不會翻案，畢竟他根本不知道音侍是如何讓月退被釋放的，而且，音侍還曾經交代過，就連綾侍問起也不能說。

更糟糕的是，他的嘴巴可不太聽他的話，連要扯謊都有點困難，這簡直是個難以處理的大難題。

「您問那個做什麼呢？」

綾侍會關心一個已經結束的案子，自然該有他的原因，范統覺得，總得先了解一下。

「我要知道那天發生的事情。我要知道，他是怎麼受傷的。」

綾侍沒有迴避這個問題，他很直接地回答了。

「出去散步就受了傷這種鬼話誰會相信？我不會讓事情就這麼過去，不會。」

當綾侍以平靜的口吻這麼說的時候，范統的背上也冒了冷汗。

——天啊，這不是更不能說了嗎？是在說音侍大人對吧？音侍大人怎麼受傷的，還不就是被月退傷的嗎？說出來的話，月退到底會怎麼樣啊？

「我還是不太了解您究竟想知道些什麼……」

范統硬著頭皮接了一句話，綾侍則立即給了他答覆。

「那天發生了什麼事？音是怎麼受傷的？還有——是誰傷了他。」

不要用那種眼神看我！喔喔喔！不是我！絕對不是我！您也看得出來我無害又弱小吧？您應該能判定我毫無嫌疑吧？

范統因為這平靜氣氛下的波濤而僵硬了一下，這真的頗為令人害怕。

「您就算這麼問我，我也……」

「我並沒有要聽你的回答。」

綾侍說著，動作輕緩地站了起來。

「我只要直接問你的腦袋就可以了。」

等、等一下！什麼？您要對我的大腦做什麼？把它剖開嗎？東方城沒有這種手術技術吧！裡面藏汙納垢的沒什麼好看啦——！

也許是綾侍這段話太過驚悚，范統整個人也從座位上站起來，頗有見情況不對想要逃跑的意思。

不過他才一站起身子，都還沒移動，四面的空間便金光一閃，乍然浮現出符文型態的透明牆壁，雖然尚未起什麼作用，但范統可以明白，這是用來困住他的結界。

綾侍不是會大意的人，今天他也完全沒有失手讓人跑掉的打算吧？

「就像是記憶解封時的程序，一切很簡單，把你的那段記憶給我，乖乖配合。」

綾侍冷冷地看著他，儼然完全不給他選擇的餘地。

所以不是剖開腦袋囉？這好像讓人稍微放心了一點？可是，給您又沒有什麼好處，難道您會幫我解封一段記憶當作酬勞嗎？不不，就算這樣還是不能給您啊！

在綾侍朝他走近時，范統試圖後退，不過退沒幾步就到了透明符咒牆的範圍了，要是這樣直接撞上去，實在不知道會發生什麼事。

「綾侍大人，這樣勸誘別人不太好吧！」

唔，強逼的顛倒詞是勸誘？是這樣嗎？

「我不在乎事情是否具正當性，我只要達成我的目的。」

不要隨便用那張大美人的臉講出這種壞人的台詞啊！

這個時候，綾侍彈指間使出的符咒擊中了范統的身體，在這道符的效力之下，他頓時失去了對四肢的控制力，不由自主地跪倒在地上。

「我已經勸過你不要抵抗了。」

這句話聽起來頗有敬酒不喝，喝罰酒的意味……可是我就是不願意啊——您怎麼可以用強的啦——

「難道還有什麼不可告人的祕密嗎？也罷，我看過就知道了。」

看著綾侍逼近過來的身影，范統的內心充滿絕望，在求救無門的情況下，他只好抱著一線希望呼喚了腰間的武器。

噗哈哈哈——救命啊——都是我不好，總之你幫幫我啊——

『嗯？范統你怎麼又出事了？』

我也不知道為什麼會這個樣子啊！你有沒有辦法幫我啊——

『本拂塵才不要理你，有事才會想到我，根本只想利用我。』

才、才不是這樣！我才沒有那麼卑劣呢！你不要這樣誤會你主人的品格啊！

『哼。我已經不相信你了，況且你又沒有生命危險，他也只不過是要看看你的記憶，根本不是什麼大事情。』

問題是不能給他看啊——

『哪有什麼不能給他看的，我呸。』

他要看那一段記憶鐵定得在我腦中尋找一番，那麼他就會看到我說我想跟你肉體相通的事情喔！

噗哈哈忽然沉默了一秒。

這個時候，綾侍已經將手按上范統的頭頂了。

『那、那種事情……是你丟臉又不是我丟臉！誰教你嘴巴這麼糟糕！』

現在不是計較這個的時候了！什麼只有我丟臉，你忘記你是怎麼害羞靦腆結巴地回答了嗎？我都還記得，都還在記憶裡面，就快要被看到了啦！

『范統你這個混蛋！』

於是，當綾侍施展力量想透入范統的腦海時，忽然間一股排斥力直接衝擊上來，將他的手給震開。

「咦？」

他感到微微地詫異，而范統跟噗哈哈之間的爭吵還在繼續著。

『那種事情為什麼要記得啊！你這個笨蛋、笨蛋、笨蛋！』

那種事情怎麼可能忘記啊！你這不是強人所難嗎！

『你給本拂塵忘記！快點忘記！那麼可恥的事情！』

我說現在真的不是說那種事情的時候啦！你能不能解開我身體的束縛啊——

由於范統明明處於無法反抗的狀態，剛才的排斥力十分不尋常，綾侍自然不可能不追究理由，他稍微看了看，很快就做出了明確的判斷。

「是這把拂塵嗎……」

噗哈哈哈——快點幫我啦——就要來不及了啊——

『可是，他有好好叫我拂塵，我覺得他是個好人。』

你不是不願意那段記憶被看到嗎！怎麼態度轉化得這麼快！

『仔細想想還是算了，反正我的人生都已經被你毀了，沒差這一筆，范統你受死吧，王八蛋。』

喂——

綾侍將噗哈哈從范統的腰間抽了出來，然後將之放置到一旁的椅子上，因為他們的心靈感應還只是比較初步的階段，這樣的距離就無法交談了，見到這種情況，范統的臉色相當僵硬，這下子似乎也只能死心了。

綾侍大人您怎麼一眼就能看出來是噗哈哈有異狀啊？月退好像也說過它是一把好武器……怎麼天底下只有我不識貨嗎？

當綾侍那修長的五指再一次按到他頭頂時，范統只覺得一股涼意滲透進腦門，就像是一絲絲的氣從綾侍的掌心穿透進來一般，儘管沒有疼痛，那種感覺依然讓人十分不舒服。

現在應該還在找尋的階段，等到尋到了他需要的那段記憶，他就會把它抽取出來觀看了吧？

怎麼辦？

究竟該怎麼辦？

范統已經慌得思緒一片空白了，他現在想不出任何辦法來脫困，彷彿只能眼睜睜看著事情發生。

只不過，明明應該是志在必得的局面，綾侍卻屢屢遭到阻礙——比如說，在這個當下，突然闖進來的音侍。

「綾侍，住手！」

在瞧見音侍出現時，綾侍明顯吃了一驚，四周的符咒牆因為他沒有繼續輸送符力而消失，他也不得不終止了手邊的動作。

「你怎麼會……」

「啊！真是的，怎麼這樣，我就知道你會這麼做，你這樣也太過分了！」

音侍走了過來，隨手一揮就解除了范統身上的束縛符咒，綾侍則仍然處在不能理解的狀態下。

「為什麼你會知道，我還等到現在才進行調查，明明應該沒有破綻的……」

「我們都在一起多少年了，我怎麼可能不知道你在想什麼？」

當音侍微帶憤怒地說出這句話的時候，綾侍的神情一時之間有點複雜。

「我從來不認為你會知道我在想什麼。所以呢？你要阻止我？」

「當然要阻止你！你到底想做什麼啊！傷都已經好了不是嗎？過去都過去了，我都不追究為什麼你要追究？」

「怎麼可能過去了就不追究？」

綾侍的語氣因為情緒的暴躁，也變得激烈了起來。

「傷好了就等於沒受過傷嗎？因為某個原因受過一次傷就不會再因為同樣的原因而受傷嗎？你也是會死的！然而你自己都不在乎！為什麼你受了重傷、遭遇了危險，我卻什麼也不能知道呢？你在做任何事情的時候，有沒有想過自己也可能會死？你以為那個純黑色流蘇就代表天下無敵嗎？」

他一口氣吼完這些後，深呼吸了一口氣，試圖克制住那種焦躁不安的感覺。

音侍被他這麼吼過後，則是微微愣住了幾秒。

「啊，綾侍，你真可愛，居然發這種脾氣。」

這句話讓綾侍一時洩氣，有種不應該跟白痴交談的感覺。

「我問什麼你又回答什麼……」

「啊，本來就是嘛，你果然是我的好兄弟，居然這麼怕我死掉。」

被擱置一旁的范統，此時正在無言中。

讓我釐清一下頭緒。嗯，首先是音侍大人衝進來質問綾侍大人為什麼要做壞事，然後綾侍大人的告白大概是「還不都是為了你，還不下跪」的意思，接著音侍大人又以他的天賦口才把話題轉往了一個奇怪的方向，導致氣氛十分微妙中。

綾侍大人，我覺得您差不多可以跟噗哈哈哈說一樣的話了：「仔細想想還是算了，反正我的人生都已經被你毀了，沒差這一筆，音你受死吧，王八蛋！」
啊，不對啊，音侍大人是來救我的，我怎麼可以叫他受死呢？
音侍大人快用您的氣勢壓倒綾侍大人吧！千萬不要被他說服了啊！
「總而言之，傷已經好了，我自有分寸，老頭你不要再計較了啦，要是你再帶人回你房間做這種事情，我會生氣。」
我深深覺得我可以帶著我家噗哈哈哈退下了，不知兩位大人意下如何？
「……」
綾侍瞥了范統一眼，眼光似乎有點不樂意，范統則被他看得打了個寒顫，很想快點離開這裡，回到比較輕鬆自在的氣氛中。
「放他走，你會親口告訴我真相？」
「啊，不行，你又跑去告訴櫻的話，會越來越麻煩。」
「……如果你不給我一個交代，我就真的去告訴櫻要翻案。」
「啊！好兄弟怎麼可以對好兄弟做這種事！我今天才在台上幫你解決一批蒼蠅耶！」
「我可沒有拜託你，那是你自己要做的。」
因為綾侍不肯讓步，音侍好說歹說了半天，最後只能稍作妥協。
「我只是、我只是在現場的時候被一個新生居民質變的能力傷到了啦！這樣你滿意了嗎！」

嚴格來說，傷他的是月退的力量，跟質變沒有太大的關係，不過那天質變的異相確實很恐怖，假話中混著一些真話，也比較有說服力。

「就這樣？」

綾侍還有點懷疑，總覺得這樣的「真相」好像太單純了一點。

「不然還怎麼樣？」

音侍擺明了是沒什麼好說的態度，綾侍於是皺眉又看向范統，彷彿覺得也許可以從他那邊挖出更多東西來的樣子，這再度讓范統頭皮發麻。

「啊，你不要看他啦，是我交代他不要說出去的，這種事情很丟臉啊！你怎麼都不給我一點面子？」

呼，音侍大人您這樣才對嘛，叫我們不要說出去，就要負責保我啊……

「好了啦，你嚇到他了，我先送他出去，回來再跟你說。」

音侍說著，便走過來拍了拍范統的肩膀，示意他跟他出去，范統連忙抓了椅子上的噗哈哈就跟上去了，對他來說，現在能離綾侍越遠越好。

出了綾侍閣沒多遠，音侍就語帶歉意地跟范統說起話來了。

「啊，小月的朋友，真是不好意思，綾侍他沒有惡意，你不要放在心上。」

就我個人而言，我覺得您比較有惡意啊啊啊！先是拖把的主人，現在是小月的朋友嗎！這讓人怎麼不放在心上啊——！

「沒關係，至少您來了，我也發生了一些事情，不太能接受，大概就是這樣吧。」

「咦？又是沒關係，又是不太能接受，到底是怎麼樣啊？你發生了什麼事情？」問我的嘴巴，我也不知道。

至於我發生了什麼事情……可能是我又威脅了噗哈哈哈，導致我們之間的感情破裂得更加徹底，它甚至叫我受死之類的事情吧？呵哈哈哈……

「音侍大人，有沒有什麼辦法可以跟別人的武器感情變好啊？」

范統本來靈機一動想問問音侍，儘管音侍看起來很不可靠，但搞不好有些時候意外有些好方法——不過，他的話又顛倒了。

「啊？跟別人的武器要好做什麼？沒有任何幫助啊！」

音侍大驚，完全不能理解范統的意圖。

「不，我真正想問的是要如何跟自己的武器感情變差。」

不要逼我罵髒話啊！狗急也是會跳牆的！從剛剛到現在我要問的都是要怎麼跟自己的武器感情變好啦！

「啊？為什麼要跟自己的武器感情變差？我真不懂你。如果你認真想這麼做的話，也許可以拿火燒它的毛，或者把它丟進汙水中之類的……」

音侍大人！不要那麼認真以武器是拖把的前提來提意見啊！我根本沒有要問那個問題——

『范統你這個混蛋的朋友也都是混蛋啦！』

啊。

啊啊。

完了……噗哈哈哈聽到了……總之我跳進黃河也洗不清了吧？

說起來這個世界也沒有黃河。但這真的不是重點……喂！噗哈哈哈！你不是已經知道我嘴巴的毛病了嗎？那你也應該知道我不是要問那個問題啊！你回答一下啦！

范統試圖用心靈溝通跟噗哈哈哈取得聯繫，不過只得到一句極不友善的回答。

『本拂塵如果再聽你狡辯就改行當拖把！你去死！』

范統遭到了沉重的打擊，不過，他還沒完全死心。

噗哈哈哈，讓我們冷靜下來溝通啦……

『本拂塵跟你這卑鄙小人沒什麼好談的！』

拜託你聽我說……

『不要！』

你也理智一點……

『不要！』

可是我們還有一輩子要相處——

『不要！說什麼都不要！你閉嘴你走開你去死！』

似乎是完全失去理智無法溝通的樣子了。

到底是哪裡值得這麼生氣啊？說要燒它的毛觸怒它了嗎？可是那又不是我的意思——

「啊，你跟你的武器之間怎麼了嗎？為什麼會想跟它感情不好？你變心了想換一把？」

音侍大人求您別問了——它都聽得到啊——

「確實有這回事，我們不只是有一些小誤會。」

哇！慢著！你這張該死的嘴給我慢著啊！

小誤會如果很快就演變成大誤會，一定也是這張該死的嘴害的——

『……哼哼哼。』

噗哈哈你不說話就這樣哼三聲又是什麼意思啦！

「如果不要的話賣給我！我一直好想要一根拖把！」

音侍眼睛一亮，立即這麼說，這讓范統臉上一抽，簡直不知道該說什麼好。

您不會去家具用品店直接買一把就好？還是因為它會說話，所以格外討您的歡心？這算是什麼情況啊？我到底該說什麼？啊，我是不是該問一下您願意花多少錢買它？

不過我根本沒有要賣，問這做什麼……

但是，范統沒有問，音侍卻自己說了。

「三萬串錢你覺得怎麼樣？啊，要是嫌太低你可以自己開！」

噗嘰！

什麼東西！我聽到了什麼？不要誘拐我，我突然好想賣了！

兩百串錢換三萬串錢，這是什麼樣的投資什麼樣的暴利啊！到底是音侍大人您太財大氣粗，還是直到現在我都沒搞懂噗哈哈哈的價值？

不要隨便開出這種天價好不好，我只是一個意志力薄弱的小老百姓啊！

「好不好嘛？不要賣給別人，賣給我啦，我會好好對待它的。」

音侍一副覺得噗哈哈哈很搶手，先搶先贏的樣子，而范統聽了他的話之後，也猶豫了起來。

噗哈哈哈現在彷彿恨透了我，待在我身邊它也不開心，音侍大人好像真的很喜歡它的樣子，雖然音侍大人有點少根筋，但是善待它應該還不成問題，這樣噗哈哈哈也不必回武器店去積灰塵，是不是賣給他比較好呢？

而且這樣我還可以得到三萬串錢，感覺好像雙方都有好處還很賺——？

慢著！我果然是被錢吸引過去了嗎！前面說什麼考慮噗哈哈哈的幸福根本都只是藉口吧！范統！你這樣是不行的！

我覺得要是我真把它賣了，它搞不好會對音侍大人提出「想要我認主就把范統那混球人渣給宰掉」的條件唷？

做人真的沒必要做到這種地步吧，反正這種天下掉下來的橫財拿了會遭橫禍的，口水擦擦就算了……

不過，我道義上還是問一下好了。噗哈哈哈，那個，你會想換個主人嗎？

『……』

說句話啊！不要又不回答我啦！

『本拂塵認為認到兩個主人是十分丟臉的事情，不過這種事情我才不會跟你說。』

嗄啊？但你還不是說了嗎？

『本拂塵才沒有說。本拂塵只是自言自語不是說給你聽的。不要再吵我了，我要睡覺。』

怎麼每次都睡覺——

無論如何，現在還是得給音侍一個答覆，范統在經歷一番比手畫腳前言不對後語的艱辛過程後，總算讓音侍明白了他沒有要捨棄他武器的意思。

「啊——真可惜，如果你哪一天想賣掉它，一定要賣給我啊！」

音侍似乎始終對噗哈哈念念不忘無法死心的樣子，范統依然不知道能回答什麼，只能打哈哈混過去。

由於音侍還要回頭安撫綾侍，所以他只送范統出神王殿，接下來回宿舍的路范統就自己走了，一路上平安無事——畢竟本來就不會有人想對他做什麼，今天純粹是個倒楣的意外。

回到宿舍時，范統發現月退竟然已經回來了，其實他沒有在綾侍閣耽擱很久的時間，月退比他還早回來，飯也吃得真快。

「范統，你終於回來了，跑去哪裡了？怎麼可以自己先跑走……」

月退一看到他進來，就抱怨了幾句，但也沒有真的很生氣，大概就是這種程度而已。

「發生了一點事情。」

可能是一段奇妙經歷或者談心失敗之旅吧，說來話長啦。

「你一個人又沒帶錢，在外面能做什麼……？」

月退你不要這麼一針見血好不好，我就不能空著肚子散步吹風嗎？

「我被音侍大人抓走了。」

我已經受夠把綾侍大人顛倒成音侍大人了啦——

「音侍大人？咦，所以到底是……」

總而言之，最後還是只能筆談，范統在拿到紙筆後就能順利跟月退溝通了，這才勉強把事情交代了清楚。

「綾侍大人居然把你抓回去？誰叫你要自己先跑走。」

怎麼結論是這樣啊！你就一點也不擔心我的安危嗎！居然覺得是我自作自受似的！

不過，畢竟已經沒事了，也沒真的發生什麼嚴重的事情，范統便寫字問了月退吃飯的狀況。

「嗯，你離開之後，珞侍就問我魔法劍衛的事情……」

「然後呢？」

「然後……飯就送上來了，我跟他說肚子餓了想先吃飯，他沒有反對。」

「然後呢？」

「吃完以後我說沒事的話我要回去了，謝謝他請了這一餐，他好像同樣的問題問不出口第二次，所以我就回來了。」

珞侍，你果然是個臉皮薄的傢伙，被吃得死死的。

嗚！我還沒有吃飯啊！

范統才想到這一點，肚子就發出了咕嚕嚕的聲音。

「硃砂在洗澡，那邊有他拿回來的公家糧食。」

月退同情地看著他，跟他說了這個訊息。

我不要吃那種乾巴巴沒味道的難吃東西啦——

范統一面懊悔自己從餐館逃走的愚蠢行為，一面懺悔自己當時的沾沾自喜。

這麼說來，除了吃飯的事情，還有一個問題也需要解決。

「月退，當我的武器叫我去死的時候，我到底應該怎麼辦啊……」

病急亂投醫，問誰都好，大概就是這種狀況了。

月退先是一愣，然後露出了希望他節哀的神情。

「范統，早跟你說過不要妄想跟自己的武器肉體相通的。」

不是這個問題啦！不，這好像也是個導火線，反正就是我欺騙了一根純情的拖把，在用言語挑逗人家過後又不認帳是吧？

「它真的叫我去死啊，我應該怎麼做……」

「那你就去死吧。」

剛洗澡出來的硃砂，毫無同情心地說了風涼話。

我死掉天下太平就是了？

那問題還是不要解決好了，我相信總有一天會迎刃而解的，嗯。

## 范統的事後補述

我的人生就是一場災難。

唉，這該從何說起呢？我真的沒有立志要成為災難片、諜報片、驚悚片或者搞笑片的主角，從小到大我都沒有當演員的意願，如果是A片我還可以考慮一下，可是我雖然喜歡看，卻不喜歡自己被看，這很複雜。

而要坐視我的人生變成一部災難片、諜報片、驚悚片或者搞笑片，實在不是多愉快的事情，就算是冒險動作片也敬謝不敏，什麼范統與他愉快的夥伴們一起進行征服這個世界的偉大事業……完全沒有興趣！我只要窩在家裡當個不得志的小人物就好了，登上世界的舞台這種事情實在太累了，就算以前我想過成為東方城的明日之星嶄露頭角，那也只是想想罷了，不是認真的。

我真正的志向，就是無論到哪裡都可以當個不起眼的配角！

像是什麼街頭被綁架，還綁進皇宮裡這種事，絕對不要發生在我身上啦！

我覺得這年頭像我這麼有自知之明的人已經不多了，為什麼老天就偏偏要把我派到不適合我的崗位上呢？

好吧，至少綁架事件有驚無險，但我的家務事又該怎麼辦？

噗哈哈哈你到底想怎麼樣啦！真的要我去死嗎？

不要什麼事情應付不來就用睡覺逃避，你這樣是沒有前途的，大好人生都睡掉的話，等你老了一定會後悔……不對，你又不是人，可惡，不要因為有無限的青春就這樣浪費糟蹋給別人看啊！可以這樣無所顧忌地睡覺讓人好羨慕！

你如果喜歡哪一牌的清潔劑就跟我說一下，我去買來給你用嘛，雖然你家主人我沒幾個錢，但跟珞侍借個錢我想應該還不成問題，只要你肯跟我和好啦！

哪有主人這麼低聲下氣地求自己的武器的，你不覺得你已經佔了很大的便宜了嗎？

到底誰知道什麼東西可以討一根拖把的歡心啊……真心的求婚嗎？

## 章之六　行前

『出去郊遊過夜要帶零食、打發時間用的東西、各種生活必需品以及一顆愉快的心。』——音侍

『簡單來說，您帶著綾侍大人去就對了。』——范統

『不——！出去那麼多天，我的小花貓小黑貓小白貓們該怎麼辦——』——●侍

（據說上次匿名效果不好，所以改成蓋住另一個字）

『也許你可以考慮找個下人幫你照顧，回來再把他滅口。』——綾侍

王血注入儀式，就如珞侍所說，是個很重大的儀式，隨著時間迫近，東方城裡也常常聽到人談論了，范統在上學的路上、學校裡都會聽見別人的討論，似乎大家也對這件事情頗為關心，畢竟新生居民的人口比例佔多數，而這是與他們切身相關的事情。

不過，原生居民其實也會在意這個儀式，有些人是以比較友善的態度來看待新生居民的，有些人就不是了，范統還曾經聽到有人明目張膽在人來人往的地方表示希望儀式失敗，這樣新生居民就沒有不死之身了之類的話，由於說話的人是原生居民，也沒有人敢對他怎麼樣，以免在那過度保護原生居民的法令下吃虧。

「落月那邊不是主張停止沉月的運作，不要再迎接新生居民到幻世來的嗎？那麼，他們真

的會配合這個儀式？」

這是不少人都有的疑慮，在對沉月的主張上，東方城與西方城是相反的，那麼，不希望這個制度延續的西方城那邊，照理說應該會拒絕這次的合作才對。

「可能新生居民在落月那邊已經有不小的勢力了吧？為了自己生存的權利總是會抗議施壓的，他們似乎也只是不希望新生居民再進入幻世，保障現有的新生居民，還是必要的吧？」

對於不太了解西方城情勢的東方城居民來說，也只能這麼猜測了，至少目前為止沒有聽說任何西方城拒絕配合的消息。

大家會時常談論這件事，多半也是對王血注入儀式能否順利進行的不安。這是可以理解的，因為這件事情掌握在高層的手中，他們無法接觸也無法影響，那是一種自己的命運被別人左右的感覺，無法靠自己的努力獲得想要結果的事情總是讓人沒有安全感。

這種人心惶惶的氣氛，大概要等到王血注入儀式落幕才會停止了。

❀

相較於外面的人心惶惶，范統他們這個寢室的氣氛倒是很平靜。

硃砂對這個話題不感興趣，他好像覺得好好上學過日子比較重要，擔心那種事情不切實際，而月退則是常常神遊出神，整個人心不在焉，也看不出來他怎麼想，范統自己是期待見見世面比擔心儀式是否順利要來得多，但他們寢室這種平和的氣氛，也讓他覺得他們好像很沒神經。

「月退，你怎麼又在發呆？」

硃砂在跟月退說了幾句話，然後發現他沒反應之後，推了他一下，皺眉問著。

「啊……我只是在想一些事情。」

月退回神後這麼回答。反正他每次出神總是在想「一些事情」。

「到底在想什麼事情？」

這幾天連續被這樣的答案敷衍，硃砂也有點失去耐心了。

「……就是，在想我是不是不該去。」

范統和月退要以珞侍的隨從跟去沉月祭壇的事情，當然不可能瞞著硃砂，那可是要離開好幾天的事，而且這種事情說出來其實也沒什麼，而在他們告訴了硃砂後，硃砂則不太滿意地表示自己也想一起去。

他的理由是，要去那種危險還會碰到敵方陣營的人的地方，他們不應該把他撇下來丟在宿舍，如果真的發生什麼事情，他好歹也比范統有用，況且大家都是夥伴，他們的事情不該總是與他無關，這樣感覺很不好。

范統對於這個說法不予置評，他一向知道自己沒什麼用，尤其在噗哈哈不理他之後，他的沒用指數更是直線上升，因此，就算被這樣貶低，他也只能摸摸鼻子算了。

月退聽他這麼說之後，則是先跟范統商量要不要把事情大概告訴他。因為他覺得硃砂的口風應該也挺緊的，算得上可靠，聽完之後大概還是會站在他們這邊。

范統心裡是想「只要他還一直對你存有非分之想，當然就會一直站在你這邊」，不過他當然沒有這麼說，只說了隨便，於是，在徵求珞侍同意後，他們將這一趟要順便尋找暉侍的線索這件事告訴了硃砂，封印沉月的相關話題就沒說了。

要請珞侍再添加一個隨從自然沒有問題，硃砂於是也變成了即將同行的同伴，現在月退卻突然思考起自己是不是不應該去的問題，實在讓人有點疑惑。

「有什麼該不該去的啊？我們不是去給珞侍添麻煩的嗎？」

我是說，我們是去幫忙珞侍的啦。不過我可能真的是去給珞侍添麻煩的……

「月退，你應該不是那種會因為這點小事就害怕的人吧？」

硃砂挑眉質疑。

我說啊，把王血注入儀式與私探沉月祭壇當成「這點小事」的你，真的令人難以理解。

「我們就當作去玩的，緊繃心情嘛，出遊要充滿期待感啊。」

只錯了一個詞算是不錯了，總之，我是想叫月退放鬆心情，不要做出那種畢業旅行前夕興奮到睡不著之類的事。

「嗯，我是挺想去的，只是有的時候還是會有一點……」

月退這句話沒有說完，讓范統很想自己給他接下去，像是「會有一點懶得出門」、「會有一點害羞」、「會有一點不想跟硃砂一起去」這樣的話。

「應該……做一點心理準備就沒事了吧，我想。」

他這麼說大概是要他們別擔心的意思，雖然范統跟硃砂還是不太明白，但也就不再追問了。

這一次王血注入儀式，幾乎所有認識的人都在前往的名單內，只除了米重跟璧柔。

米重畢竟只是個一般平民，沒有機會跟上這種隊伍，范統也不怎麼想看到他，要是去個沉月祭壇還得跟米重一道，那也太難過了點。

至於璧柔，她對這件事情也挺漠不關心的，畢竟她本來就是假的新生居民，根本是原生居民喬裝的，而且，她如果真的要去，也該是跟落月那邊的人一起去才對。

「音侍還問我要不要去，我怎麼可能去啊。」

在他們談到這件事的時候，璧柔這麼說。

「就算以前在落月的時候都是蒙面的，用真面目去可能沒有太大的問題，但萬一真的被認出來怎麼辦？」

璧柔還有這層顧慮在，這次的王血注入儀式，很多西方城的高層都會過去，她原本應該也是身分特殊的人員，要是被發現人在東方城的人馬裡，那還真是不太妙。

「妳原本在落日到底是什麼身分啊？」

落日……算了，落月只是因為月亮在西方城的方向落下而得名，但太陽還不是一樣西落？

「祕密。你們不需要知道這種事情啦。」

璧柔擺了擺手，看起來並不打算告訴范統答案。

「但妳一直這樣不回去都沒有關係？有人找妳嗎？」

「我很自由的，沒什麼人管得到我。」

「落月少帝也管不到嗎？妳跟他熟不熟啊？他是什麼樣的人？」

「恩格萊爾他……」

提起西方城少帝，璧柔的神色便黯淡了下來，似乎想起了什麼事情，因而變得有點難過。可以直呼名字，應該算熟了吧？這是范統自己觀察後的推測。

「他……是個很好的人。他也對我很好，只是……」

很好的人？很好玩的人嗎？我覺得會叫自己的魔法劍衛入侵敵國拔雞毛的皇帝，怎麼想也跟很好的人有一段差異耶。

「只是？」

只是他變了嗎？通常都是這樣接的。什麼青春期叛逆之類的……啊，少帝今年到底幾歲啊？

「我不想說了啦，你嘴巴有毛病問題還這麼多，真受不了。」

……女人翻臉真是跟翻書一樣，果然是這世界上最不可招惹的生物。

「那妳覺得落月會不配合這次的王血輸出儀式嗎？」

輸出就是為了注入，差不多啦差不多啦。

「嗯？應該會吧。不過，搞不好會拿配合儀式當作什麼事情的籌碼之類的，畢竟這個儀式，一向是東方城比較想促成。」

噢噢，外交手段！果然很想要什麼不能被人家知道，表現得太在乎等於被抓到痛腳，國與國之間的談判總是個複雜問題啊。

話說回來，談判是誰負責啊？

我們偉大的女王陛下看起來沉默寡言，音侍大人完全不可指望，綾侍大人雖然好像有點腦袋，但似乎不喜歡出風頭，珞侍看起來則是一副年幼可欺沉不住氣的樣子，所以……果然是違侍大人？

落月那邊又會是誰負責談判呢？但那邊的人有誰我也不太清楚，喔喔喔喔，想到談判頓時就變得好緊張啊。

「唉，好幾天都見不到音侍，好寂寞喔。」

璧柔哀怨了一句，范統聽了則有點想翻白眼。

妳要是跟去和音侍大人一起放閃光給女王看，我看妳多半會被暗中做掉。

況且，就算有距離的阻隔，你們還不是可以靠著符咒通訊器情話綿綿？一點也不寂寞吧？

「無論如何還是祝你們順利啦，我也幫不上什麼忙。」

璧柔說這話的時候，語氣有點沉重，范統也有點被感染了這樣的情緒，心情微微一沉。

「對了，你跟你武器之間到底搞定了沒？」

小姐，沒事不要關心人家的痛處。這種多餘的關心只會讓人困擾而已。

「搞定了，我們漸入佳境，只怕會越來越恩愛。」

這種時候說成反話，好像在打腫臉充胖子一樣啊！

「那就好，你要好好善待人家，不要再犯了。」

我覺得被妳教訓的感覺就是很不高興。我可不可以也跟妳說一句「妳要好好克制一下閃光，不要再犯了」？

抱持著鬱悶的心情，范統跟璧柔道別，再沒幾天就要出發了，儀式的事情真的越想越擔憂啊。

「是說有什麼不要準備的嗎？明天散開是為什麼？」

范統在說完這段話後，立即被珞侍用力拍了一下頭。

「明明知道自己的話會顛倒，還硬要說那麼高難度的話做什麼！」

一句話裡面可以被顛倒的詞越多難度就越高，尤其這句話幾乎都被顛倒光了。

「快點把原句寫出來！」

珞侍拿了裝了茶水的杯子給他，要他手指蘸一下寫在桌上。

何必啊，又不是什麼重要的話……

范統心裡唸著，但還是乖乖在桌上寫下了「不是說沒什麼要準備的嗎？今天集合是為什麼」。

「原來是這樣啊，真是深奧。」

月退若有所思地點點頭，這才理解了這句話。

「為什麼為了這麼無聊的一句話浪費我們的時間？」

珞侍噘起嘴，一副不高興的樣子，范統則在心中喊冤。

是你自己硬要我寫出來浪費時間的好不好！

「我只是覺得，去之前還是應該叮嚀一些注意事項啦，還有禮儀訓練之類的……」

「咦？這樣的話，要不要叫硃砂過來？」

月退一聽，便問了這樣的問題，珞侍立即就搖了頭。

「不要！你們回去再轉述給他聽就好了，我跟他不太熟，有他在說話不自在。」

哇，美少女你公然排擠人妖啊。但根據經驗，若只有你跟月退，你說話也不自在不是嗎？所以你跟月退也不太熟嘛，那你為什麼要找他來？

少女心真是難懂的東西。不對啊，我已經完全把珞侍當成少女了嗎？

「范統你一臉就很有意見的樣子是什麼意思？」

珞侍瞪了他一眼。

我覺得你總是對我不假辭色。究竟要怎麼樣我才能贏得人的尊重呢……

「因為你們的身分是我的隨從，所以在人前態度可能得保持距離，不能看起來太隨意，不然會被人說閒話。」

珞侍進入了主題，開始說明了起來。

「有外人在的時候，見到音侍綾侍他們也要行禮，不然不自然，會引人注目。」

這難倒我了。行禮不難，但你要怎麼控制不讓音侍大人過來熟稔地打招呼，一口一個小月一個小珠一個小月的朋友？

「音侍大人也會裝作不認識我們嗎？」

月退也想到了這個問題，珞侍則回答得十分快速。

「綾侍會管教他，不關我們的事，我們管好自己就好了。」

……喔……這樣啊……

「見到我母親的話，記得把頭低下，不能直視她，這是禮數。」

原來如此。月退把頭低下也好，被女王看到那張像暉侍的臉，還不知道會發生什麼事呢。

「落月那邊的話，這次會來的有少帝、三名魔法劍衛以及兩名長老，雖然我很想說，見到就不要理他們吐個口水就好，但是為了儀式的和平，還是得維持一點對他們高層的敬意，反正──沉默讓道就對了，不需要稱呼什麼。」

珞侍喝了一口水後，就接續著說了下去。

「他們的重要人物也很好認，落月少帝是金線三紋，三個魔法劍衛，其中兩個是金線三紋，一個是金線二紋，兩名長老都是金線一紋，看到金色就是了。」

人家金光閃閃啊，我們卻只有女王、音侍大人跟綾侍大人的流蘇是黑的……落月人才濟濟？

那，我們看到魔法劍衛，也得裝作沒見過的樣子囉？我覺得認識魔法劍衛比認識音侍大人他們更聳動，更容易遭人側目……

「我們駐留的地點在沉月祭壇外，出發的時候會使用術法跟符咒輔助，以縮短過去的時間，反正你們就跟我待在一起，不要亂跑——月退，你有在聽嗎？」

「啊……咦？抱歉……」

月退又走神了一下，也老實承認自己沒注意聽了。

於是珞侍又十分有耐心地為他重新講了一遍，一句怨言也沒有，這實在讓范統無話可說。

「然後，我想要在到那裡的第一天，潛入沉月祭壇看看，你們要陪我去嗎？」

范統聳聳肩，表示自己沒有意見，然後看向月退。

「我沒有問題，但是那裡有辦法偷偷潛入嗎？」

月退問了一個很重要的問題。

沉月祭壇這麼重要的地方，外圍一定有結界守護，要偷偷潛入就得有方法解開結界進去，這點珞侍辦得到嗎？

「開結界的方法，沉月節的時候我都有在旁邊看著偷記，應該沒問題。」
珞侍倒是心細，還曉得從旁觀看記下來，這樣的話，大概就可以敲定了。
「我們偷偷潛入，要是被抓到，會不會有獎賞？」
范統是要問會不會有懲罰，這個倒是兩個人都聽得出來。
「……你們的身分是我的隨從，只是跟我去的，責任我來承擔就可以了，基本上應該也不會多嚴重啦……」
珞侍挺有義氣的，不過他好歹是個王子，所謂的責罰，頂多也就是禁足之類的吧。
「這麼說來，上次沉月節的時候，也有遇到落月少帝跟一個魔法劍衛呢，不過不知道那是不是本尊。想來他們多半也想進去看看，一定不懷好意。」
「咦……你見過？少帝看起來什麼樣子？」
聽珞侍講起這件事，月退忽然問了這個問題，似乎有點吃驚。
「嗯？就……用布條蒙了臉的金髮年輕人啊，他們沒有停留多久，沒什麼深刻印象。」
「這樣啊……」
這個話題沒有繼續下去，因為確實沒有什麼好談的。
「話說回來，我們去沉月祭壇的時候，要怎麼跟硃砂說呢？」
月退又提了另一個問題，范統則用有點懷疑的眼光看向他。
你最近好像常常顧及硃砂嘛，有點可疑唷？

「編個謊言，讓他留下來向人交代我們的去向，應該不成問題吧。」
兩個人點點頭後，范統先注意到了一個地方。
「咦？是來找你的人注意到我們不見，就會被動去找硃砂問？他們會忘記隨從長什麼樣子嗎？還要記住隨從住哪？」
「什麼隨從住哪，隨從就是跟我住在一起啊，我們四個人住在我的帳子。」
……
范統和月退兩個人臉色瞬變。
在宿舍好歹還有分上中下鋪，這次卻要變成大通鋪了嗎！
因為身分的差別，珞侍不會跟我們一起睡，月退多半也不會想睡在硃砂旁邊，所以最後會是我夾在中間當夾心餅乾？
天亡我也——
身為五侍之一的珞侍，在這種重要典禮的前夕，自然不會是閒著的，跟范統、月退交代完事情後，他便趕往第一殿開會去了。
說是開會，其實也只是行前確認罷了，而且會議成員不包含矽櫻，她只接收結果報告，細節方面是交給他們決定的。
然而，真正細節的東西，其實也都由下面的人分攤了，珞侍並不清楚今天的會議要做什麼，甚至有種會議不知道能不能正常進行的疑慮。

矽櫻不在。音侍、違侍同處一室。

這真的能開會？

然後，珞侍覺得，自己提的意見大概不太會被重視，音侍提的意見則是完全沒有參考價值，所以，根本綾侍跟違侍開個小房間，看是要和平協議還是決鬥一場看拳頭說話，他們兩個人決定就好了嘛。

不過，身為五侍之一，珞侍一向很有責任感，即使他覺得這是一件沒什麼意義的事，但只要這是份內的工作，他就不會找任何藉口偷懶，一定會嚴肅執行。

在他抵達第一殿的會議室時，裡面三個人都已經在了，而且，也已經是劍拔弩張的氣氛。

「沒有腦袋的人可以滾出這間會議室嗎？」

「啊？你說什麼？你以為櫻不在你還有什麼本錢囂張嗎？」

姑且不論音侍那充滿了流氓味的發言是怎麼回事，如果要在音侍和違侍之中選一個，矽櫻一定會選音侍，說違侍靠著矽櫻撐腰，明顯是判斷有誤。

「陛下會站在公理這邊！像你這種胡鬧無腦的人根本沒有資格當侍！」

從違侍激烈的發言可以看出來，所謂的會議根本已經演變為吵架，完全沒有在討論正經事情了。

「你那十年如一日的死刑才是無腦到了極點！你以為你無懈可擊嗎！」

而且還是人身攻擊的吵架。珞侍一來就面臨這種局面，實在不知道進去好還是不進去好。

「身為一個侍，我以我的身分為傲，一向品行端正執法公允，絕對不像你總是做是一些讓人質疑的蠢事！」

違侍這麼忿忿不平地說完後，一旁啜著茶的綾侍低低說了一句。

「半夜總有貓叫聲……」

違侍臉上頓時一僵，眼神略慌地看向綾侍。

「啊，什麼？」

音侍沒反應過來，綾侍則繼續平淡地喝他的茶。

「不，沒什麼啊，你們繼續。」

被綾侍這樣一打斷，違侍整個氣勢大減，臉色灰敗，大概也舌戰不下去了，於是，會議室裡大家總算能安靜地坐下來，繼續討論事情。

「不好意思，我來晚了。」

珞侍這才出聲，進入會議室坐好。

「啊，小珞侍，你來了啊。」

音侍友善地打了個招呼。

「其實也不會太晚，大概才正要開始。」

綾侍的話透露了之前沒什麼進度的訊息。

「你為什麼遲到？守時是工作的基本態度。」

違侍一看到他，便立即板起臉孔訓話了。

「我有私事耽擱了一下，抱歉。」

因為珞侍晚到其實對會議來說沒有多大的影響，所以違侍也沒有在這個話題上糾纏不休，正事還是比較重要的。

「落月那邊提出不合理的要求時應該怎麼應對，剛才是討論到這個話題吧。」

綾侍將話題帶回了先前的主旨上，於是，違侍又重申了一次自己的見解。

「我們應當以守護國家尊嚴為優先，不能輕率答應！即使儀式破局也在所不惜！為什麼要為了低賤的新生居民而屈辱地任他們提要求？這絕對是不合理的事情！」

對違侍來說，新生居民大概就是消失了也沒什麼可惜的存在，他不覺得為新生居民謀福祉是需要做的事。

「啊啊，我聽到死違侍的聲音就煩躁，根本什麼也不懂……」

音侍扶著額頭，一副痛苦的樣子，在意見完全相左的情況下，根本不可能討論下去。

「如果王血注入儀式沒有執行，水池的功能會在三年後消失，屆時，新生居民即使沒有意外死亡，他們的軀殼也只能使用十年，你打算如何解決這個問題？」

綾侍理性地剖析了一下現況，然後要違侍做出回答。

「消失的只是水池重生的特性，沉月引渡新生居民來的功能還是存在吧？那麼人依然會補充進來，只不過是能使用的年限縮短了而已，有什麼差別嗎？」

也許違侍最大的問題就是不把新生居民當成人，聽到這種說法，珞侍都不愉快了起來。

「好個沒有什麼差別，到時候暴動你全權負責吧。」

綾侍的態度依然事不關己，音侍則又忍不下去了。

「你這是什麼混帳說法啊！我第一個就不同意！」

珞侍心裡也是不同意的，不過在他們氣勢洶洶地對談時，他實在插不上話，也沒有人會問他的意見。

「不然你又有什麼高見？」

違侍顯然不認為他說得出什麼有價值的話來，說難聽一點就是狗嘴吐不出象牙。

「無論如何都要促成儀式完成！」

「可笑至極！不管付出什麼代價都可以同意嗎？如果對方提出要我們俯首稱臣呢？如果他們仗著王血就態度傲慢，絲毫不把陛下放在眼裡呢？這樣也有合作的必要嗎？」

「啊，將他們合作的條件壓到可以接受的範圍，不就是你應該做的工作嗎？」

「你為什麼不自己去做！」

「綾侍說我不可以開口。」

這理由讓人不知道該說什麼好。大概是開口就會壞事吧。

違侍不由得又將目光轉向綾侍，但好像難以開口要求他做什麼的樣子，因此，綾侍還是氣定神閒地喝著茶，絲毫不在意他的眼光。

「你們這樣到底何時才能達成共識？」

一直在當旁觀者的珞侍覺得，這兩個人要是有達成共識的一天，可能就天崩地裂了吧。

「我找不出任何協商達到平衡的可能性！」

違侍的態度相當強硬。

「啊，那是我要說的話吧！你那種意見要是能聽，綾侍都能練出肌肉了！」

音侍一點也不想讓步。

「為什麼要拿我舉例？」

綾侍冷冷地看向音侍，那可以說是一種想殺人的眼神。

「啊。那個不是重點啦！你應該幫我一起對付死違侍才對呀！老頭！」

總而言之，沒有矽櫻維持秩序的會議，便在一團亂之下，毫無效率地浪費了大家的時間，然後什麼都沒做成。

在違侍氣呼呼地拂袖而去後，從頭到尾幾乎沒能說到話的珞侍，才開口問了一下留下來的這兩個人。

「音侍、綾侍，王血注入儀式……這麼不樂觀嗎？」

就珞侍自己本來的感覺，這應該是兩國都有默契要合作的事情，應該彼此在一些事情上退讓，以達成圓滿的合作，但從他們這番激烈的言論聽來，一切彷彿很複雜。

「不知道。落月的態度曖昧不明，可能要等到見面了，上了談判桌才會曉得吧？」

綾侍是這麼回答他的，畢竟他們也沒有多少情報。

「這個儀式很重要，一定要成功才行。」

音侍倒是難得認真嚴肅地說了這樣的話。

他為什麼會這麼在意這件事，珞侍沒有追問，只是默默地點頭。珞侍也是希望儀式順利的，只是想到之前發現的暉侍筆記，以及封印沉月的事情，他的心情就會處於一種矛盾之中，不上不下的，十分難受。

這一次，他可以親自到沉月祭壇去看看。

但這樣就能使事情明朗嗎？

所有的顧慮加上對暉侍的思念與擔心，就像是一塊沉重的石頭壓在他心上，讓他難以輕鬆下來，也無從抒發這樣的壓力。

「啊，綾侍，你去跟櫻說啦，叫櫻命令他啊，我們說的話他根本就聽不進去。」

「櫻如果覺得需要自然會說。沒有必要多此一舉。」

「什麼嘛！那就不要開會了，真是氣死我了。」

看著這樣的情況，珞侍也只能嘆氣。

如果自己人都搞不定，要怎麼對付敵人呢？

東方城為了即將到來的王血注入儀式忙碌著，而西方城也有著差不多的困擾。

少帝擺明了不管事，一副通通準備好了再找他，他只負責配合上車出發的樣子，至於究竟要不要和東方城合作，進行這個儀式，他們從上到下也是一頭霧水，沒有人知道他們的陛下是什麼想法。

隨行人員的名單是由奧吉薩開出來的，身為和少帝最接近的魔法劍衛，他所傳達的意思，大概也就是少帝的意思了。

對於最近這一連串的事情，伊耶有太多的理由可以不滿——而他更加不滿的是，能充當他抱怨的聽眾的人，一向只有雅梅碟一個，可是，雅梅碟從來都不是個好聽眾，只會讓他越抱怨越生氣，越想找個倒楣鬼開刀。

「奧吉薩那個傢伙到底是什麼意思？給我們一個明確的交代有那麼難嗎？」

伊耶重重一拍桌子，數天以來累積的不愉快，實在讓他憤恨不已。

「伊耶，不要動不動就生氣，陛下必有深意。」

雅梅碟依然滿口都是祖護皇帝的言論，這讓伊耶的聲音忍不住更大了起來。

「什麼深意？拒絕所有人的求見，只見奧吉薩？只有奧吉薩見得到他，卻也不代為詢問大家的問題，他們這樣神神祕祕的只會令人不舒服！」

「一定是因為你總是不把陛下放在眼裡，常常無故請假，陛下才會拒絕見你的……」

「又是我的錯？難道你求見就有被接受嗎？你不是忠心耿耿全年全勤？他根本也不把你當一回事吧？」

「陛下就算不肯見我們，一定也有他的理由，我們要相信陛下……」

「我聽夠了你的『一定』！為什麼你可以這麼愚蠢地付出信任？因為你出生的時候忘了把腦袋帶出來嗎？」

伊耶已經陷入了失去理智的憤怒中，而能把他激怒到這種境界，還毫無危險感應、不曉得要逃跑的，大概也只有雅梅碟了。

「本來就是這樣啊，陛下難道還會害我們嗎？他如果害我們也沒有任何好處啊，害我們做什麼？」

雅梅碟用一副理所當然的表情這樣反問伊耶，那表情不知道該說是認真到很蠢，還是蠢得很認真。

「跟你這種人共事絕對不會有前途！」

伊耶已經不是第一次後悔找他抱怨了，但是很多話不吐不快，能找的對象又只有雅梅碟，其實他也對這樣的現實感到相當絕望。

「我知道我只有辦事認真的優點啦，但你也不必這麼直接說我沒用吧……」

雅梅碟抓了抓頭，彷彿有點困擾的樣子，伊耶則是立即手刀往他頭頂劈下去。

「從頭到尾都是在說你僵化的腦袋的問題啊！你到底有沒有搞懂過！」

雖然有人說過，人的腦袋會越打越笨，不過伊耶想打的時候就是要打，寧可笨他的腦袋也不要因為壓抑而氣壞自己。

「伊耶，你應該注意的是自己思想太叛逆，偏離了正軌的問題……」

因為伊耶剛剛那一記還是有留手，雅梅碟沒有當場被打昏，便在一片眼冒金星中反駁了這麼一句。

「你覺得這一切都沒有問題？那你倒是說說，哪一件事情有效率了？梅花劍衛重傷解職後，到現在都還沒選出新的來，你敢說他們真的有心要處理事情？」

「梅花劍衛的事情，那是……」

提起那位不幸重傷解職的同僚，雅梅碟的神情頓時黯淡了下來。那時候他請求少帝以王血治療他，卻遭到了拒絕……

確實，被噬魂武器砍中的傷，即使是王血的治療功效，也難以使之完全康復，但情感上，他覺得至少也要試試看的，再怎麼說，對方也擔任這個職務不短的時間了，沒有功勞也有苦勞啊。

也許那個時候他真的有感到少許的心寒，但他還是將那不開心的感覺擱下了。

就伊耶的說法，是「愚忠作祟」，確實大概也就是這個樣子。

「應該是還找不到適合的人選吧？」

「你這種魔法劍衛難道就算是適合的人選嗎？」

如果要用全方位的標準來看，伊耶其實也不太適合，而不適合的理由大概是「忠誠心不足」之類的，偏偏在這個職位上，忠誠心好像比實力來得重要，也不知道當初到底是怎麼選的。

「伯父見到我的時候總是很稱讚我的呢，他還說你讓他很失望，每次看你這麼失禮他就覺得很傷心……」

「不要提那個神出鬼沒的死老頭子！」

伊耶的父親，跟雅梅碟一樣是個認為自己充滿了愛國心的人，雖然很高興自己養出了一個魔法劍衛，但伊耶的犯上言論實在讓他與有榮焉不起來，在長年父子失和的情況下，某一天他突然便決定出去環遊世界散心了，那之後幾乎見不到他的人，很久才回來一次，伊耶因而總算能求得耳根清靜，但在他身邊會碎碎唸的傢伙，還有一個雅梅碟。

「有那麼好的父親，為什麼你總是不珍惜呢……」

雅梅碟難過地嘆了口氣。

「你喜歡的話可以送你，反正你比我更像是他兒子。」

話題一直繞在伊耶的父親身上，終究是不太對的，所以，他們很快就結束了個話題。

「不論我們在談判中提什麼條件，夜止那邊的人一定都會討價還價的，針對這點要怎麼應對，底線在哪裡，他也完全沒有要跟我們討論的意思嗎？」

「嗯……也許陛下覺得，跟黑桃劍衛討論就夠了？還有長老們嘛。」

這種被排除在外的感覺很不好。不過，要是他們曉得，東方城那邊，音侍還提過「他們皇帝不是喜歡雞毛枕頭嗎？搞不好送他幾個就搞定了」這種話，恐怕會覺得感覺更差吧。

「什麼都不讓我知道的主子，我是不會想為他賣命的。」

伊耶對少帝的印象，也差不多快壞到谷底了，雅梅碟雖然每次聽到他說這種都不太舒服，但他也知道，簡單的言語規勸是無法改變他的想法的。

「不管怎麼樣，這次你不會再請假了吧？別再叫我幫你遞請假函了，你應該要老老實實地工作。」

「我會去。」

伊耶點了點頭，但他同意前往，並不是因為敬業。

「搞不好有機會跟夜止的人交手，我怎麼可能不去呢？上次應該拿到的勝利還沒取得就被你們打斷了，我可是很不高興的。」

「你願意去很好，但請不要做出一些造成兩國之間誤會的衝動事情……」

雅梅碟因為伊耶的這番發言又煩惱了起來。理當是兩國合作的大事，可不要因為一個人而掀起戰端啊。

「哼，我倒是開始期待他們亂搞一通，好讓我有堂堂正正動武的藉口。」

「伊耶……」

雅梅碟不是主戰派的，他的態度比較保守，對於自己這危險的朋友，他還真不知道該拿他怎麼辦。

這一趟過去，無論是對東方城還是西方城來說，都是個未知數。

走在聖西羅宮的迴廊上，奧吉薩維持一貫的面無表情。儘管西方城本身與他要去見的那個人，都給他帶來了不少麻煩，但他還是能保持這樣文風不動的情緒，就好像那些麻煩都不造成困擾一般。

情緒這種東西他自然還是有的，只是不輕易在人前展露罷了。

來到少帝居住的宮樓後，他直接就進去了。只有他不需要通報就能自由進出這個地方——而這是因為，他與他是共同分擔祕密的同伴。

室內是安靜的，就如同整個聖西羅宮的氣氛。如同死寂一樣的安靜，讓人感覺不出活力與生氣——奧吉薩無法評斷對一個皇宮來說，這是好是壞，但對一個人來說，這樣的沉靜其實不太適當。

雖說當一個人身邊沒有別的人的時候，安靜是正常的現象。

要進入廳堂內時，奧吉薩沒有收起腳步聲，這是為了讓裡面那個人聽見，當作通知他自己來了的招呼。

他一眼瞥去就看到了他要找的人。

青年靜靜地坐在桌前，由於布條纏著眼，等於遮掉了大半的臉孔，讓人很難觀察他的表情進而猜出他在想什麼。

他來找他的時候，他常常像這樣靜靜出神，不然就是重複做一些無意義的動作。

有的時候他也會把房間裡的東西丟到地上，彷彿想弄亂這裡的一切，但事後他又會讓僕人都收拾好，就當作完全沒發生過。

儘管他現在看起來很安靜，但他的情緒其實很不穩定。奧吉薩知道這一點，所以，他通常也不會做什麼事情刺激他。

「有必要連自己一個人的時候都纏著布條嗎？這樣不是很不方便？」

對於青年的一切，奧吉薩可以說都不太了解。

他的思維、他的心情、他的個性。不只是摸不透，也許也是沒想認真摸清楚。

他是如此不了解他，卻又能體會其中殘缺的某一塊「什麼」。

他會幫他也不是因為哪一點引起了共鳴，只是因為對故人的承諾，以及青年那猶如行走於破滅之空而觸動他的感覺。

「的確是很不方便。」

青年在回答了他這句話後，便沒有再做任何解釋了。

他在說這句話時的語氣夾雜了點奇特的情緒，使得這聽起來不像是一句單純的感想，但究竟是什麼，恐怕也只有他自己知道。

「事情都辦妥了？」
稍微頓了一下後，他輕輕問了一句。
「是。」
奧吉薩的回答一向也很簡潔，不做多餘的說明。
「那麼，我所需要做的，就是打點好自己，跟你們出發？」
「是。」
青年笑了起來。他的笑容總是這個樣子，不是因為愉快或開心之類的情緒，而是因為其他負面的原因。
這一次，也許是因為覺得荒唐可笑吧？
「所以呢，長老們想全權決定嗎？無論是整個儀式的談判，還是最後合作與否？」
奧吉薩沒有回答這個問題。
「他們覺得給我這點程度的縱容，我就該識相一點，乖乖聽他們的話，任他們擺布，把血交出來？」
奧吉薩還是沒有回答他。由於布條纏著眼睛的緣故，青年也看不見他的臉色，但他依然沒有解下布條的意思。
「問什麼都沒有回應，你一直以來都這麼無趣。」
這句話他也沒有否定，當一個魔法劍衛，本來就不需要有趣。

況且，要能應和他的話或是他那尖銳的幽默，現有的魔法劍衛們應該都不稱職吧。

「既然你來了，我交代你做一些事情應該沒有問題吧？」

他說著，不等奧吉薩回應，就自己說了下去。

「幫我把天羅炎討過來，我想這個要求應該不為過。」

「天羅炎？」

奧吉薩挑了挑眉，顯然有點意外自己會聽到這個名詞。

「您要這個做什麼？那把劍……」

「身為皇帝，要與敵國的女王面會，不攜帶自己的配劍也說不過去吧？」

在聽他這麼說之後，奧吉薩沒有再出言反對。

「還有——我不希望你再問我為什麼。我厭惡解釋，不管是在什麼樣的狀況下。我希望你做的事情，你只要告訴我可不可以就好了，別再問我原因，明明你其實不關心。」

青年這番話說得平平淡淡，沒有加入多少情緒。

因為這番話只需要是單純的陳述句。

「我會為您把劍送來。」

奧吉薩做出了明確的表示，他也滿意地點點頭。因為也沒別的事了，奧吉薩便決定告退。

「奧吉薩。」

在他要離開之前，青年又喊了他一聲，讓他駐足回頭。

「無論我想做什麼，你都會支持我嗎？」

這個問題要的，是一個很大的承諾，但是這個承諾他早已經給過他，現在他又這麼問，不過是再做確認罷了。

「是的，陛下。」

於是，青年又安靜了下來，只比了手勢示意他可以離去，便不再過問任何事情。

正如同他不喜歡聽見「為什麼」，他自己也不需要任何人給他任何原因。

因為那一點也不重要。

一點也不重要。

## 范統的事後補述

嗯，我正懷抱著愉快又期待的心情在收拾行李，明天就要出發了呢，不曉得要怎麼去？坐轎子？既然是珞侍的隨從，總不會叫我們用走的吧？

嗯……我本來正懷抱著愉快又期待的心情在收拾行李的，但收完卻不太愉快了。也太快收完了吧！太快了啊！我才在腦裡跑了幾句話就沒得收了！我的財產就這麼單薄，單薄到我連想收個行李都沒東西可以收嗎！

我看看月退那邊怎麼樣……根本沒在收！喂！月退！你好歹收個衣服裝一包吧！還有盥洗用具啊！你到底有沒有畢業旅行的經驗啊！

什麼？珞侍會提供？有這種好事？他怎麼只告訴你？那是只提供你的還是連我們的都會提供的意思啊？可不可以說清楚一點？

無論如何我還是帶個枕頭好了，怕認床睡不好，有個枕頭至少還好一點……

硃砂，你怎麼在收女性用品？你到那邊後有變身的打算？該不會真的想趁晚上大家一起睡的時候偷襲月退吧？

想來想去心情又放鬆不下來啦！珞侍說去的第一天晚上去夜探沉月祭壇，說起來不就是明天晚上了嗎？

照理說，因為明天晚上要忙碌，今晚應該趁著沒事好好睡一下，但我偏偏就是神經纖細又敏感，這種情況下怎麼睡得著？

啊，月退！你也睡不著？不如我們來通宵練毛筆字吧！硃砂要睡覺所以要關燈？那不是問題啊，到上鋪來點小燈，也礙不著他吧？

如果不想練字，我們還可以輪流說鬼故事，不過從我嘴巴裡說出來的鬼故事不曉得會變成什麼模樣就是了……

搞不好會出現「很久很久以前，有一個人被人殺活了，於是他就變成了神」之類的，讓人摸不著頭腦的東西，與其說是鬼故事，還不如說是笑話或者怪力亂神的玩意兒……

總而言之，我應該沒有什麼東西忘了收的吧？

反正行李裡面最重要的就是噗哈哈哈啦，其他都是其次，沒什麼不可取代性……

希望不會有人跟我說「能不能借一下你的拖把？我想清潔一下這裡」這樣的話。我都把它掛在腰間了，應該看得出來是我的武器吧？看得出來吧？

不要再有任何事情惹它生氣了啦——我真的很虔誠在祈禱了……

# ✣章之七　好孩子晚上應該乖乖睡覺

『大人有失眠的煩惱，你們小孩子不懂啦。』——范統

『年輕真好，夜裡都不會睡不著。』——米重

『伊耶總是一覺到天亮，難道……！』——雅梅碟

『你跟他們認真個屁啊！』——伊耶

出發隊伍集合的時間是早上，珞侍讓范統他們直接在他的座車上等，看來是沒有見到女王的機會，也不知道該說是鬆一口氣還是失望。

由於范統跟月退昨天太晚睡的緣故，今天差點死在床上起不來，還好硃砂有準時起床，順便用恐怖的方式把月退叫醒了，然後月退的尖叫聲再吵醒范統……他們才得以在約好的時間抵達。但不管怎麼說，他們還是有種不想感謝硃砂的感覺。

「月退，早上你覺得怎麼樣？」

硃砂笑臉迎人地問著坐在對面的月退。

「瀕死體驗……」

月退蒼白著臉色回答，這答案十分坦白老實。

「你到底對他做了什麼啊？」
我要問的是「他到底對你做了什麼」才對，現在我當作這個問題是在問硃砂還來得及嗎？
范統對於早上發生的事情其實很好奇，因為他被尖叫聲驚醒的時候，一切都已經過去了，月退已經跟硃砂拉開了距離，所以他實在不曉得硃砂究竟做了什麼事情可以讓月退那麼驚恐。
不過說起來，硃砂總是不管做什麼都讓月退很驚恐啊，尤其是睡覺中沒有防備，不知不覺被做了什麼事情，那驚恐度會加倍吧？
其實我更在意的是……昨天通宵講鬼故事失敗，我們是一起睡死在上鋪的，硃砂你就這麼無視睡在旁邊的我，大膽對月退做出會讓月退尖叫的事情……你到底……
「……」
月退瞪大了眼睛，彷彿面部血液被抽乾了一樣，看來完全不想回想起早上的事情。
「只不過是一些特別服務。」
硃砂說得輕描淡寫，他的「只不過」對月退來說，其實是天崩地裂吧。
「我並不是很難叫醒的人，下次請你用正常的叫法就好。」
月退蒼白著臉說，看來他應該還是想理性溝通，解決這件事情。
「但那樣就太無趣了啊，人家難得有可以偷襲你的時候。」
硃砂為了說這句話，還特地變成女生，這讓月退緊張地抓住身旁范統的手臂，似乎想尋求庇護。

我說月退啊，抓住我沒有用呀，像我這種貨色，硃砂一掌就可以做掉一打吧，你如果想找人保護，完全是找錯人了……

硃砂每次看他那種受驚的樣子，就會覺得不太高興。

「月退，你該不會有女性恐懼症吧？」

什麼女性恐懼症，對一個男人說這種話，這真是太失禮了，我覺得比起來，人妖恐懼症或者硃砂恐懼症還比較有可能，這絕對不是我對妳的偏見，絕對不是。

「我想應該沒有，但妳可以當作我有。」

月退僵硬地回答出來的話也非常微妙，而這個時候，珞侍開了車門。

「好了，我們可以出發了……咦！」

當他一眼掃進去看見硃砂的時候，似乎受到很大的驚嚇，一臉就是「為什麼車上會有個女人」的表情。

「噢，珞侍，這不是硃砂。」

范統熱心地幫忙解釋。

「……你到底想說什麼？」

依照說反話的邏輯，這句話應該是說「這是硃砂」，可是硃砂明明是個男人，但特別說這不是硃砂又很奇怪，感覺很沒意義，因此珞侍搞混了。

「珞侍，她是硃砂。」

月退只好幫忙說了一句。

「咦？可是……」

珞侍彷彿難以明白，心有疑慮到有點不敢上車。

「她真的不是硃砂，是什麼妖魔鬼怪啦，你趕快下車，我們再跟你說清楚。」

這次的反話真是顛倒得糟糕透頂。硃砂千萬不要記恨啊。

「妖、妖……」

珞侍頓時變臉，看來上車的意願又降得更低了。

喂，你這是什麼反應？所以你是那種怕鬼的小孩嗎？可是，我覺得一個以符咒當主要攻擊手段的人，應該斬妖除魔收妖伏魔反正整個就是對妖魔鬼怪無所畏懼啊！雖然這個世界好像也沒有道士。

「范統，你是故意把事情越搞越複雜的嗎？」

用說的太麻煩，硃砂乾脆自行變回了男人，看見這一幕，珞侍顯然更加驚恐了。

現在已經不是他是硃砂還是妖魔鬼怪的問題，而是硃砂是不是妖魔鬼怪的問題了。

「不是要出發了嗎？你先上來吧。」

月退對珞侍這麼說，可是，照車內的座位看來，由於范統已經跟月退坐在一起了，他如果上車應該要坐硃砂的旁邊，這似乎讓珞侍有點恐懼。

最後他還是上來了，不過卻坐到了范統旁邊，硬要跟他們兩個人擠那一排的位子，被孤立的砞砂挑了挑眉，但也沒多說什麼。

「……」

出發之後，車內便一片安靜，癥結點依然在砞砂，好像有他在，大家就不怎麼想講話，包含不習慣跟陌生人相處的珞侍在內。

「珞侍，你有什麼話要跟我們說嗎？」

感覺應該要交代一些事情才對，例如到了那邊之後的情況，或者就開始聊天也沒什麼關係，所以月退問了他這麼一句。

「今……今天天氣真好。」

珞侍呆滯了半天，擠出了這樣的話。

……從何說起？這應該是音侍大人的台詞才對吧？珞侍你振作一下啊——

月退明明說過自己也會緊張，現在卻要安撫別人，不曉得他自己的緊張問題解決了沒。

「別緊張，放輕鬆吧。」

「我沒有緊張，只是有點疲倦。」

珞侍態度堅定地澄清，不過范統當然是不會相信他的。

又來了，慣性嘴硬。有點疲倦？你該不會跟我們一樣昨晚睡不著吧？已經緊張到這種地步啦？

范統的猜測其實很準，因為車隊出發後沒多久，他們三個就睡得一塌糊塗不省人事了，唯一有好好睡覺所以精神飽足的硃砂，實在不知道該對他們說什麼好。

「好像到了，你們也醒醒吧。」

這次硃砂老實用正常的方法叫大家起床，大家驚醒後從車窗看出去，的確車隊已經停了下來，外面看出去也看見了駐紮的營地，這裡應該是沉月祭壇附近沒錯。

「在車上睡覺真不舒服。」

珞侍搥了搥自己的肩膀脖子，大概覺得有點痠痛。

「的確是。」

月退也按著自己的脖子，對珞侍的話表示了贊同。

是啊，我也覺得腰痠背痛，尤其是你們兩個把我夾在中間，頭又靠著我的肩膀睡覺，我真的很難睡你們知不知道，難道還跟你們頭疊著頭睡嗎？

硃砂你也不要用那種「范統居然左擁右抱」的鄙視眼神看我好不好？還不是你做人太失敗，大家都不想跟你坐在一起……

「咦？那邊那是……」

月退指向窗外某個方向，大家跟著看了過去。

「不會這麼巧吧？」

那是西方城的車隊，看起來似乎同樣時間，一前一後來到這裡了。

西方城的車隊看樣子到得比較早，車隊上的人都下車準備得差不多了，這樣順著看過去，主車剛好在一個視線無阻礙的明顯位置，那裡頓時吸引了他們的目光。

站在主車旁邊的人，其中兩個是范統跟月退見過的魔法劍衛，另外一個雖然沒看過，不過光從肩上的金線三紋與他站在這兩人身旁來看，多半他也是魔法劍衛的一員吧。

在僕從將車門打開之後，那名沒見過的魔法劍衛將手攤向前，讓車上的人方便搭著他的手下來——緊接著，從車內走出了一名青年，也許是因為他以布條蒙著雙眼，想必看不見，對方才會有這樣的動作協助他下車吧。

他站妥後，三名魔法劍衛都向他行了禮，至此，他的身分也可以說是十分明白了。

魔法劍衛的禮遇顯示了他身分的尊貴，加上他年輕的外表，符合這些條件的，大家自然而然都會想到同一個人。

西方城少帝．恩格萊爾。

「四周似乎有點喧鬧，怎麼了嗎？」

收回搭在奧吉薩掌心的手後，青年漫不經心地問了這個問題。

「夜止的車隊剛好也到了，陛下。」

奧吉薩簡略地做出了回答，恩格萊爾點點頭後，便做出了指示。

「讓士兵們安靜。我累了，帶我到休息的地方去。」

「是。」

在看見疑似是少帝的身影後，車上幾個人的情緒都不太相同。

「那是恩格萊爾嗎？所以，那把劍就是天羅炎？」

珞侍在問出這個問題時，聲音出現了些微的顫抖。

在注意到對方的時候，他也有一半的注意力放在對方腰間的配劍上。

想到是這個人、這把劍，粉碎了東方城那麼多人的性命與靈魂，他就難以平靜下來。

「咦？天羅炎？」

范統驚呼一聲，想看清楚那把傳說中的神兵，但是他們人已經走遠了，看樣子是沒有這個機會了。

「唉，剛才沒注意……」

他這種失望的態度，又讓珞侍有意見了。

「你這麼想看那把劍做什麼？」

「因為，那是傳說中的破銅爛鐵嘛！看一眼長什麼樣子也好啊！一般來說很容易有這種機會吧？人對低品質的武器總是會有嚮往的啦！」

我是說神兵利器啦，還有很難有機會看到高品質的武器……反正你永遠不會明白武器是一根拖把是什麼心情啦——

「范統，你難得反話說得這麼好，聽起來挺順耳的。」

珞侍居然稱讚了他的反話，這使得范統啞口無言。

「珞侍，女王也有一把破銅爛鐵叫做希克艾斯吧？你有沒有看過？長什麼樣子？醜嗎？」

「你說敵國的劍沒有關係，這樣說我國的劍真是令人憤怒！」

「你明明知道那是真心話啊——」

簡直是有理說不清，范統欲哭無淚。

「希克艾斯我沒看過。不過，你要是敢讓綾侍聽到你說希克艾斯是破銅爛鐵，就有得瞧了，別看他一副斯文的樣子，他可是很恐怖的。」

珞侍這麼叮嚀他，他也只能苦澀地點頭。

綾侍大人的恐怖，我早就領教過啦，沒想到他這麼愛國護主啊，連說一句女王的劍的壞話都不行。

「說一句神兵利器都要計較，怎麼這麼大方嘛。」

當我真的想說破銅爛鐵的時候，就變成神兵利器了，叫我說什麼嘛？

「對我國女王的武器說出侮辱性言詞，對方火大也是正常的吧？」

硃砂冷冷地說了一句，這讓范統不太高興地看向他。

你這個傢伙……不是說不相信我的嘴巴被詛咒、說十句顛倒九句的事情嗎？那我剛剛說的那句話，你就不該回這句話吧？可惡……

「我們也下車吧，應該也整頓得差不多了，確認一下就去營地看看。」

珞侍這麼說過後，眾人便聽話地照做了，車子的整理放置是其他隨行僕從負責的，他們可以直接跟著珞侍到營地去，放行李休息。

「今天不會有什麼事情，正式的談判、會議都是明天開始，所以我才挑今晚……外出散心。」

在抵達帳篷歇息後，珞侍向他們稍微解釋了一下，因為說到一半忽然想到硃砂在場，才硬是把「去沉月祭壇」改成外出散心。

這個帳篷的規模其實比想像中來得好，畢竟是給侍住的，自然得顧及舒適等條件，不過，看了看帳篷內的格局，他們三個還是逃不掉一起睡的命運，范統不知道該跟月退說節哀，還是跟自己說認命。

「一起吃過晚餐後，我們就出去走走吧。」

珞侍決定好了出發時間。至於硃砂，他就以需要人留下來告知他們外出的藉口，把他留下來了。

外出散心想找朋友陪伴，這點硃砂也還能理解，加上珞侍跟感覺可以亂來的音侍不同，是個認真的人，也得尊重他的身分，所以硃砂很乾脆的就答應了，也讓他們省了個煩惱。

入夜後，四周環境十分寧靜，大概是舟車勞頓，大家都早早休息了，外面連個人影都沒怎麼看見。西方城的營地搭蓋在另一邊，跟東方城是區隔開來的，只要不繞到那邊去，照理說也不會撞見西方城的人，所以，他們出營出得十分順利，接下來直接前往沉月祭壇就可以了。

由珞侍帶路，還挺令人安心的，步行沒有多久，他們就到了外結界的所在地，這裡就等著看珞侍表演了，畢竟沒有解開結界，是無法再靠近的。

面對著結界，珞侍拿出了他那把長條型的透明符印，臉上也露出了嚴肅的表情。這一關很重要，確實需要嚴謹以對。

「如果是母親大人，只要隨手一揮就可以解開結界了，我的話，還是得藉助符印的增幅效力，依照程序來解。」

在動手之前，珞侍先解釋了一句，他總是在種種地方顯示出對於自己與他人之間實力差距的在意，范統跟月退也接不上話，只好默默站在旁邊守候。

珞侍用符是以手指寫符文的，雖然還是有用符紙，但他並沒有把每個咒都唸出來，所以站在旁邊看的范統也看不出個所以然來，更別說是符咒水準差強人意的月退。

在試了十分鐘後，珞侍額上也冒了點汗，大概是不太順利的心理壓力加上焦急造成的，也不知道情況如何，到底進行得怎麼樣了。

喔喔，珞侍，如果你解不開的話，我們就可以回去睡覺囉？你真的解得開嗎？其實我有沒有進去都無所謂啦，頂多是沒參觀到祭壇有點可惜而已……

這個時候，結界彷彿彈動了一下，終於有了點動靜，似乎努力有了點效果，讓范統在乾等中精神一振。

咦？有希望嗎？有希望成功嗎？

『不可能成功的啦，如果他的潛力有發揮出來就算了，現在這種狀態不可能的啦。』

忽然聽見噗哈哈哈的聲音，讓范統大吃一驚，嚇得差點驚呼出聲。

我、我又沒有跟你講話！你怎麼可以偷聽我心裡講什麼？你連這種事情都做得到嗎？

『誰叫你自己想事情的時候要握著我。』

……

喔。

范統無言了一陣子，默默把噗哈哈放下，暗自覺得這不知不覺抓住噗哈哈的柄的行為實在是非常糟糕，不過，他才鬆手沒多久，便又握了回去。

等一下，那個，你剛剛說的什麼潛力是怎麼回事啊？能不能說明一下？

『范統你握著我做什麼啊，如果要跟我心靈溝通，不用握著也可以講話呀！快點放手！』

對喔！真是的，一下子沒反應過來，是握著會被偷聽，不是要握著才能講啊！

可是，哪有武器叫自己的主人放手的，越想越不高興，我就偏偏不放手，你能怎樣？哼。

『你這傢伙這種態度，休想從本拂塵嘴裡探聽出什麼消息來！』

啊！我又忘記我還握著了！握著會被偷聽心裡講的話啊——我怎麼會犯下這麼愚蠢的錯誤，啊啊——

『本拂塵才沒有偷聽！是你握著我所以一定會聽到！而且你還是沒有放手啊！所以我還是聽到了啊！』

這次范統總算乖乖鬆了手，畢竟這短短幾秒內，他已經嚐到好幾次不放手的惡果了，人要控制自己的腦中想法實在太難，還是放手之後用心靈溝通，只傳達自己想告訴它的話，感覺比較有保障。

那個，把剛才聽到的都忘記吧……

『本拂塵看不起你這種說話不算話的人。』

不要這樣嘛！人有錯口，馬有失蹄，人非聖賢孰能無過啊！回答我的問題滿足一下我的好奇心嘛！

『反正你們不可能解開這個結界就對了，本拂塵懶得跟你囉唆。』

什麼嘛，那如果是你就解得開？

『哼哼，本拂塵不會上當的，才不幫你這個討厭的傢伙。』

沒想到噗哈哈哈突然精明了起來，范統有點無奈。

你都可以插嘴告訴我結界解不開了，為什麼不肯幫我啊？

『當然是因為你既可惡又討厭。』

那你為什麼還肯跟我說話？

忽然間又是一陣安靜，大概是噗哈哈哈的思考運轉又壞掉了。

『我是在恥笑你們徒勞無功！還有睡醒了有點無聊！就這樣子！』

既然有點無聊，那解個結界也可以打發時間呀？

『我偏偏不要。范統你就只會利用我而已，有事情才會想到我，哼！』

話不是這麼說的啊！雖然我也覺得我常常有事情就想到你，但是我想事情還無意識握住你的柄，就是時時刻刻在乎你的證明啊……我想應該是吧。

『……油嘴滑舌！油嘴滑舌！花心！』

我承認剛剛那段話是我這輩子說過最肉麻的一段話，但後面那個花心又是怎麼回事？說清楚啊！

『什麼天羅炎跟希克艾斯的，你自己心知肚明！』

喂——慢著啊！只是想看看別的武器都不行？人家也明劍有主了，我又不可能跟它們發展出什麼超友誼的主僕關係，你到底在吃醋些什麼？

『本拂塵不跟行為不檢點，老是跟別的武器眉來眼去交際來往的主人說話。』

你等等！我只是想看而已又沒有接觸！甚至連看都沒看到啊！這算是哪一筆帳啊！

不過，接下來不管范統怎麼問，噗哈哈哈不吭聲就是不吭聲，到最後他也只有算了，一個人不停在腦中自言自語還是會累的。

「珞侍，沒有辦法嗎？」

范統跟噗哈哈哈講話講到差點都忘了正事，直到聽見月退問珞侍的聲音，他才回神過來。

在他說話的期間，事情還是進行著，看樣子珞侍好像費盡了心力，然後確認了自己無法解開結界的樣子，看他略顯憔悴的臉色，大概消耗了不少氣力，也覺得很灰心吧。

「對不起……我本來以為還是有幾分把握的，沒想到會這個樣子，是我誤算了，把你們找來卻沒有辦法進去……」

珞侍顯然因為無法解開結界而心情大壞，畢竟，這就等於他們無法進去尋找暉侍的下落了。

儘管裡面不見得會有線索，但連找的機會都沒有就得放棄，還是很讓人沮喪吧。

這種時候回答他「沒關係，我不介意」也怪怪的，雖然是想要他不要自責的意思，但彷彿會被解讀成「暉侍什麼的我根本無所謂」……所以范統學聰明了，直接保持沉默，安慰的話讓月退去說就可以了。

況且……他是真的覺得無所謂啊，真正有所謂的，的確只有珞侍吧？

「沒有辦法的事，就不要覺得太難過了。」

月退拍了拍珞侍的肩膀，希望他能釋懷，但是效果不佳。珞侍一看向他那張與暉侍相仿的臉，就一副幾乎要哭出來的樣子。

「怎麼可以沒有辦法呢？這已經是唯一的線索了，但我卻碰觸不到……暉侍，暉侍到底去哪裡了呢？他是不是永遠不會回來了？他是不是其實……已經死了？」

平常這樣的話語，珞侍是不會輕易說出口的，他總是一心希望暉侍歸來，總是覺得這種話不吉利，說出來好像就會成真、就得面對這樣的可能性似的，可是現在他真的難掩這樣的恐慌。

沉月是這個世界的支柱。在新生居民人口遠高於原生居民的現在，這就是當前的狀況。暉侍只要沒有任何消息，他就可以泯滅自己所有的胡思亂想，告訴自己暉侍不會有事。但是暉侍的筆記上卻出現了沉月這個字詞。出現了暗示他去向的線索。

跟沉月扯上關係的事情，會有什麼好結果嗎？

暉侍已經消失了那麼久，沉月至今仍正常運轉。沉月沒有出事，那麼，不就是暉侍出事了嗎？

「暉侍，你到底去了哪裡？告訴我啊……」

珞侍是抓著月退，以悲傷的神情問出這句話的，月退沉默了一下子，才對他搖了搖頭。

「我不是暉侍。」

在聽到他的回答後，珞侍彷彿突然失去了力氣一樣，雙手鬆開垂下，好半晌才勉強擠出一句話來。

「你當然不是暉侍，我知道的。我們回去吧。」

直到最後，他還是強忍著沒有哭出來。

雖然看他這個樣子，范統覺得很難過，但他也無法為他做什麼。

來到駐紮營地的第一天，意外平靜地度過了一夜。

雖然他們在回到帳篷時，瀰漫四周的低氣壓讓硃砂疑惑地問了一句「怎麼出去散步搞得好像吵了一架氣氛僵掉似的」，不過打哈哈混過去後，就沒什麼問題了，接著就是關燈熄火睡覺，珞侍睡他的個人鋪，他們三個打地鋪。

在月退那僵硬外加帶了點懇求意味的眼神下，范統只能倒楣地睡中間，同時深深覺得自己好像人家的第三者。

其實如果硃砂要變成女人睡覺，他也不太介意，頂多有些「這輩子第一次跟女人同床共枕，對象居然是人妖」的感慨，但即使是人妖，變成女性體時畢竟還是真的女人，而且身材很好，要是被夢中偷襲或是碰撞吃了點豆腐，范統覺得自己也沒虧到哪去，可惜這些事情都沒發生。

硃砂很安分地睡在他的位置，連腳都沒有踢過來，也沒有睡到一半變成女生，這真不知道該說令人安心還是令人失望。

另外，關於睡在月退旁邊這件事，范統也設想過，搞不好半夜會被扼住脖子，被當成他的仇人掐死之類的……結果類似的事情也一樣沒有發生。

這件事沒有發生就真的是令人慶幸而不是令人失望了，被掐死可不是什麼好事情，被好朋友掐死更不是好事情，況且死了不只要損失一百串錢，還得自己再從東方城出發到這裡來，恐怕等他自己走到的時候，儀式都已經結束了，要是那樣可就哭笑不得了。

然後，原本擔心有認床問題，但不知怎地范統就這麼一覺到天亮了，如同平時總是纖細的神經忽然粗了起來一樣，讓他有點陷入低潮中。

「早安。」

「晚安。」

「這種大家一起道早的時候，要分辨出哪一句是你說的，還真是容易啊……」

月退苦笑著。

范統則是陷入了新一波的低潮。

這不是我願意的啊，為什麼要補上這樣一句話刺傷我脆弱的心靈，如果你知道你被我誤會成夜裡會掐人脖子的形象，你應該也不會高興吧——

「月退，你睡覺都沒有什麼好習慣嗎？」

咳嗯，我是想問沒什麼壞習慣嗎？因為我對於沒有被掐實在很在意，雖然我一點也不想被掐。

「耶？」

月退呆呆地眨了眨眼睛，似乎正在翻譯轉化他的話語，然後好像因為有點困難，所以決定先抱怨。

「范統，你昨天有踢到我的腿。」

「咦？」

「還有，手肘撞到我的肋骨。」

「咦！」

「還把我的棉被搶走了。」

「可是，剛剛醒來的時候棉被還在你身下啊！」

我是說身上。

「那是因為我發現之後搶回來了……」

月退再度露出苦笑。大概是對使用暴力搶回棉被之後，范統依然沒有醒來，而且還完全沒發現這些事情感到無奈吧。

「那真是不客氣了，所以你睡覺的時候到底有沒有什麼良好的習慣啊？像是被碰到會自動攻擊之類的？」

這次月退總算是聽懂了，為了確認他又問了范統一次。

「不客氣是……不好意思？然後，你要問我的是，睡覺的時候有沒有不良的習慣？被碰到會不會自動防禦？」

呃——前面兩個都對了，可是最後一個錯了耶，那句沒有顛倒啦，我真的要問自動攻擊……這樣我到底要點頭還是搖頭啊？

在范統無法決定的期間，月退就自己說下去了。

「其實我也不太清楚，因為沒什麼機會跟人一起睡，以前自己睡，醒來當然是不記得做過什麼事的……」

喔——還需要觀察就是了？所以我是實驗品？不過依照昨晚的經驗，應該還挺安全的——

「……但有的時候會發現被子裡的羽毛散了一床，或者手指深陷在床板裡需要拔出來之類的，可是我真的不太清楚發生了什麼事。」

……

前言撤回。結果果然還是危險的不定時炸彈，奪命枕邊人啊——

「你那安全的腳趾會不會今晚就忽然插進我的胸膛了？」

「你是說危險的手指嗎？如、如果真的發生的話，我會幫你治好的。只要人還活著……」

你就不能做出一些像「這種事情絕對不會發生」的保證嗎！你這樣讓我怎麼繼續跟你睡啊！

「范統，你們快點去梳洗，該集合了。」

珞侍的聲音打斷了他們沒營養的對話，於是他們便急忙梳洗去了，再回來的時候，被告知要去集合開會，這讓范統有點小小震驚。

我們只是隨從，也要跟進會議的帳篷旁聽嗎？這種重要的、兩國談判的會議？該不會東方城打著回去之後把所有知情者都滅口的主意吧？雖然很好奇會議內容，但我覺得人知道越多祕密就會越早死耶？

范統還在考慮要不要把這層疑慮說出來，腳就已經自動跟著珞侍，和大家一起過去了，這時候他才想到月退的臉給矽櫻看到會不會不太好的問題，連忙提出來詢問珞侍。

他問了這個問題後，珞侍的表情頓時有點怪怪的。

「進行會議的地方很寬闊……中間的桌子是給主要人士坐的，因為人數必須公平，落月要求跟他們一樣三位出席，因此，扣除母親大人之後只有兩個位子，那是輪不到我坐的，你們只要陪我在遠一點的隨行席位待著就可以了，有一段距離又在人群中，應該不容易被看到。」

珞侍一說完，范統就能理解他表情轉變的原因了。明明一樣是侍，談判卻沒有席位，大概自尊很受傷吧。

「三個席位的話，扣除女王陛下，也只有兩位侍可以參加，另一個不參加的是誰呢？」

硃砂對這個問題感到好奇，珞侍則搖搖頭。

「我不知道他們最後怎麼決定的，反正到了就知道了。」

到了就知道了，的確不用急。不過，當到了之後發現是音侍時，范統還是有種不知道該說「How are you」還是「How old are you」的感覺。

怎麼是您！怎麼老是您！

不要再叫我回去重修英文了，那種東西就算了吧，音侍大人，我真沒想到您居然會搶輸違侍大人，還無法叫綾侍大人讓給您位子，您真是太失敗啦！

不過仔細想想三個人裡面在談判中最沒用的應該是您吧？所以考量實用性的話，根本是不戰而敗囉？

「啊，小珞侍，這裡這裡。」

音侍看到他們還是一樣熱情地招呼，目光轉移到其他人身上之後，看似很想打招呼，但彷彿又想起了「麻煩裝作不認識，不要給人添麻煩」的事前叮嚀，只得硬生生忍下去。

「音侍，為什麼是你歇著？」

珞侍一照面就問了人家一個傷人的問題。

「啊，因為綾侍說我沒有用……」

音侍說了這一句後，整個人彷彿就火大了起來，顯然被勾起了不甘心的情緒。

「他居然覺得死違侍比我有用！氣死我了！真是氣死我了！」

您生氣的原因是無法反駁，還是您覺得這句話是錯的呀？

「違侍的確比你有用啊……」

珞侍雖然不喜歡違侍，但還是不得不認同這一點。

所以說，珞侍你明明就知道原因，還故意問人家這個問題，你到底有多壞心啦？

「啊，他不就是會耍耍嘴皮子，有什麼了不起！」

您以為談判除了耍嘴皮子還需要什麼啊？美色？武力？對方來的又不是女人，您根本派不上用場啊。

話說就算來的真的是女人好了，如果對方表現出對您有意思，說不定我們偉大的女王陛下會撕毀條約直接走人也不一定哦？

珞侍大概是覺得跟音侍爭論這個問題沒什麼意義，所以將目光轉向了談判桌，一看之下，頓時「咦」了一聲。

「他們來三個人，卻是兩名長老跟一個魔法劍衛？皇帝呢？怎麼不見人影？」

「誰知道呢，搞不好吃壞肚子，或者賴床起不來啊。」

音侍隨便回答了幾個有點不好笑的答案。

您也想個好一點的吧，這種理由實在是太爛了，就算是真的我都說不出口啊……

「皇帝不在場，這談判還進行得下去？」

硃砂忍不住插嘴，音侍也完全忘記他應該假裝不認識，就很順地搭話了。

「啊，落月是有皇帝沒有實權，權力被長老掌握的傳言啦，如果是這樣就不奇怪了。」

「皇帝有實權的話，上次怎麼叫不動魔法劍衛替他弄雞毛枕頭？」

范統也不由得插了話，而且照樣顛倒成了相反的意思。

「什麼雞毛枕頭？」

珞侍皺眉向范統看了過去。

「啊，就是之前帶小柔小月小硃和兩個女孩子他們去資源二區的時候……啊，綾侍說不可以說出去。」

音侍整個已經完全忘記要跟「珞侍的隨從」保持距離也就算了，那一堆人裡面他連璧柔的室友都記得，卻就是漏講了范統的名字，真不知究竟是什麼意思，況且，話都講一半了才突然說不能講，也太糟糕了點。

音侍大人，在您眼前我根本是空氣嗎？可能您看過去我的臉上就只有一個問號，然後您就只看得到我腰間的噗哈哈跟我身邊的月退之類的？

「什麼叫做不可以說出去啊！你們有事情瞞著我？」

珞侍對於這種只有自己不知道的事情很在意，有種被排擠的感覺，他在不高興地說了這句話後，立即瞪向范統。

看、看我做什麼？難道你覺得從我口中最容易問出來嗎？

「啊，現在眼前最重要的是談判啦，少帝為什麼沒有露面，我們總是會跟他們討個說法的，等一下問問綾侍就知道了。」

「除了兩個長老，另外那個人是誰啊？」

為了把話題敷衍帶過，讓珞侍無法繼續追究，范統連忙問了個問題充場面。

「好像是黑桃劍衛的樣子。他們有鬼牌、黑桃、鑽石、梅花、紅心五個劍衛，這次來的是黑桃劍衛、鬼牌劍衛跟紅心劍衛，啊，梅花劍衛上次被我做掉了，你們也有看到，就是斷手的那一個。」

喂——

不就是要逃避「上次」的話題嗎！您又自己提起做什麼啊！好不容易才要混過去的！這樣珞侍不就又會追問了嗎——

「做掉？斷手？」

珞侍已經無法進入狀況了。

「落月的人斷一隻手就不行了嗎？」

硃砂產生的是別的疑惑。

你那是什麼奇怪的疑惑啊！說得好像斷個手無傷大雅，隔天又會長出來似的，人家可是原生居民耶！

「啊，因為是用噬魂之光砍的，大概沒救了。」

咦？這麼說來的確好像有光芒閃過斷了人家手臂的印象……原來那是噬魂之光嗎？您用壞掉的武器也可以附著噬魂之光上去？您可以自己發出噬魂之力啊？那不就跟月退一樣厲害了嗎？

我的前言後語好像有點牛頭不對馬嘴。說音侍大人跟月退一樣厲害好像怪怪的，正常來說應該感嘆月退跟音侍大人一樣厲害才對吧，不過，究竟誰比較厲害，還真是難以判斷。

「你能不能講清楚一點，我才知道到底要不要說砍得好啊！」

對珞侍來說，敵國的人被剷除是很大快人心的事情，但是如果是音侍做的，這聲「好」就不知道該不該叫下去，因為感覺就是會有一些很糟糕的內情的樣子。

「啊，可是綾侍說不能說……」

您根本就已經說了一大堆了啊！您其實很想說吧！不要再裝啦！

總而言之，第一天的會談就在不知所云的氣氛下結束了，事後他們得到了「少帝不管事，所以不需要出席」這樣的理由，據說是落月的長老說的，也就是說，之後幾天的談判，恩格萊爾恐怕也不會出現了——彷彿印證了少帝未掌實權的流言，也不曉得事情未來會如何發展。

❀

夜深人靜。在這理應是眾人安歇沉眠的時間，帳篷裡的人多半都睡得很熟了，不過，在東方城的營地裡，卻有個人安靜無聲地躲避值夜衛兵，在夜色中行走著。

月退是在帳篷裡的大家都睡著後才潛出來的。當然在他離開之前，也稍微用了點手法確保他們不會醒來，因為趁夜外出的事情，他並不希望被發現。

要神不知鬼不覺地離開東方城的營地並不難，巡邏的衛兵警覺性不高，況且，以他們的水準，也不可能發覺他的行跡的，他就這麼出了營地，在營地外駐足了一陣子後，深呼吸了一口氣，再朝另一個方向前進。

夜晚的月光將他的影子拖得長長的，他在前進時還是會卻步，只是，既然都決定要去這一趟了，就沒有回頭的道理，所以他還是以緩慢的速度前進著，慢慢靠近他的目的地——

西方城的營地。

也許是因為距離這麼近，他才興起了去看一下的念頭，也許還有很多其它的原因，但他也無從說明。

無從說明。

他從沒有想過自己也有一天能夠親眼看見——所以，就今天晚上而已，應該是可以容許的吧？

西方城的營地一樣是有巡邏衛兵的，不過，同樣不構成妨礙。

他不會讓任何人看見，也不會讓任何人察覺。

大大小小的帳篷在營地中看起來都差不多，不過主營跟有身分的人住的帳篷還是不同的，即使他不清楚西方城的布置，還是可以一眼就分出來。

而且，他要找的地方，也不是靠眼睛找的。

主營有沒有比較嚴密的守備，他不知道，只是感知偵測下沒有察覺到威脅性，所以他便放心地接近了。

在潛入帳篷時，他的內心異常平靜，或者該說是沒有任何情緒起伏吧，進到裡面接觸到那一片無光的漆黑時，他也仍保持著冷靜，在裡面悄悄地尋找。

掀開一片布簾後，是一個微微透光的地方，有人在榻上睡著，他則在踏進來後，便覺得難以再前進一步。

裡面休息的人是誰，他不曉得該說是心知肚明還是無法肯定，只是，擺放在榻側那把劍卻是千真萬確的實物，那微薄的冷光與散發出來的奇異氣息，猶如絲絲的氣絲朝外蔓延——這是天羅炎，沒有另外一把劍能自然釋放出一樣的效果，只是，此時劍體呈現出來的殷紅之氣，似乎帶了點不祥的感覺。

由於透進來的光線微弱，月退能看仔細的也只有劍上的微光與其上的氣，那帶著黑色的精密咒文如同束縛一般鎖在上面，讓他皺起了眉頭，不過，不等他做什麼動作或想清楚要做什麼，一個聲音便突然在這個空間中響起。

「誰在那裡？」

聽見這個聲音的時候，月退微微僵住了，聲音來自榻上的那個人，他坐起身子，轉往這個方向。

月退看不見他的臉。不只是因為光線，也因為他包纏著眼睛的布條。

「……你是誰？來這裡做什麼？」

可能是因為對方奇怪的態度，讓青年產生了一點疑惑，月退看著他，退了一步，再退一步，然後便毫不猶豫地以極快的速度撤離現場，那一瞬間帶起的聲響驚動了外面的人，頓時有人大呼小叫了起來，然後很快的，奧吉薩就進了帳篷，朝青年行了個禮。

明知道他眼睛蒙著看不見，還是會在沒有旁人的情況謹守禮儀，這就是他的個性。

「陛下，出了什麼事嗎？」

「……我不知道。應該沒事了，有事情我也可以自己處理，下去吧。」

恩格萊爾將手按上一旁的天羅炎，語氣平淡地說。

支走奧吉薩後，他重新躺下，雖然剛才的小狀況讓他十分不解，但他並沒有放在心上，很快便沉沉睡去。

## 范統的事後補述

沉月祭壇的探險，還沒開始就結束了。

以陪同夥伴的立場來說，我只是覺得有點可惜而已，珞侍的失落好像隔天就恢復過來了吧？不過他的個性好像就是會故作堅強，所以也看不出來到底是不是真的不在意了。

第二天晚上，我依然睡得非常好。我認床認枕頭的毛病呢——？這真是不可思議啊，原來我也是可以如此入境隨俗，一下子就適應環境的嗎？

我又發現了一個新的自己，這感覺真……好？

然後，第二天醒來的時候，硃砂還是老樣子，維持著正常的睡姿，我當然不會不知死活去叫他起床，被個人妖八爪章魚無意識糾纏的經驗，月退有就夠了，我一點也不想同甘共苦。

嗯，第二天醒來的時候，月退的五指也沒有插進我的胸膛。

但是插在我身旁一公分的地方。

我覺得死神好像離我很近，我真的很想趕他去睡旁邊，然後讓硃砂睡中間，這樣真的出了人命死的應該也是硃砂，至於月退要不要為了愧疚負責娶他，就不關我的事了，總之在看到他纖細的手指在距離我那麼近的地方穿了洞，我真的嚇得冷汗都冒出來了，按照這個進度，下一次就是我的胸膛了吧？是吧是吧？

第三天他們持續談判，少帝依然沒有出現，音侍大人也一樣被晾在一邊，跟我們胡亂聊天，談判的氣氛似乎不是很好，總之兩邊尚未達成共識，不知道還需要幾天。

月退又進入了精神恍惚的狀態。他這樣就更讓我擔心了，我睡覺可以借套盔甲來穿嗎？不過區區一副普通的盔甲，真的能擋住他可怕的手勁？

求求你別作惡夢——我不想每天活在心驚膽顫中啊——

章之八 **逆轉**

『彷彿作了很長很長的夢……抑或是希望這是個夢呢？』——珞侍

『如果告訴我來到這個世界的衰事都是一場夢，我會很想宰掉我自己這折騰人的腦袋。』——范統

從那天失敗之後，珞侍彷彿就死了心，一次也沒提要再去，不過，在還沒找出別的破解結界的方法之前，確實去了也沒用，而范統在聽過先前噗哈哈說的話後，也覺得破解結界大概是無望了，所以珞侍沒再重提，他反而覺得是一件好事。

萬一去了又失敗，只是遭遇又一次的打擊而已。

而懸而未決的談判，因為音侍嫌待在裡面無聊，所以也會跑到會場外放風，他們偶爾也會被音侍一起拉出來，總之，音侍大概已經完全無視要裝作不認識他們這一條規則了，他本來就是很隨性的人，大家也拿他沒辦法。

所謂的出來透氣，大概就是附近晃一晃，或者打一些「野味」回去加菜之類的行程，不過可以回去加菜這種話，都是音侍在說的，事實上沉月祭壇附近根本不可能有什麼可食用性常見一般獸類，通常都是被音侍戲稱為小花貓的魔獸居多。

「事情就是這樣，所以我們去抓些小花貓回來給大家吃吧。」

音侍對著被他糾纏著帶出來的珞侍與不得已只好跟著來的范統等人，開朗地說。

「就算真的是小花貓，基本上也不是給大家吃的東西吧。」

硃砂冷冷地說了一句。

「綾侍要是知道他在開會談判的時候你出來鬼混，一定會很生氣。」

珞侍叉著腰，有點受不了地警告著他。

「啊，所以我才要找你出來嘛，這樣就不是我一個人鬼混了啊。」

「……」

這種被拖下水的感覺想必很不愉快，尤其是發生在珞侍這麼嚴肅的人身上。

「我要回去了。」

「啊！小珞侍！不要啦！都已經出來了，前面有好玩的在等著我們啊！裡面一點也不好玩，雖然他們講什麼我們都聽得到，但內容又不有趣！」

談判會場裡，由於要讓談判雙方的聲音清楚被雙邊的人聽到，所以現場是保持肅靜的。這種情況下即使是在場邊，依然隨便講什麼都會被別人聽見，要講話必須把聲音壓得很低，這一點也讓音侍很不開心。

「這不是有不有趣的問題，你沒有身為一個侍的榮譽感嗎！」

「啊，可是……」

噢，音侍大人，要跟珞侍這種認真的人辯，您是一定輸的啦。

「落月的人一定也很關注這件事情，他們都慎重地待在會場裡旁聽，為什麼我一定要被你拖出來……啊……」

珞侍說到一半，忽然瞧見不遠處朝這個方向走來的兩個身影，當場有點說不下去。

大家跟著他的視線看過去，頓時發現是熟面孔，對方在發現他們的時候，也愣了一下。

「啊，這不是上次見過的八百萬跟矮子嗎？你們怎麼會在這裡？」

音侍一開始就採用了非常沒禮貌的打招呼法，而且說的還是對方聽得懂的西方城語言。

「你在說誰？」

伊耶身上立即爆發出龐大的殺氣，如少年般清秀好看的臉孔也幾乎變成殺人魔的臉，雅梅碟沒有馬上安撫他，而是提出了疑問。

「什麼八百萬？」

「啊，因為你每次看到我都會露出好像我欠了你八百萬沒還一樣的表情，加上我不知道你的名字，所以就這樣了。你也不用告訴我名字啦，因為我不會記得的。」

音侍笑著說出來的話整個很少根筋，大家通通無言地看向他。

音侍大人，您真是挑釁到了極點，自己都沒發覺嗎？我都為您捏把冷汗了，您是小花貓不想打了，想改打魔法劍衛？

「……你……」

雅梅碟果然露出了很不悅的表情，不過與其說是看到欠自己八百萬的人的臉色，還不如說是看到了什麼不乾淨的糟糕東西的臉色。

「雅梅碟，你認識他？」

伊耶還沒有把殺氣收回去，只是先問了這個問題。如果音侍是不記人的名字，他就是標準不記人臉孔的，就算音侍長得再帥十倍也一樣。

「我一點也不想認識。他就是夜止的音侍啊，你如果不記得臉，他只要一開口你就會認出來了，透著一股白痴的氣息。」

雅梅碟以絲毫不具善意的口吻向伊耶做了介紹，中肯得令人無法反駁。

「我第一次聽你用這麼陰損的方式說另一個人。」

伊耶因為錯愕的關係，身上那股濃厚的殺意被沖淡了些。

「啊，你們怎麼這麼失禮啊！現在兩國合作，至少應該友善一點吧！」

音侍就算什麼都聽不懂，白痴也總聽得懂的，所以他很快就提出抗議了，而這話依然讓范統不知道該從何說起。

到底是誰先不友善的啊？等一下如果打起來，我們這邊音侍大人加上珞侍，好像比較不利……？啊，我們還有月退啊，那就贏定啦！所以應該不用擔心，音侍大人，隨便您了。

「伊耶，不要跟這種人講道理，會很累。」

雅梅碟之前還會嘗試據理力爭，現在已經體悟到現實面而放棄了。

「也就是說，直接打就對了？」

伊耶擅自解讀，便直接拔出了劍。

「等一下！不要在這裡打起來！就叫你不要製造紛爭，你又忘了！」

雅梅碟緊張地抓住他的手把劍按回去，他可不想成為破壞儀式的罪人……的共犯。

「啊，你們好好的談判不看，出來做什麼啊？」

音侍再度問了一個自己沒資格問人家的問題。

「你們才是一夥人出現在這裡做什麼吧？」

雅梅碟反感地反問，音侍則毫無心機地回答了。

「我們想去打些野味回來加菜啊，你們也是嗎？」

這段對話的期間，珞侍都是聽不懂的，不過他曉得問身邊那三個身為新生居民的「隨從」，所以一直有獲得翻譯，等翻譯到這裡的時候，他簡直要翻白眼了，但音侍說都說了，也來不及阻止他了。

「我們哪可能做那種低俗無聊的事！」

雅梅碟立刻變臉，好像覺得這種事情很低格調一樣。

住手先生，你們上次還不是跟我們一樣在殺雞拔毛嗎？也沒高級到哪去啊。

「啊，所以，難道你們祕密策劃著什麼陰謀？」

音侍一拍手，恍然大悟地問。

哪有人問得這麼直接的啦——

「為什麼出來透個氣也會遇到這麼令人火大還不能殺的傢伙？」

伊耶剛剛被沖淡的殺氣又滿溢了出來，雅梅碟只能緊緊按住他的手。

「不能殺啦！就算是他們的隨從也不能殺，陛下沒有授意！」

哇，等一下，重要人物不能殺，就想殺隨從洩憤嗎？不要小看隨從我告訴你，會踢到鐵板的！月退根本是隱藏性殺人不眨眼的魔王啊！

「我現在很想動手……」

伊耶用表情動作與氣勢表達出了這句話。

「啊，那你們可以跟我們去打野味啊，我覺得這樣也不錯嘛。」

誰要跟敵國的人一起行動啊——

范統覺得，這不只是他的心聲，恐怕也是全部人的心聲。

不過音侍當然是不會懂的，他如果懂就不是音侍了。

「我們……」

雅梅碟剛想拒絕，伊耶就截斷了他的話。

「你的邀請我們接受。雅梅碟，回去叫幾個士兵來，動作快一點。」

「啊？什麼？叫士兵來做什麼？」

雅梅碟有點搞不清楚狀況了。

「當然是負責把我們打下來的獵物搬回來啊！如果夜止的獵物疊得像房子一樣高，我們就得疊得像山一樣高才行，你懂不懂啊！」

不要先生，你意氣用事了，這樣是可以的嗎？你們打算叫一小隊的士兵隨行？幹嘛在這種地方認真起來啊？果然每個人會在意的東西都不一樣嗎……

「小珞侍！他們好像想比賽耶！那我們也不能輸啊！」

音侍跟著認真了起來，這情況實在有點不妙。

「談判結束前我們真的回得來嗎……」

珞侍的語氣充滿了不樂觀的感覺。

「搞什麼嘛，陛下又沒有交代，這麼認真做什麼……」

雅梅碟嘴裡抱怨著，但還是回去幫忙叫人了。

如果雅梅碟是會為了皇帝的命令燃燒起來的僕人，那麼伊耶就是會為了自尊與顏面火大起來的男人，大概就是這個樣子。

「小珞侍，我們也要多叫一點人去嗎？人這麼少氣勢好像不太夠啊！」

被音侍這樣徵詢意見的珞侍，只覺得自己莫名被捲入了某種無意義浪費生命的事件中。

「我不知道你到底想怎麼樣，跟著落月的人瘋什麼？冷靜下來看看你就會發覺這事情有多可笑……不，你不會發覺，因為你是音侍。」

「啊——什麼嘛！」

於是，毫無正當理由可言的東西合併打野味團，就這麼出發了。

整個隊伍行進間，一開始大概是這樣進行的：

魔獸出現，比較靠近的那支隊伍把牠解決，隨行人員叫好、歡呼，收進網子裡，計算進自己這一國的獵取數量，然後繼續前進。

在走了半個小時後，變成這樣進行：

魔獸出現，兩方人馬搶著閃電出手解決，兩邊隨行人員比誰叫好歡呼得比較大聲，氣勢不夠就被自家的高層瞪，然後吵完獵物歸屬問題，吵贏的那邊再把屍體收進網子，計算進自己這一國的獵取數量，然後繼續前進。

而過了一小時之後……基本上已經一點也不和平了。

「嘖！」

音侍出手砍掉了新出現的魔獸的頭後，伊耶的劍也將之劈成兩半，兩個不知收手為何物的人完全不是在獵取獵物，而是在蹂躪屍體，偏偏不管畫面多血腥，雙方的隨行人員還是得激烈鼓掌叫好，這就是勞動階級的可悲，就算做不到逢迎拍馬，也得做到不被找碴的地步才行，人為了生存實在什麼都得做，此刻的他們正深刻體會著。

緊接著又是一隻魔獸出現，先被伊耶一劍穿心，再被音侍丟出的爆裂光芒炸爛，隨行人員都有點搞不清楚自己是來拾取獵物還是來收屍善後的了。

剛才有些分屍的也是各拿一半作罷，不過這些魔獸的屍體要是真的烤來吃，恐怕也沒人敢吞下肚吧。

「你這個夜止人為什麼會魔法！」

「啊，我還會邪咒，這又沒什麼。」

「那你又是為什麼到現在還不拔劍？那把劍是裝飾品嗎？還是你看不起人？」

「啊，才不是裝飾品呢，我劍術很好的，只是綾侍說我拔劍比不拔劍更侮辱人，所以只好收在劍鞘裡。」

「你以為這種藉口有絲毫說服力嗎？」

「什麼嘛，不然我拔給你看啊。」

一路上幾乎都是音侍跟伊耶在進行不友善交談，珞侍完全不想講話，雅梅碟則是一直在嘆氣。

「你這算什麼劍！」

伊耶一看到音侍拔出來的斷劍，頓時臉色鐵青，就算這劍不是斷的，品質也很差，拿這種劍出來的確是侮辱人。

「這就是我的劍啊，嗯，你那把用起來還比不上我的。」

「你說什麼？」

於是，下一隻魔獸出現的時候，想當然爾，又被慘烈地分屍。

「為什麼會有延伸出來的劍身？」

在看見音侍動劍時，從劍斷處延伸出來的光刃後，伊耶顯然因為看見了常理無法解釋的現象而陷入混亂。

「啊，才不告訴你。」

音侍繼續發揮他無意中挑釁別人的本領。

因為不能直接朝想砍的對象動劍，所以倒楣的自然又是下一隻獵物，隨從就算扛屍體扛得手痠，也沒有人敢吭聲。

一開始伊耶跟音侍就下達了「你們一定要一隻不漏地給我扛回去！一群廢物，趁這個機會多練練！」、「啊，聽到沒有，人家一隻不漏，我們就要半隻不漏，不然因為少了那半隻就輸了怎麼辦……」這樣的命令，簡單來說，就是兩個不懂得體恤下屬的上司。

「唉……」

雅梅碟又嘆了一口氣，伊耶這次終於回頭瞪他了。

「雅梅碟，你嘆氣是什麼意思？」

「我們是直屬於陛下的魔法劍衛，我們應該是有榮譽感、使命感跟自尊的，居然在做這種不知所謂的事……」

他抱頭呻吟，好像頗為不能接受的樣子。

住手先生，拔雞毛才是真正不知所謂的事情吧，現在這個好歹可以說是因為敵國挑釁所以興起的競爭，你是不是有點是非不分啊？

范統因為有珞侍開金口「赦免」，不必一起搬屍體，所以很有空可以在腦中幸災樂禍，因為硃砂只是默默跟著，月退也一副人跟著但精神神遊出去了的樣子，他沒什麼可以一起分享心得的同伴，只能自己想自己的。

「你的腦中只有你的陛下，卻沒有國家榮耀跟敵對意識嗎！」

伊耶和雅梅碟著重的點整個不同，所以兩人在價值觀方面也難以互相認可。

「那種東西跟我們現在做的事情也沒有關係啊……」

「反正你就是什麼也不懂啦！」

簡單來說，伊耶身邊的同伴跟面前的敵人都讓他覺得很火大，但是兩者都礙於各種原因讓他無法直接動手，所以他能洩憤的對象只有四面八方跑出來的魔獸——這麼一來，這場野味之旅究竟會進行到什麼時候呢？

「我們也該回去了吧？」

珞侍覺得異常疲憊，雖然他只是跟著走路而已，但精神還是被搞得疲憊不堪。

「咦？玩得正開心耶。」

音侍一副興頭上意猶未盡的樣子。

「你偷溜出來想玩多久？如果不想被發現應該早點回去吧？」

「啊，那又沒有關係，已經找到名正言順的藉口啦，我們是為東方城爭一口氣，不能讓落月的人太囂張，我相信櫻會諒解的。」

「什麼你相信啊！」

音侍一直都是個讓人很絕望的人，他一直都是。

「我們應該回去了吧，就算沒有進談判會場，也應該跟在陛下前後……」

珞侍他們用東方城的語言說話，雅梅碟這邊用西方城的語言說話，兩邊都互相聽不懂對方的話語，不過卻剛好提到相同的話題。

「你想回去就自己一個人回去，誰要跟在那小子身邊啊！」

只要提到恩格萊爾，伊耶就會變臉，看樣子已經有很深的成見。

在兩方領頭的人都不想回去的情況下，這場狩獵行動一直到傍晚才終止，理由是音侍接到了綾侍的通訊，再不回去他可能會因為跑出來混而付出可怕的代價，他這才決定結束，而既然他不玩了，伊耶那邊當然也沒有理由繼續下去，因此，大家便終於能喘一口氣了。

雖說回去的路是相同的，但他們當然不可能氣氛融洽十分友好地攜手歸去，大致上還是在大眼瞪小眼，接近營地時總算是可以分別了，音侍便帶著東方城這邊的人回去東方城的營地。

而他們才踏入營地沒多久，就看見了面露不耐的綾侍。

「你到底跑到哪裡……」

綾侍看見音侍的時候，本來正想訓斥，卻接著看見了後面隨行人員扛過來的小山，說到一半的話登時在卡住之後，再硬生生地轉折。

「……你是在逼我用髒話開頭當問候語嗎？音？」

「啊，雖然很新鮮，但是為什麼啊？沒有必要這樣吧。」

音侍彷彿還一點也不能理解綾侍的怒氣因何而來。

「麻煩你解釋一下你身後那堆屍塊是怎麼回事。」

綾侍的形容詞十分貼切，確實就是屍塊沒錯，而且還是很慘不忍睹，血淋淋溼答答的屍塊，也只有音侍看著這樣的東西，能回答出這種答案——

「今天豐收的戰利品，給大家加菜的野味啊！」

在他說完這段話後，綾侍陰沉的臉色有如即將下暴雨的陰天，接著，他走過來揪住音侍的領子，便以不容反駁的氣勢下達了指令。

「你，跟我去見櫻。你們給我把那堆鬼東西處理掉，不要讓它們再出現在我的眼前。」

「咦——怎麼這樣——」

雖然綾侍的決定讓大家辛苦扛魔獸屍體的辛勞成了徒勞無功，但他們也不由得暗自為了不必將這些東西烹調後吃進肚子裡而感到慶幸。

至於西方城那邊……

「伊耶大人，請問這些是……」

營地裡留守的士兵們，以驚疑不定的眼神觀察著這邊的情況，其中一個階級較高的倒楣鬼便被推派過去進行詢問了。

「食物。」

伊耶抬高了下巴，以一種冷森中帶點不屑的語氣回答。

「食……食物？」

「沒錯，就是你們今晚的晚餐。」

即使那些屍塊讓人一看就反胃，對方還是不得不勉強擠出笑容，再進行進一步的確認。

「這些是……伊耶大人您們特地帶回來給大家的嗎？」

「不是已經說得很清楚了嗎？知道了還不快點跪下心懷感激地接受！」

在鬼牌劍衛的耐心用盡的時候，西方城的人沒幾個敢在這種時候跟他說話，所以，他們看來只能惶恐地接受這不明的好意了，雖然是不是好意，其實還有待評估。

「這些東西做出來的食物可千萬不能呈給陛下。」

雅梅碟扭曲著臉做出了一個正確的決定。

「我自己也不想吃。」

伊耶完全沒有跟士兵們共患難的意思，特別這災難還是他帶來的。

「你自己都不想吃的東西為什麼要叫別人吃？」

「少囉唆！這是特訓！」

東方城的士兵因為綾侍明智的抉擇而逃過一劫，西方城的士兵則是在伊耶的專橫下難逃劫難，至於最後西方城的士兵是會被訓練出一個無人能及的鐵胃，還是敗倒在材料過於奇特的食物之下，就是不可預料的了。

由於談判未果，他們在這個臨時搭蓋的營地一住就是十天過去了，就連范統也開始覺得日子有點無聊，畢竟每天去聽談判的過程，但兩邊的拉鋸彷彿持續不休，也不知道何時才會達成共識，緩慢得令人焦躁。

而十天以來，硃砂的安分跟月退的心不在焉都讓他覺得很奇妙，雖然他也知道，硃砂大概是因為珞侍在，只好收斂一點，月退則是不知道在想什麼，成天悶不吭聲也常常發呆，但這種安靜的感覺還是令范統悶悶的，只盼這一點也不有趣的談判快點結束，好進入下一個過程。

音侍還是一樣，老是藉故開溜，由於珞侍鐵了心不想被他拖著走，范統他們也只得在「留下來陪珞侍」跟「和音侍出去玩」中做出選擇，因為後者的危險性畢竟還是有點高，他們一向選擇前者，就這麼聽著聽著聽到今天，談判終於有了結果，身為主要想促成儀式的代表方，東方城付出了他們還可以接受的代價，換取西方城的配合，那麼照理說，下次會議便是合作事宜的探討了，雙方的重要人物都會出席，音侍跟珞侍也就不必閒在一旁了。

「事情終於有個結果，真是令人欣慰。」

珞侍雖然對必須給西方城好處這一點有些不平，但還是平靜地接受了這個結果，儀式能促成對大家來說都是好事，吃一點虧也就算了。

「我覺得落月明明也想讓儀式完成，卻還故作姿態提出要求，實在很奸詐。」

硃砂說出了他的感想。經過這幾天的相處，硃砂跟珞侍也說得上一兩句話了，不過，對於他能變成女人這件事，珞侍還是不太能接受，所以硃砂主要還是以男性面貌活動。

「國與國之間就是這樣啦，大家都會想盡辦法爭取對自己不利的條件，能撈到的壞處越多越好，只是看誰比較高明而已。」

嗯──我想這種程度的反話，大家應該還聽得懂吧？說起來這也是以前從歷史課本跟電視新聞上學來的粗淺認知，來到幻世之後沒有電視，難怪我覺得資訊吸收得很慢。

「……」

月退的模樣一看就知道在恍神，也不知道究竟在想什麼，令人很好奇。

「明天少帝總該出席了吧？」

「哼，那個殺人凶手。」

只要一提到恩格萊爾，珞侍的語氣就會變得很不友善，說起來，那場戰爭上被屠殺的三十萬人，恐怕也是很多東方城居民心中的痛。

看到少帝本人會不會帶起一些情緒反應，引起暴動呢？范統這麼想。但在這麼重要的儀式上，大家應該還是會忍耐吧。

「那明天我們要站哪？」

這個問題是為了月退問的，而月退本人根本忘了考慮這個問題。

「唔……雖然是個很長的桌子，我又坐在最後面，但還是有機會被看到，這樣的話……」

珞侍沉思了起來，看來是有必要做點變裝了，以免引起不必要的麻煩。

「月退，你戴個面罩吧，這應該不會多麻煩。」

硃砂這麼提議，月退也點了點頭。

「也許是有這個必要。」

這個問題解決後，也沒有什麼其他的問題了，於是，他們便早早就寢，準備迎接明天的到來。

東方城的四位侍裡面，有帶隨從的只有珞侍。長長的一張桌子，要是只有坐在尾端的他身邊站著三個人，看起來總會有一點顯眼，不過幸好，似乎是為了陣仗或是安全，大家都多安排了幾個人隨侍，因此場面看起來大概會很熱鬧，大概還會帶點劍拔弩張的氣氛。

先抵達會場的依舊是東方城這邊的人，既然先到了，也就先行入座了，而當西方城的眾人出現時，除了終於第一次正式出席的少帝以外，他們還注意到另一件事情。

「那兩個長老呢？」

珞侍疑惑地唸了一句。原本都是那兩名長老主事，談判的過程也都是他們作為代表在周旋的，另一個魔法劍衛大多只是旁聽而已，而今天要進入正式擬訂細目的程序，長老們反而沒有來，這實在讓人覺得很奇怪。

長老們沒有來，倒是三名魔法劍衛都陪同恩格萊爾出席了，總共只有黑桃劍衛奧吉薩是之前會議中出現過的人，雖然這情況有點詭異，但東方城還是以違侍為代表禮貌性請他們入座了。

從恩格萊爾出現開始，大家的目光都集中在這神祕的少帝身上。那一頭金髮是最能代表西方城的髮色，由於布條覆面，上半部的臉幾乎都被遮起，只能由露出來的下半臉部判斷他應該有一張端正俊美的臉孔，本人看起來年紀的確不大，傳聞中五年前就已經拿到金線三紋的他，如今的實力不曉得又到了什麼境界，恐怕已是駭人聽聞了吧？

他身上並沒有散發出什麼明顯的壓迫感，就像矽櫻一樣，氣息都是收斂的，這種存在感不強烈的形象也讓人覺得捉摸不定。

兩方的人都準備好後，協定會議也可以開始了，兩份正式的文書被攤在雙方領導者的面前，這是今天會前事先備好的條約，在所有條目看過沒有問題後，簽訂交換，就可以開始談儀式的細節了。

畢竟都是先前反覆談了許多遍的內容，矽櫻對內容沒有什麼疑問，看過一遍就簽了字，而恩格萊爾則在文書呈上來後一直沒有任何反應，他們這才注意到一個問題。

「你們是否要為你們的皇帝讀一下文書的內容，或者幫他確認？」

恩格萊爾蒙著眼睛，自然是不可能看得見字的，他們的人又不主動想辦法，這樣實在很不妥當。

「陛下，請讓我為您讀內容吧？」

講到為皇帝服務，雅梅碟總是十分有熱忱，不過，恩格萊爾淡淡地拒絕了。

「不必了，大致進行過的交涉，奧吉薩告訴過我。」

他言下之意，似乎是不打算確認一下文書的內容，核對是否一致了。

難道看都不用看就可以簽字？那也太隨便了吧？

范統在心裡嘀咕著，而彷彿回應了他的想法，恩格萊爾並沒有拿起筆。

「我不會在這份文書上簽字。也許你們會為此不高興，不過，先前所說的內容，只是你們跟長老們的協議，不是跟我。那些條件我一點興趣也沒有，想要『王血』，最重要的還是我的意願吧？」

他以平平淡淡的語氣說完這段話後，東方城那邊的反應自然是一片譁然，畢竟當初派出代表談判，是他一直沒有出席讓長老們當代表的，現在又這麼說，簡直像是故意耍人。

「你們這樣反覆的態度也太缺乏誠意了吧？」

說話的人是音侍，不過綾侍立即又用眼神提醒他閉嘴了，現在狀況還不明白，隨便說話並不適宜。

「那麼，是前面的條件全部作廢的意思嗎？您個人想提出的條件是什麼呢？」

違侍維持著冷靜，盡量以平靜的聲音進行詢問，在聽到他的問題後，青年的唇角微微上揚。

「把你們女王的頭呈上來給我，我就答應。」

如果一件事情需要引爆的爆點，也許這句話就是。在他說出如此無禮的話語後，不只是東方城的人憤怒，連西方城的人都感到訝異了，廣大的會場頓時被議論與叫罵的聲音攪得嘈雜不堪，恩格萊爾的唇邊依然掛著無動於衷的微笑，矽櫻的臉色則寒如冰霜。

「你這是什麼意思？」

在矽櫻的示意下，其他人只能忍下發怒的意思安靜讓她一個人開口，面對矽櫻直接的交談，恩格萊爾笑著給了一個明確的答案。

「儀式破局，交涉破裂的意思。你們不可能辦到我的要求，我也不可能配合這個儀式。」

聽他如此肯定地表達了不願合作的意思，場中身為新生居民的人，幾乎都擔憂起了自己的未來。

「西方城的新生居民怎麼樣都無所謂嗎？」

「那種事情怎麼樣都好。跟我一點關係也沒有。」

「你想要我的命？你希望東方城亡國？這個要求的理由是什麼？」

矽櫻問話的語氣冰冷而凛冽，即使王血注入儀式順利的希望已經十分渺茫，她看起來仍無所動容。

「亡國？理由？」

恩格萊爾好像覺得這一切很好笑一樣，笑出了聲音來。

「我不想做任何的解釋，不過既然都來到了這裡，我想，也該看看諸位現在是什麼表情才對，說不定還可以更精采？」

他說著，便低頭自己動手，十分熟練地解下了纏在臉上的布條，當布條鬆落，被他隨意拋到地上後，他再次抬起頭露出的臉孔，令東方城幾乎所有的人都難以置信，就連矽櫻的臉上也出現了難得的驚愕。

范統在看見他的臉時出現了不小的情緒反應，不過他在那短暫的驚訝過去後，隨即看向珞侍。

珞侍的臉蒼白得幾乎沒有血色，他看著那張久違的，完全與記憶重合的面孔，形如夢囈般喃喃唸出了那個名字。

「暉侍……」

（待續）

## 自述——珞侍

記憶的顏色，總是隨著時間柔黃淡化。

很多事情即使宣稱自己一直都記得，但隨著時間過去，也會逐漸對一些細節不確定了起來。

沒有新的記憶覆蓋洗刷，就只能看那個人不停地離你遠去。

然後再被迫承認，他也許已經不會再回來了的事實。

我的名字叫做珞侍。

從我有記憶開始，我便是以東方城女王之子的身分，由侍女照顧著，一個人住在珞侍閣。

也是因為女王之子的身分，我在年紀還幼小、甚至還沒有自己思考的能力時，就已經取得了「侍」的地位，不用與誰競爭，也沒有任何的資格考核，不是因為實力，就只有憑依著母親身分這麼一層薄弱的理由，注定了我往後必須努力證明自己，不能懈怠，也不該有一般的孩子無憂無慮玩樂的權利。

在我很小的時候，生病發燒時，朦朦朧朧間，總是有一個人很溫柔地照顧我。曾經我以為那是母親，但後來我便明白，這個猜測是不可能貼近事實的。

母親對我的事情向來不怎麼關注，自小我就有這樣的感覺。

我能見到她的時間並不多，除了早晨沒幾句話的問安，幾乎就只有犯錯的時候才見得到她一面。我們偶爾會一起用餐，但那樣的機會少之又少，一年根本沒有幾次。

我在五歲的時候開始學習東方城的技藝。一開始一切都很順利，三個科別內我最擅長的是符咒，宛如天生具有這樣的天分一般，畫符與使符我都施展得得心應手，只是老師沒有給予我讚美，每當我的符咒以完美的弧度在空中爆出超出預期的效力時，我回頭看向老師，都只看見他怪異的神色。

我的符咒能夠按照我想要的軌道飛行，我用普通的符咒能做出高等符咒的效果，這是同年齡的孩子——甚至大人都做不到的事，就我的想法，這應該是可以被肯定的，我也渴望被肯定，但是，教導我的師長卻只對我搖頭，又從來不告訴我原因。

那個時候，我什麼都還不知道。

直到有一天，母親將我叫到了她房裡，說出了我從來沒想過的「事實」。

『你並不是我親生的孩子。』

『我的侍女與落月的男人私通，才生下了你，所以，你具有一半的落月血統。』

『你貫注在符咒內的，並非單純的符力，會有那樣的成效，是因為你不自覺地摻入了魔法的法力，那也許是你生來就擁有的——證明你身上另一半血液來自何處的東西。』

『你要記住你的身分。名義上，你還是我的兒子。只要你是東方城女王之子一天，你就不能公然使用落月的技藝。象徵王權延伸的你如果使用敵人的專長，形同踐踏國家的尊嚴，而你也會被視為異端。』

『就算你能完美地結合符力與法力，現在還沒有穩固地位的你也不能這麼做。』

『你的身分是什麼，你應有的責任又是什麼，這些都是你永遠必須記住的事情。』

母親對我說這些話的時候，語氣不似平時的平淡，而是帶著讓我本能畏懼的嚴肅。

然後她在我身上施了一個封印，限制住我體內所有屬於落月的能力。這不是個強硬的封印，只要我願意，隨時都能將之打破，她也告訴我，這是對我的測試，只要封印打破了，她就會知曉，我能不能忍耐、能守著這個身分多久，不去動用那些力量，她會靜靜看著。

這就像是一個證明我有沒有資格以「珞侍」的身分留在東方城、留在神王殿的考驗，而我不能不做到。

因為我不知道我除了這個從小被灌輸、賦予的身分，還能是什麼。

在「母親」的威嚴之下，我甚至不敢詢問我生父生母的下落。

女王的侍女與落月的人私通，應該是重罪。即使我那時還是個小孩，我也明白這一點。

讓我安適地活在這個世界上，賜予了我這樣的身分，算是天大的恩惠了吧？

只是我不明白，這麼做的原因，又是什麼？

暉侍也是我五歲的時候入宮的，那年他十歲，以紅色流蘇在東方城的比武大會上拿到了第四名的成績，又是原生居民的身分，自然大受矚目。母親也是在頒獎典禮上看見了他，過沒幾天，便宣布收他為義子。

名分是怎麼決定的，那不是我可以過問的事情，表面上的說法是欣賞他的才華，有意栽培，暉侍這個名字也是入宮才取的，那個時候，因為宮裡突然多了一個孩子，我也鬧了幾天脾氣，不過會理我的人，也只有音侍跟違侍而已。

『小珞侍，人多比較熱鬧啊，一直這樣愁眉苦臉的，就不可愛了啦。』

音侍是這樣邊揉著我的頭邊跟我說的，他總是可以帶著輕鬆的笑容看待任何事情，哪怕剖析出來的觀點根本與常人相距甚遠。

『身為陛下的繼承人，你連這點容人的器量都沒有嗎？』

違侍則是在看到我的時候冷言冷語地出言譏諷，我因為委屈而抿唇忍淚時，他便又會像怕我真的哭出來一樣臉色僵硬地走掉，讓我覺得他的態度十分微妙。

綾侍和母親一樣，不會主動關心我的事情。那時候我還不知道我並不是名副其實的「王子」，倒是暉侍自己以和善的態度來跟我說話了。

『對不起，忽然間這樣厚著臉皮入宮，好像打擾了你的生活，你是不是……覺得這樣很討厭？』

暉侍來找我說話的時候，態度很認真，並非把我當成一個不懂事的小孩子哄，儘管那時候的我的確不懂事。

『……沒有。才沒有呢。』

我無法當著他的面承認自己覺得討厭。被召入宮裡，其實他也沒有選擇不要的權利，說起來他並沒有做錯什麼。

『真的嗎？那太好了，我可以直接喊你珞侍嗎？』

儘管我的心裡有點彆扭，不過看著他開朗的笑容，我還是點了點頭。

像是「我們以後好好相處吧」這類的話，暉侍總是很正經地認為有說出口的必要，我那點孩子氣的不滿，也在認識他之後消融於無形。

雖然在母親為我上了力量封印之後，一種難以言喻的心結，又悄悄冒出。

在不能使用法力的情況下，我符咒的進展頓時倒退，整個慢了下來。單純以符力來推動符咒，遠沒有以前輕鬆，我在學習上遇到了障礙，不管我多努力，還是只能慢慢推進，像個普通資質的學生一般。

我擁有別人沒有的優勢，卻不能使用。這種苦悶的感覺彷彿也成為我的心魔，使我難以突破前行。

暉侍對符咒不太拿手，他擅長的是武術。在拿著他慣用的劍時，那種凌厲的氣魄與精準的出手，都會讓人忍不住喝彩。

憑藉著武術，他的流蘇階級從紅色流蘇一直平順地升上去，當我九歲剛拿到深藍色流蘇時，十四歲的他已經是深紫色流蘇，黑色流蘇指日可待。

我學習的進展不夠快。我一直覺得不夠快。我已經投入了很多時間，卻不見成效。依循東方城正統的方式來學習，我便覺得難以施展。為什麼暉侍可以，我卻不行呢？當初還在使用法力搭配符力操作符咒時，對練中暉侍還得要我讓他三分，但封住了法力後，我連擋住他五分鐘都沒辦法。

我們一樣都是養子，儘管他不知道這件事情。

名義上是嫡子的我，去除掉屬於落月那邊的能力後便縛手縛腳，而暉侍卻一切都做得很好，我不知道如何面對這樣的難堪，這些想法令我感到難過。

大家都喜歡暉侍，然後，都和我保持距離。

不只是因為覺得身為「王子」的我有身分上的隔閡，也是因為流露出來的氣質與態度，讓大家都喜歡他。

母親召他說話、關心他的頻率也比我高很多，她甚至會對他露出笑容，在他面前稍微緩和一向冰冷的臉孔。

大家都喜歡暉侍……就連我也是。我也喜歡他，然後討厭我自己。

也許是因為他真誠的關懷與溫柔，也許是因為他一直給予我的鼓勵與安慰。

『珞侍，等一下城北的廣場有新年慶典喔！我們一起去逛逛吧？』

『不要，昨天綾侍教的東西，我怎麼練都練不好，事情沒做好怎麼能玩樂……』

『你就是太緊繃了，放鬆一下，說不定回來就豁然開朗了呢？好啦，我們走吧。』

『不要啦！而且音侍總是喜歡抓綾侍跟他一起去湊熱鬧，去了說不定又會碰上……』

『碰上又有什麼關係呢？綾侍也不會禁止你休息吧？大家一起慶祝、過年，不是也很開心嗎？』

每次暉侍說什麼，我總是無法反駁，我知道他是為了我好，希望我開心，如果我開心能讓他也開心的話，那麼我還是希望自己能發自內心地露出笑容，和他一起高興地度過每一個新年。

『啊！小珞侍！暉侍！你們也來玩啊！』

音侍熱情地跟我們打招呼的時候，我只覺得果然該來的還是躲不掉，不過綾侍朝我看過來時，眼神裡倒是沒有我想像中的指責。

『我就知道，只有暉侍能讓你走出房門。』

由於他話語中調侃的意味十足，我自然不免尷尬。

『暉侍！聽說等一下商家會從城牆上丟一堆禮物下來喔！我們來比賽誰搶得比較多！』

『得了吧，那是給一般民眾玩的，你這個純黑色流蘇的去瞎攪和什麼勁，想讓大家空手而歸嗎？』

『唉唷，老頭你很掃興耶，如果上面寫音侍不得參加，我就會乖乖站著看啦，可是他又沒有寫，那我為什麼不能參加？』

『如果真的要寫，應該寫「音侍與狗不得參加」。』

『咦！死老頭你太過分了吧！不管啦，暉侍，你比不比？』

『音侍，別開玩笑了，要跟你比的話，有誰會贏啊？』

暉侍因為音侍的提議苦笑了起來。音侍這個人總是不太考慮一些現實面的事情，由此可見一斑。

『哼，不比就算了，我自己抓著玩。』

『那些東西你要了又沒用，到底搶來做什麼？』

『啊，不要再囉唆了啦！你自己不玩就算了，管我那麼多做什麼——』

瞧音侍那個樣子，我真的深深覺得，他要是把丟下來的禮物都搶了，破壞整個節慶氣氛，說不定明年商家真的會冒著得罪高層的危險特別標註「音侍與狗不得參加」。

雖然就實際情況來看，應該改成「音侍與魔獸不得參加」比較貼切。

我們一起待在城牆下，直到鐘聲敲起時。

城裡放了一柱又一柱的煙火，丟禮物的活動也正式開始，我本來以為是一次撒一大片的壯觀場面，結果是一回兩三個慢慢丟，大概是想拖長活動的時間慢慢炒熱氣氛吧。

這種做法對於想搶一堆禮物的音侍很有利，不過他還算有節制，搶了差不多一袋的分量之後就厭煩停止了。

沒有音侍的攪局，民眾搶禮物都搶得很興奮，只是在旁邊看著，彷彿也能感染那種氣氛。

『啊，沒有比賽的話感覺好無聊喔，綾侍，這些要怎麼辦？』

城牆上丟下來的禮物，大多是平安符或一些可愛的玩偶，這些東西音侍的確用不著。

『你可以拿去送給違侍啊，他想要又沒臉來搶，你要是送給他，他一定很高興。』

『啊？綾侍你別騙人了，死違侍會喜歡這種東西？而且誰要送他禮物啊！不如你每一個都摸一下，我拿去叫賣看能賣到多高的價錢，感覺好像很有趣呢。』

『明明不缺錢，不要做這種無聊事。早告訴你別搶了，偏偏就不聽。』

音侍跟綾侍正在爭吵時，群眾忽然傳出了驚呼聲，似乎是大獎要丟下來了。

沒記錯的話，那個大獎是一個很大的貓型布偶，放在商家店面裡展示好一陣子了，因為只送不賣的關係，今天聚在這裡的人很多都是為了它來的。

布偶被丟下來的時候，興奮的驚叫聲讓我幾乎想摀住耳朵，而這個時候，站在我身旁的暉侍忽然足下一蹬便跳了上去，身形拔高竄起，俐落地搶下了空中的布偶，然後在其他競爭者失望的聲音中躍回我身邊，帶著淡淡的微笑，把東西遞給我。

『珞侍，新年快樂。』

我本來還因為他跳起搶物的漂亮身手而眩目，他突來的一句話就讓我回到了現實，一下子也結巴了起來。

『我、我又沒有說想要。』

『收下嘛，然後開心一點，新年的紀念品啊。』

暉侍說著，笑著摸摸我的頭，因為覺得有點不好意思，我臉上也熱了起來。

『啊——老頭，暉侍居然搶大獎來討女孩子歡心，好奸詐喔。』

『珞侍不是女孩子，麻煩你搞清楚。』

『唉，小珞侍有禮物了，那就不能送他了，我去哪裡找個可愛的女孩子送禮物……』

『你張貼個公告，女孩子會從城北排隊到城南等著你去送。』

大獎都已經發了，慶典活動也差不多結束了，告別了音侍跟綾侍後，我跟暉侍一起慢慢地走回神王殿。

布偶抱在我的手上讓我幾乎看不見前面的路，暉侍就接過去幫我拿了，相較之下，他拿起來比較不費力。

『珞侍……不要給自己太多壓力，時時刻刻都在勉強自己的話，我會擔心的。』

重回之前的話題後，暉侍的聲音也低了下來，不等我回答，他又自己說了下去。

『無論怎麼樣我都會站在你這邊的，就別太在意別人的眼光了，好不好？』

暉侍在說這種話的時候，我總是會不由自主地老實起來。

『為什麼要對我這麼好呢，明明也沒有必要……』

『因為你是我可愛的弟弟啊。』

暉侍笑著這麼回答我。

『哥哥關心弟弟，天經地義。』

因為他這話說得很神氣很了不起的樣子，讓我也不由得笑了出來。

或許也是因為這句話，所以我才會認為他不可能不告而別，他一定會回來。

他沒有回來，一定是出了事吧。

我的內心明明有著答案，卻無論如何也不願意承認。

暉侍失蹤之後，已經過了好久了。

交到朋友雖然讓我能偶爾放鬆心情，暫時忘卻這件事，但我終究不是真正忘記。

當我意識到他可能真的已經不在這個世界上時，我想我的夢是該醒了，因為再怎麼欺騙自己，謊言終究不會成真，我再也見不到他早就是個可以推知的事實。

對於常常被我投射暉侍的影子的月退，我內心也有著愧疚。

他跟范統一樣，都是我很重要的朋友，不管他身上帶著多少祕密。我想，我應該矯正自己的心態，再重新面對他。

然而，在西方城少帝拿下他覆面的布條，那張與暉侍幾無分別的臉出現在我眼前的時候……

我終於明白我的夢還沒有結束。

我清醒了過來，卻又再度墜入另一個惡夢裡。

The End

## ✣人物介紹（音侍版）

**范統**：啊？

**珞侍**：啊，就是小珞侍嘛。

**月退**：嗯，小月很強。

**硃砂**：小硃很神奇。

**璧柔**：啊，小柔我好想妳——

**米重**：……？

**綾侍**：好兄弟。

**音侍**：啊，不就是我嗎。

**違侍**：死違侍有夠惹人厭的！

**暉侍**：是個好人。

**矽櫻**：嗯——櫻是個好女孩。

**恩格萊爾**：這個我還在困惑中。

**伊耶**：他很不友善。

**雅梅碟：**總是沒好臉色。

**奧吉薩：**我也好想像他那樣成熟還有可以長出鬍子！

——NG分隔線——

咦？為什麼要重來？為什麼為什麼？我覺得沒有哪裡不對啊！老頭你到底哪裡不滿？給你的字太少嗎？

什麼不是那個問題？到底是什麼問題啊？我不懂啦——

——與綾侍溝通後重來分隔線——

**范統：**

他到底是誰啦！我生氣了！

**珞侍：**

我們東方城五侍裡面的一個，我們一夥的。小珞侍就跟女孩子一樣可愛，不過個性總是很認真，會讓我有點頭大，不知道以後會不會接櫻的位子？如果會的話，那……那……好吧，其實也還可以接受啦，至少不是死違侍……

**月退：**

小月是經由小柔介紹認識的。嗯，小月跟暉侍長得挺像的，雖然我過了很久才發現，大概是因為男的通常不會正眼看的緣故。小月好像有很多祕密，嗯，因為我的關係，害他死過兩次，可是都沒有賠錢，我想有機會的話再補償好了，想買雞毛枕頭給他升級他又說不要，好麻煩喔。

**硃砂：**

小硃真是我這輩子遇過最神奇的生物了！他居然可以變成女人！幸好綾侍不能變，不然我真的不知道要怎麼辦了，男女授受不親啊，總而言之他讓我擔心了好多多餘的事情，像是小柔會不會也能變成男人之類的，幸好小硃是特例，這樣我的煩惱可以減少很多。

**璧柔：**

小柔是我唯一可以交往聯絡這麼久的女孩子！而且她跟我說話可以說好久都不會跑走！我一見到她就覺得很親切，而且她也很喜歡我的樣子，真是太好了！但是她為什麼不想嫁啊？結婚以後可以天天出去玩一起抓小花貓不好嗎？是我長得不好看還是錢太少？官位不夠大？可是再上去就是櫻啦，要我怎麼辦才好嘛——

**米重：**

誰啊？嗯？咦？慢著，好像有印象，是老是送花送酒送禮物送情書給綾侍的那個傢伙？啊——以前還覺得他很白痴，現在想到就生氣，也不送點有用的東西來，下次如果碰到本人一定要向他提出決鬥，什麼黑色流蘇向低階流蘇提出決鬥很可恥，我才不管那麼多，之前去綾侍房間還被沒收好的禮物絆倒，真是氣死我了！

**綾侍：**

跟我一樣是東方城五侍的一個，我們是好兄弟。有他在什麼都很方便，什麼都不用擔心，什麼都不用管，反正很棒就對了，不過有的時候會有點囉唆，要求我做很多多餘的事情，例如剛剛已經說完的大家的印象，現在還要重新講一次，可是看他的臉色又不得不配合，嗯……我都這麼配合了，晚上按摩有沒有希望？

**音侍：**

啊，居然還逼我自我介紹。我真的覺得沒什麼好講的嘛！難道要問我身高體重跟興趣嗎！可是那種東西我也不知道啊！討厭的東西也許還說得出來，就是死違侍，但是感興趣的東西隨時在變，我也很困擾，最近喜歡到處抓小花貓，喜歡摸好摸的東西，還能介紹什麼？反正我也是五侍裡的一個啦，就這樣。

**違侍：**

死違侍雖然是東方城五侍裡的一個，但跟我不是一夥的。他做什麼事情我幾乎都看不順眼，怎麼會有這麼不講理又死腦筋都聽不進別人的話的人呢……我哪有！這些特質是死違侍的不是我的！我才沒有跟他很像，他的流蘇才紫色而已，而且還拿娘娘腔的武器！可惡，說到死違侍我就生氣，跳過他啦！

**暉侍：**

東方城五侍裡的一個。他其實人挺好的，很照顧小珞侍，很關心新生居民，櫻也很喜歡他，可是……事情為什麼會變成這樣呢？大家就算不能永遠在一起，至少能夠在一起的時候好好珍惜好好相處嘛，少一個朋友我很難過，好不容易才記住名字跟臉的……

**矽櫻：**

櫻是東方城的女王，就是死違侍看到也要行禮的那種階級地位。綾侍總是說我不夠尊敬她，但我覺得用上尊敬的話就會有距離，那種感覺我不喜歡。雖然櫻好像在跟我保持距離，不過我說過要保護她不受傷害的話我還是記得的，直到現在我也還是這麼想的……

**恩格萊爾：**

西方城的皇帝。嗯，我至少記得現在的西方城皇帝叫這個名字。他好像很強的樣子，而且他還有天羅炎，天羅炎一定也很厲害，不過再怎麼樣，如果櫻認為他是敵人，那麼他就是敵人，是必須要打倒的敵人。

**伊耶：**

嗯，我偷看了一下小抄，他是鬼牌劍衛！根據綾侍的提示，我大概想起他是誰了……剛才？剛才說失敗的那次是憑直覺說的啦，其實我根本就不記得這個名字啊，反正他拿了一把比不上我的劍，又一直跟我搶獵物，我不喜歡他就對了。

**雅梅碟：**

小抄上說他是紅心劍衛。但我還是想叫他八百萬耶，這個名字跟他的人對不起來啊，就算有小抄還是挺不順口的……什麼？噢，小抄上面只有西方城的人啊，剛開頭的那一個沒有，綾侍說那個不記得就算了，沒介紹也無所謂，既然他都算了我當然也算了啊。

**奧吉薩：**

小抄上說他是黑桃劍衛。其實我記得他啦，談判他每天都有來嘛，因為看起來很成熟有型，我特別記住了他的名字當紀念，我們東方城都沒有這種男人，不是像綾侍那樣長得比女人還像女人，或者像死違侍那樣一副欠打的嘴臉，就是像小珞侍那樣長得不太像男人，總之如果下輩子有機會，我想長他那個樣子，雖然綾侍說要長那個樣子起碼也要過三十幾年，但三十幾年也沒有很久，為了變有型我等得起！

# 殊途

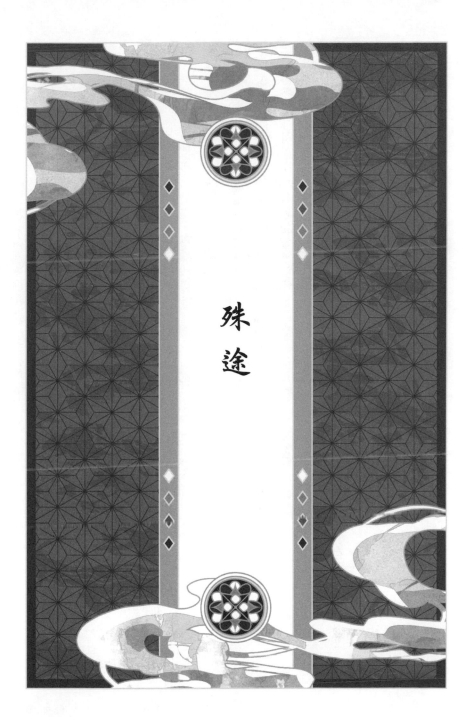

## 范統的事前記述

人生嘛，總是會有一些時候腦袋一片空白，忘記自己正在做什麼、身在何處，甚至忘了自己的名字忘了自己是誰……這種經驗也許不是每個人都有過，不過我倒是體驗過不只一次。

幸好這種事情不常發生，不然我可能會懷疑自己年紀輕輕就老年痴呆。總之短暫的恍神過去後，又得花點腦力來回憶最近的事情，還真是辛苦。

總而言之我們現在在王血注入儀式的會議上與落月的高層談判，對我們新生居民來說，這是個很重要的儀式，只要這個儀式成功，我們重生用的水池就可以繼續連結沉月的力量，讓我們死再多次都可以從水池活回來，當然，這樣子東方城才有軀體費可以賺，重生一次一百串錢簡直就是暴利，還可以藉還款名義徵收我們當免費勞工，讓我們「抵銷債務」……離題了，無論如何，可以有活命的保障還是很重要的，儀式成功對兩方來說應該都是體制存續下去的必要條件，不然兩方的新生居民時間一到都會消失，那可是難以承受的後果。

不過……原本還算順利的會談，現在是怎麼回事？

都到了文書簽訂的時候，對方老闆才跑出來，而且一出現就翻臉不認人，前面談過的事情通通都不認帳，這是哪門子的惡客啊？想我還在原來世界的時候，如果有人打電話來預約看相，談好了費用跟時間之後，拖了好幾個小時才出現，甚至一出現就殺價，完全不管行情，那我一定、一定……

我可能還是會幫他看相耶，真糟糕。畢竟錢難賺嘛，雖然嘴巴被詛咒以後生意變好了，不必再受這種惡氣，但以前還沒什麼人氣的時候，客人再怎麼惡劣我還是得招呼，不然下一餐搞不好就連泡麵都沒得吃了……

但是我的情況和這裡又不同。東方城和西方城是對等的國家吧，憑什麼他們皇帝可以這麼囂張啊？憑那張臉嗎？也不過是長得很像暉侍罷了，有什麼了不起啊？

啊啊，說明加抱怨了這麼多，差點就忘記了最重要的事情。

徵婚！徵婚啊！不，至少讓我徵求個女友吧，立即就展開以結婚為前提的交往也好，要是王血注入儀式破局，那不就沒多久可活了嗎！精確一點的時間是多久還要再打聽，不過人生苦短，如果哪個溫順的女孩子也覺得該找個伴了，真的請認真考慮一下我啊！

既然新生居民的死期都各自注定了，我是不是也該來好好進行一下生涯規畫，然後花個一年半載寫一篇可以流傳後世的遺書？

搞不好我死前都還無法還清我的負債啊，人活到這種地步，是不是該為自己掬兩把悲傷的眼淚呢……

## ✣章之一　灰是？徽事？噢……暉侍

『啊？暉侍？』——音侍

『……才多久就不記得了，你果然跟綾侍說的一樣是個混帳！』——珞侍

『啊？什麼啊？我又不是想不起來的意思！而且綾侍為什麼要說我是混帳啊！』——音侍

相較於東方城的人詫異的反應，西方城的人則是一頭霧水，畢竟他們幾乎都對東方城的暉侍一無所知，包含他長什麼樣子這一點。

在少帝拆下了臉上的布條露出底下的臉孔後，矽櫻當下的錯愕一過，立即以嚴厲的眼神看向音侍，音侍面上也帶著幾分不解，被她的目光一掃，只露出了無辜疑惑的表情。

反應最大的人大概是珞侍。而當他蒼白著臉唸出「暉侍」這個名字時，范統和月退同時轉向他，以差不多激烈的口吻說出了同樣一句話。

「他不是暉侍！」

說完這句話，他們也驚訝地看向對方，像是疑惑對方如何能說得這麼肯定，又不知道該從何問起。

奇怪了，這傢伙是不是暉侍，月退怎麼會知道？不，我怎麼會知道問題比較大吧，這……

「你們……」

珞侍尚未從震驚中平復過來，一團亂的情況下，他的目光最後定在月退身上。

「他長得跟暉侍幾乎一模一樣，如果他不是暉侍，那麼他是誰？而如此相像的你又是誰？」

面對這個問題，月退顯然無法給出任何答案，瞧他陷入為難的樣子，范統忍不住插了嘴。

「珞侍，月退是可疑的人，不，就算他真的有點不可疑，但他從來也沒有好意，我們一直都不是朋友不是嗎？」

范統一開口，就領悟了自己絕對不適合幫忙說什麼緩和氣氛的話，一旁維持安靜的硃砂也斜眼看了過來。

瞧瞧說出來變成什麼樣子啊……我只不過想說他不是我們該懷疑的對象，雖然他身上的確有很多疑點，可是一直都對我們很好，是我們的朋友啊，曲解成這樣，珞侍這種情況下還能冷靜翻譯嗎？

「我一直很想相信，儘管你新生居民的身分是冒名頂替的，根本就來歷不明，我還是一直很想相信……」

啊？珞侍，你說什麼？什麼冒名頂替？咦咦咦！你什麼時候去調查這種事情的啊！這是怎麼回事啊！

「但是我已經不想再等了。你到底要不要自己開口？你到底是誰？」

珞侍顫抖著說完這番話後，月退依然維持著沉默。為了遮蓋面孔而戴上的面巾，現在成了最好的掩飾工具，他們看不到他的神情，也無法觀察出他心裡在想什麼。

正當氣氛陷入緊繃中難以脫出時，前桌那邊突然有了動靜。

先動手的是奧吉薩，這當然是恩格萊爾的授意，劍光一閃，音侍和綾侍立即反應快速地起身攔到矽櫻身前警戒敵人，眼見進入戰鬥，雙方的人隨即離開原本的位置拉開距離，長桌就像是一條分界線，但並不能成為有效的阻礙。

「隨行人員撤離！」

看狀況不對，違侍先對場邊的人群發布了命令，然後看向珞侍。

「珞侍，你也先離開！」

「但是……」

珞侍看著被魔法劍衛護在後面的恩格萊爾，看著那張明明那麼神似，卻又陌生得像是另一個人的臉……

這時恩格萊爾正好也看了過來，對上他的目光後，唇邊泛起了冷冷的笑意。

「你們快把他帶走！」

因為珞侍佇立在原地猶豫著不肯走，違侍便轉向范統等人下令，所謂的跟班畢竟也包含護衛的職責，珞侍不動，他們就該負責把人架走。

「珞侍大人，失禮了。」

先反應過來，以隨從的身分採取行動的人是月退，硃砂也很有默契地過來把珞侍一起拉走，他那些微的抵抗衝動，也在理智衡量局面後放棄了，他留在這裡不會有任何幫助，早點離開，才不會成為他們的累贅。

范統跟著他們和撤離的人群一起離開，無論是有收到命令的東方城人員，還是沒有人管的西方城人員，全都亂成一團。這時雙方早已交手，力量震盪下流散的餘波，讓場內一些還來不及逃走的倒楣鬼當場遭殃，看得他心驚肉跳。

媽呀，高手過招不要待在現場看熱鬧就是這個道理嗎？看來比武大會的示範賽還是有節制跟做一些防護措施的吧？那種玩玩的跟來真的根本不能比啊！

在這裡戰起來是要怎麼收場啊？該不會要到分出勝負提頭來見吧？到底哪邊會贏啊！這樣很緊張耶！

無論如何，至少范統還記得自己是東方城的居民，在精神上支持自己人後，幫不上忙的他也只能趕緊逃命了。

因為彼此互相忌憚的關係，儘管在劍拔弩張的氣氛下動手了，雙方還是沒出全力，都在進行試探性的攻防，雖然這攻防有越發劇烈的傾向，不過至少目前還沒出現死傷。

「雅梅碟，這事情發展究竟是怎麼回事？明明是來簽約的為什麼卻打起來了？」

伊耶雖然是個崇尚武力解決問題的人，也常常不顧外交問題任性妄為，但莫名進入了他渴望的打鬥，還是讓他有種想把事情搞清楚的感覺。

「伊耶，我一直覺得你可能有點笨，但沒想到你真的很笨。」

雅梅碟一面招架對面飛射過來的劍氣，一面對著伊耶的問題搖頭嘆氣。

「你說什麼！」

伊耶一時有把刀口朝向自己人的衝動。

「當然是遵循陛下的意思才會打起來啊，有什麼好疑惑的，真搞不懂你。」

雅梅碟理所當然的語氣讓伊耶不知道該接什麼，當場把同伴砍倒的話，減少一個戰力，實在不是好主意，所以他也只有將怒氣都發洩到敵人身上了。

「哼，忍了這些日子本來就很不爽快了，既然如此就名正言順地戰吧！」

「伊耶，砍音侍，快點砍音侍。」

「誰有興趣幫你公報私仇啊！這種時候當然該對付女王不是嗎！」

配合嚴謹出劍的奧吉薩的攻勢，伊耶手中的細劍旋出一道血紅色的氣絲，欲繞過音侍襲擊後面的矽櫻，不過，與奧吉薩對戰中的音侍空出左手一揮，配合著口中唸過的特殊音節，便將他的氣絲抵銷了。

儘管只是隨意使出的攻擊，伊耶還是生氣了。

「為什麼他連邪咒也會啊！他到底是不是夜止的人！」
「是夜止的人才好，我一點也不想跟他當同伴，總而言之你快點砍他啦。」
「連陛下的命令我都未必聽了，我為什麼要聽你的話？」
伊耶講話的時候完全視後面的恩格萊爾於無物，接下來雅梅碟自然又是一連串「如此無禮！怎麼可以當著陛下的面這麼囂張」、「你不能因為陛下不追究就得寸進尺，快點下跪道歉」之類的忠君訓話，西方城這邊的戰線氣氛似乎越來越險惡。
雖然東方城那邊也好不到哪裡去。
「音，該殺的就殺一殺，你跟他們玩什麼？」
綾侍在冷冷說出這句話時，同時也編織著輔助的結界，安置到己方身處的區塊上。
「啊！我哪有！這大叔不簡單好不好！而且幾乎都是我在對付敵人，你以為我有幾副手腳啊——」
音侍大聲抗議著，顯得很不服氣。
戰力評估，對方有三個金線三紋，一個金線二紋，他們則有兩個純黑色流蘇，一個灰黑色流蘇跟一個深紫色流蘇……
音侍越想越不高興，忍不住回過頭看向違侍。
「死違侍！為什麼你這麼弱！」

「就算我很強也不會想跟你聯手！」

「音，不要分心！想被我背後暗算嗎？」

現在的狀況已經接近混戰，繼續交戰下去不是好事，這不是個適合拚鬥到兩敗俱傷的時間點，雙方都清楚要把對方解決掉是很困難的事情，如果傷到了己方的人，那絕對是難以承受的損失。

其實退在後面的違侍倒也不是存心偷懶，只是以他的實力難以對戰況做出貢獻，又基於職責不願意先走而已，若真的要打，他可能只能勉強應付金線二紋的雅梅碟，但對方也不會給他一對一的機會。

在他們還未全力施展的情況下，會場被破壞的情形不算嚴重，只是這個地方能不能維持完整，也已經沒有任何意義了，他們不會在這裡進行下一次的談判，也不會再有進到這個地方來的機會。

「綾侍！你來接手這個大叔啦！那矮子好煩，八百萬又一直說我壞話，我想換個打架對象！」

由於本身懂得西方城的語言，音侍一直被對方講的話搞得無法專心，卻又在奧吉薩的攻擊下無法脫身，感覺實在糟透了。

「叫我接手一個金線三紋？你在開玩笑。」

綾侍將捲動了袖子送出的透明符咒一一引爆，並駁斥了音侍荒謬的要求。

「啊！什麼？我是很認真的啊！矮子跟八百萬都對你沒興趣，你色誘看看大叔總行了吧？說不定他會以為你是女人就砍不下去啊，拋個飛吻試試看？」

「……」

對於音侍不知該說是不正經還是腦袋有問題的提議，綾侍的回應是丟了一個爆音符到他耳邊炸開，然後對他的慘叫聲置若罔聞。

「哇啊，夜止的綾侍攻擊自己人呢。」

雅梅碟因為這一幕嘆為觀止，伊耶的臉色則相當陰沉。

「這是我已經忍了十分鐘的事！」

在他們交手的時候，雙方的君王都靜靜地站在後面，沒有任何動作，矽櫻黑色的眼睛不帶感情地注視著恩格萊爾，不知道想著什麼，恩格萊爾則隨意地看向別處，彷彿這些紛亂都與他無關，置身事外地一點也不關心戰況如何。

他就像只為搗亂今天的事情而來，而如何收拾善後，他全不在乎。

現在的情況到底有沒有到性命相搏的地步，他們兩邊的人都不清楚，偏偏有決定權的人遲遲不下令，也只好這樣不上不下的僵持著。

照伊耶的說法，這種必須有所顧忌的戰鬥就叫作「沒勁」，所以他只在旁邊放放冷箭罷了，雅梅碟則忠實地護衛著恩格萊爾，不讓任何符咒有近身的機會。

「待在這裡浪費時間也夠了，走了。」

一直滿不在乎的恩格萊爾，總算覺得無趣而下達了命令。

與音侍戰鬥中的奧吉薩，一聽到他的話，立即抽身後退至他身旁。

「啊，你們想走就可以走的嗎！」

如果就這麼看他們離開，那也太沒面子了，音侍雖然沒有貿然追擊，卻也已經將金色的光芒凝聚在他那把斷劍上，準備認真攻擊了。

而這個時候，被三名魔法劍衛包圍守在後頭的恩格萊爾，垂手抽出了腰間的劍，那把劍在出鞘後，空氣中頓時有種奇妙的振幅以劍為中心擴散開來，隨著恩格萊爾的力量驅動，一道熾亮的直線光束也浮現在劍身周圍，繞著它開始盤旋。

「天羅炎？音！退後！」

音侍在聽到綾侍略帶驚慌的警告時還愣了一下，矽櫻這個時候也出手了，她揚手送出的術法擴散成一片絢麗的銀藍冰霧，與恩格萊爾揮動天羅炎後掃過來的聲震波相撞，以不同方式呈現出來的力量在互相干涉的情況下爆了開來，當冰霧化為光點灑落四周時，西方城的四個人也消失無蹤了。

「還好只是一弦……」

綾侍收回搭在音侍肩上的手，拍拍自己的胸口，再整理一下剛才被後方襲來的餘勁吹亂的頭髮，隨著敵人的離開，他的神情總算放鬆了下來。

「不是叫你退後嗎？擅長攻擊不好好攻擊，不擅長防禦又不認分迴避，活膩了？」

被綾侍這樣當面教訓，音侍也不太服氣。

「啊，說得好像天羅炎比我還厲害似的，也不過就是一把殺了很多人的武器嘛！」

「有沒有真那麼厲害是一回事，但缺乏防禦能力的傢伙想正面承受攻擊就是蠢。」

「唔。那你擋了有沒有怎樣？沒吐血沒倒地應該還好吧？」

音侍這才想到關心綾侍的狀況，不過綾侍只嫌無聊地拍開他的手。

「你關心人的反應可以再修正一些，聽起來真糟糕。」

這個時候，矽櫻清冷的聲音在空盪的會場內響了起來。

「違侍，去準備撤離事宜。音侍、綾侍先跟我回營。」

她沉靜的態度底下，彷彿已經做出了決定。

「事情不會就這麼算了的。」

❀

在被帶離會場後，珞侍堅持要范統他們先回去，接著便守在主營門口等候，只為了詢問他一直在追尋的答案。

好不容易等到矽櫻出現，他立即走上前去急急開口。

「母親大人，這究竟是……」

矽櫻看了他一眼，沒有回答他的意思，便直接走入了帳內，於是他只好攔下後面跟過來的音侍和綾侍。

「音侍、綾侍，你們是不是早就知道暉侍的下落了？為什麼他會——」

「珞侍，那個人不是暉侍。」

音侍難得沒有用開玩笑般的語氣親暱地稱呼他小珞侍，俊美的臉孔上也帶了幾分哀傷和嚴肅。似乎因為事情也瞞不下去了，他索性說了出來。

「暉侍已經死了，是我殺的。」

在聽到這句話的時候，珞侍一時之間做不出反應，也許是因為太缺乏現實感的緣故，呆立了許久，他才擠出一句話來。

「騙人……」

「是真的。」

音侍從懷裡掏出一塊破損了一角的玉片拋給珞侍，珞侍在接下來後，更加說不出話來了。深藍的玉片上，刻著一個剛硬的「暉」字。

這是暉侍的侍符玉珮。

「為什麼？原因呢？理由呢？為什麼直到現在才——」

「這是櫻下達的命令。」

珞侍激動起來的話語被綾侍打斷了，大概是對音侍不說明的態度看不過去，他簡單交代了事情的原因。

「暉侍是落月派來的間諜，想盜取由我們保管的沉月機密，所以，櫻自然不可能留下他的。」

間諜？

暉侍他是間諜？

珞侍的腦袋像是炸了開來，他很想反駁這樣的話語，斥之為荒謬，暉侍那麼小的時候就已經在東方城了，他們從小一起長大，暉侍為了東方城的居民做了多少事情，他怎麼可能會是間諜？那麼小的孩子要如何被培養為間諜潛入？

但是這些話他卻說不出口，只因為西方城的少帝，有著一張跟暉侍一模一樣的臉。

長得那麼相似不可能沒有任何關係。

那麼，同樣也肖似暉侍的月退呢？

「也許一時很難接受，但這就是事實。原本我們也想一直瞞下去的，現在既然事情變成這樣，就快點把暉侍忘掉吧，讓你記在心裡這麼久，他不值得。」

綾侍說完這段話，就抓著欲言又止的音侍進去了。

留在原地的珞侍，覺得眼前的景物，從原本的清晰逐漸變得模糊，然後，整個一片茫然。

他曾經像這樣，每個夜裡，站在東方城的城門口，等了好久好久。

有的時候失望的感覺讓他幾乎不確定自己是在等什麼，只是他現在知道了。

他一直在等著，一個再也不會回來的人。

想跟他說什麼、想向他抱怨為什麼消失那麼久的話語，早就已經忘記了。

接近三年的時間也許沒有很久，但他就像已經失去了他三十年。

暉侍。

珞侍將那枚玉片拿到面前，想再看清楚一點，卻發現自己辦不到。

模糊了視線的是什麼呢？

似乎再也不重要了。

矽櫻特地將音侍和綾侍叫進營帳內，自然是有事要交代的，一見他們進來，連坐下都沒有打算，她便直接以命令的語氣開了口。

「讓他們做好準備，等我的命令發布後，投陣。」

她此話一出，音侍和綾侍都愣了一下。

「啊？投陣？櫻妳要做什麼啊？」

投陣的意思是啟動沉月祭壇的陣法，使得周遭的氣流呈現不穩定的狀態，通常這是在需要進行重要儀式時會用到的東西，為的是確保儀式的運行，因為氣流不穩定的狀況下，這個區域就無法以魔法術法之類的方式移動，那麼只要在周邊派遣人力管制就可以讓儀式不被有心人士潛入打擾了。

「截住他們的退路。」

氣流不穩定的區域會讓挪移失敗，同理，裡面的人也就只能以正常原始的方式離開祭壇範圍了。

做出這樣的指示，應該是要開戰的意思……

「此外，我要取我的武器和護甲。」

矽櫻的要求很明顯是要親自出戰的意思，一聽她說這句話，音侍和綾侍都有點吃驚。

「櫻，追擊那種事情交給我們來做就可以了，妳不必自己……」

音侍還想再勸勸她，不過話還沒說完，就被截斷了。

「這是命令。我不會容忍這樣的屈辱，落月的人都必須付出代價。」

她已經將話說死了，看樣子是不打算假借他人之手報復的意思，於是音侍也只能垂首接受。

「我知道了。」

珞侍的棚帳內，在主人不在的情況下，瀰漫著一股沉悶的低氣壓。

范統覺得這樣的氣氛很討厭，卻又不知道該如何打破如此僵硬的氣氛。珞侍拋下他們要他們自己回來後，月退跟硃砂就沒再講過半句話，當大家都維持沉默的時候，處在這個環境裡就會倍感壓力，他覺得自己快要受不了了。

這個時候還是該有人說說話製造點聲音才對，不過硃砂似乎沒什麼想說的話，月退則是進了帳子拿掉面罩後，看起來什麼也不想說。

所以你們要逼講話障礙最嚴重的我擔下這個先開口的任務嗎！你們這樣不對吧！這不人道啊！結果一開口講錯話，硃砂又會馬上諷刺我對吧？

而且說真的，開口也不知道要說什麼啊……珞侍剛才說的什麼新生居民的身分是冒名頂替的……那個到底是怎麼回事啊？月退沒有否認耶？那、那到底是怎麼樣啦！月退不是我的鄰居，然後據說住在屋子裡一年都不肯出來也沒有去上學嗎？難道這些不是真的？我還想說他怎麼這麼快就願意跟著我走到陽光下面對人群，結果是因為那個躲屋子一年的傢伙根本就不是他？那麼那個人到哪裡去啦！

總覺得問這些問題，月退也不會回答我啊，其實我也不是真的很關心本來那個鄰居，畢竟又不認識，我覺得介意的還是月退身上的種種謎團啦，長得那麼像一定事有蹊蹺吧，啊啊啊，苦悶，煩躁啊——

就在范統猶豫著要不要隨便挑個爛話題開口的時候，這樣沉悶的氣氛卻突然被打破了——因為來了一名通知緊急撤離的士兵。

「珞侍大人不在？」

在發現帳子裡只有隨從，珞侍本人不在的時候，來傳令的士兵顯然有點驚慌。

「你們快將珞侍大人找回來吧！馬上就要投陣了，趕不上撤離的時間會很麻煩的，落月也不知道會有什麼動作，珞侍大人的安全必須先保障啊！」

他講的話范統聽不太明白，不過好像事態緊急的樣子，那名士兵也說要叫一些人分頭去找了。

「珞侍不是說不要去主帳那邊嗎？」

范統的詛咒又不受控制地發作了，幸好這次還在他的同伴聽得懂的範圍。

「用符咒通訊器聯絡看看？」

硃砂提了一個有用的建議，本來還有點失神的月退聽了隨即拿出符咒通訊器來，但在通訊要求傳送出去後，久久不見回音。

「可能是不肯回應。范統，你試試看？」

唔，你的他不肯接，我的哪有希望啊？

范統心裡雖然這樣想，但還是拿出符咒通訊器來試了試。

結果果然如他所想，要求通訊沒有得到回應，看樣子完全不想跟人說話。

「沒辦法，只能出去找找看了。」

三個人一起行動的話，沒什麼效率，因此，他們也只能分開找不同的地方，希望能找到珞侍。

范統的行動力不高，身手又欠佳，所以被月退和硃砂留下來在營地附近尋找，這樣的工作分配，幾乎可說讓他什麼也不用做了，因為營地裡本來就有士兵負責找人，他一個人根本派不上什麼用場。

「唉，人跑哪去了啊，這種時候還亂跑，大家都急得像冷鍋上的大象了……」

隨口說出來的感嘆變成可笑的東西後，范統決定以後說話還是少加形容詞比較好。

熱鍋上的螞蟻就熱鍋上的螞蟻嘛！要多大的鍋子才裝得下大象啊！

為了這種事情生氣很無聊，不過他就是這麼無聊的人，在這裡窮擔心的情況下，也只有尋自己開心了。

『什麼大象跟螞蟻的？』

噗哈哈哈的聲音在他腦中響起時，他才發現自己又不知不覺握著他的武器想事情了。

既然都已經被聽到了，范統便跟它講解了一下這句話的意思，稍微滿足一下它的好奇心，看看能不能改善關係。

『嗯——本拂塵懂了，就跟刀山上的范統或者油鍋中的范統差不多意思吧？』

咦？居然還舉一反三……可是先不論貼不貼切，你舉那是什麼例子啊啊啊！對我的恨意有那麼深重嗎？

『本拂塵認為你應該下拔舌地獄。』

有必要這樣嗎！並不是舌頭拔掉就能解決一切的啊！

『但是可以稍微撫慰本拂塵受創的心靈。』

……所以你的恨意還是沒有消散嘛，而且舌頭拔掉也只能「稍微」撫慰？那要到什麼地步才能原諒我啊？

『本拂塵絕對不會輕易原諒你的！你不要以為事情有這麼簡單！』

等一下，不要自己又突然激動起來啊，我們這樣下去也不是辦法，你難道不覺得這事情需要解決——

『等到本拂塵認可你有資格當我的主人再說，不然你就去上刀山下油鍋，展現你的誠意給我看。』

這裡去哪找刀山跟油鍋？就算真的找到我也不會去用啊……

范統煩惱地抓抓頭髮，不得不先放棄請求噗哈哈原諒的事情。

那個，讓我再問一句，要讓你認可，大概要什麼程度才可以啊？

『純黑色流蘇。灰黑色流蘇勉強。淺黑色流蘇的話要人品夠好。』

噗哈哈倒也乾脆，直接開出了范統這輩子大概都不可能達到的條件。

你也太挑了吧——！這世界上只有幾個這樣的人啊！

『不然你那個金頭髮的朋友的水準也可以，總而言之你現在的狀況都辦不到。』

什麼？月退就可以？月退你到底是誰啊？這是可以比擬黑色流蘇的意思吧？還是只是噗哈哈單純喜歡金髮美少年？我就算把頭髮染成金色也不可能變成那樣秀麗的美少年啊啊啊！

『才不是外表的關係！你去重新投胎算啦！』

噗哈哈哈火大地說完這句話後，大概又進入休眠了，讓范統十分無奈。

「珞侍到底在哪裡呢……咦？」

范統嘴裡唸著，忽然發現了環境的異變。

沉月祭壇這附近的天空本來都陰陰的，此時空中的雲彩卻突然染上了橘紅色的艷麗色彩，有種詭譎的妖異感。

他還在觀察天空狀況時，地面也突然劇烈震動了一下，原本帳內的人通通都因為驚嚇而跑了出來，雖然震動只維持了幾秒，但雲彩的顏色仍然鮮艷，讓人格外有種不安的感覺。

主帳那邊似乎有命令傳達下來，眾多人員一下子都慌亂地開始動作，呆立在原地的范統忽然顯得有點突兀，但他也不知道這樣的情況下該做些什麼。

所以這是剛剛說的那個什麼投陣嗎？那麼現在是要撤離了？

到底應該跟著撤離還是等人回來，范統難以做出決定。

之前好像也有一次遇到差不多的狀況，身邊都沒有可以一起行動的人，身處陌生的地方，只有一根拖把可以依靠，而且還一直被慫恿去自殺……

糟糕，說好不叫噗哈哈哈拖把的啊！

范統心慌地確認了一下自己的手，還好這次沒握在噗哈哈哈的柄上。

月退跟硃砂快點回來吧——還有，要帶珞侍一起回來啊……

「陛下，請往這邊。」

在奧吉薩的指示下，恩格萊爾與陪同在身側的雅梅碟加快了腳步，朝前方前進。

離開會場後，他們先回到了自己的營地，伊耶和雅梅碟本來正在找奧吉薩詢問事情的經過，才震驚於兩名長老在前夜被突襲制服的事情，便注意到了環境突然的變化。

天空的異相出現時，他們就已經知道發生什麼事了，啟動法陣的事情當然是東方城的人做的，其用意也顯而易見，奧吉薩當下立即判斷，決定先護送恩格萊爾回西方城，伊耶則受令帶著士兵去東方城那邊擾亂，由於原本就有翻臉的打算，這次帶來的人經過挑選，戰力上應該不成問題，最後吃虧的是他們還是先決定宣戰的東方城，一切還未有定論。

為了掩人耳目，他們沒有跟著車隊行動，僅以輕裝趕路，只要離開了陣法範圍就可以施法回西方城了，東方城的人就算要侵犯他們的營地，應該一時也不會發現少帝已經先離開的事實。

取得時間的先機是重要的，特別是在這種時候。

「沒有人留下來指揮，亂成一團，他們該怎麼辦呢？」

雅梅碟雖然因為以少帝的安全為重，決定跟上來護衛，但想到仍在營地的人們，還是不免擔心。

「人就留給他們殺吧，省得我回去還要滅口。」

恩格萊爾漫不經心地回答，語氣十分平淡。

對他這番言論，奧吉薩只微微皺眉，雅梅碟則愣了一下。

「陛、陛下……」

「卿不明白嗎？回去公開給大家的說法，自然是夜止設下陰謀，蓄意破壞儀式，我們犧牲了眾多的隨行人員才得以突破重圍回到西方城……」

恩格萊爾緩慢的語調甚至帶有一種愉悅的氣息，宛如他樂見這樣的情況發展，或者如今的情形就是他的願望一般。

「所以，在會場看見了過程的人總是得處理的。死掉也好吧？」

他的語調十分單純，就好像這只是一件沒什麼大不了的事。

這樣純然的惡意，也讓人不知該如何面對。

刻意跟雅梅碟說這些，彷彿是等著看他有什麼樣的反應，而雅梅碟在短暫發愣後，眼神又恢復了原本的堅定。

「無論陛下如何決定，一定都是有原因的，臣支持陛下。」

得到他這樣的信任宣言，恩格萊爾的神情轉得有幾分玩味，似笑非笑地又問了一句。

「何以見得？」

「上次與夜止的戰爭，陛下能捨身戰鬥，為護國而除掉夜止的大軍，臣認為這樣的您不可能會危害西方城的子民。」

聽了他的回答後，恩格萊爾的神色頓時冷淡了下來。

「也許我只是單純喜歡殺人呢？」

雅梅碟還沒來得及回答這個問題，就因為後方突然出現的勁風而轉移了注意力，三個人也進入了警戒之中。

本以為可以在敵人發現之前脫出陣法範圍保障安全的，沒想到敵人卻這麼快就追了上來，這狀況確實讓他們意外。

而且，從後方追上他們的，是個超乎想像的敵人。

那冷艷的姿容與舉手投足流露出的氣勢，告訴他們現在出現在這裡的，是貨真價實的東方城女王矽櫻，從她現身後就散布於空氣中的嚴寒氣息，也說明了她冰冷的身影不是幻覺。

以浮空的姿態注視著他們的矽櫻並不是他們過去所看到的樣子。覆蓋著身體的冰藍護甲與她手持的銀白劍刃——即使是戎裝依然讓她看起來十分美麗。先前在公開場合她多半盛裝出席，但這不代表她只是個與戰鬥絕緣的麗人。

在美麗之下，存在的是不容輕忽的危險性。此刻的她的確也是盛裝以對——披著千幻華，持著希克艾斯。

「你的血不願注入沉月祭壇，那麼就在這裡灑盡吧。」

矽櫻盯著神情逐漸變得嚴肅，看著將手按上天羅炎的恩格萊爾說話的同時，也驅使手中的劍綻放出耀眼的銀光。

「就讓我來看看，落月少帝……是否真的有傳聞中的能耐？」

## 范統的事後補述

亂七八糟的世界跟亂七八糟的人生。現在的我大概就是這種感覺。

大概是因為來到這個世界還沒有很久的關係吧？住在東方城也才過了個年，其實沒有很深的代入感。要是我新生居民的資歷久到看過暉侍，在看見落月少帝那張臉的時候，應該會更加吃驚才是。

事情變成這樣還真是有點複雜。儘管珞侍說對方長得跟暉侍一模一樣，可是月退說他不是暉侍，那麼就應該真的不是了吧？

咳，我當然沒有忘記自己也說過這句話，可是那只是被一時不知道哪來的情緒沖昏了頭，未經思考就隨便脫口而出的話啦，他是不是暉侍，我哪會知道呢？如果把記憶都還給我，讓我拿回占卜的能力，可能還有機率算出來，依我現在這只能勉強看看凶兆吉兆的狀態，根本無能到了極點……

姑且不論少帝是不是暉侍，光是長得像就有很多陰謀論可以產生了，就如珞侍所說，長那麼像不可能一點關係也沒有，所以……暉侍其實是落月的人？流落異國的王子？還是少帝其實流著東方城的血統？

後面這個推測說出來我都覺得可笑。那頭金髮這麼燦爛，就跟月退的差不多，總不會是染的吧？

啊啊……月退也還沒交代清楚他身上的謎團啊。

雖說朋友之間不必達到完全開誠布公、毫無隱瞞的地步，但他好像真的有點瞞得太多耶？不過啊，新生居民不都是從別的世界來的嗎？就算珞侍說月退的東方城新生居民身分是假的，可是他的確死了會從水池復活，身上也有東方城新生居民的印記氣息啊？

假如他跟少帝、暉侍真的有關係，難道這兩個人也都是來自同個世界的新生居民！哇，這也太勁爆了吧，要多深的執念才會讓幾個有關係的人都死來這個世界，發生了什麼慘案啊！

我覺得我的推論好像讓事情越來越複雜了。把事情想得越來越亂，是我的才能之一嗎？

如果可以的話，我真想要別種才能。例如瞬間找到我要找的人，然後我就可以拉著珞侍跟月退一起撤離了，在這兵荒馬亂的氣氛中，總覺得多待一秒就多一分危險性啊。

嗯？我、珞侍跟月退……好像少了誰？

原來我下意識忽略硃砂那個人妖了啊。唉，既然都忘了，又何必想起來呢……

章之二

# 小兵小將我們挑，金線三紋就留給您了

『平時剝削那麼多民脂民膏，有難時當然就是要你們這些大人物出來頂啊。』——范統

『啊，我一個月俸祿也只看心情拿個幾千串錢零用而已啊，這樣有很多嗎？』——音侍

『他的言論純屬個人行為，不代表東方城的立場。』——綾侍

「硃砂！你那邊有沒有看到珞侍……這裡發生了什麼事嗎？」

由於空中的雲彩異變與地震都十分清楚地代表沉月祭壇的陣法已經發揮作用，月退在搜尋無果的情況下，只好決定先回頭跟同伴會合，他先找到的是硃砂，不過原本想問的問題都還沒問完，他就因為眼前不太正常的景象而更改了發問的內容。

「碰上了幾個落月的士兵罷了。」

硃砂微微皺著眉回答，算是解釋了他身上血跡的由來。

附近沒有屍首，這裡應該不是事發的現場，看他坐著的姿態不太自然，月退連忙湊近關心。

「解決了嗎？你受傷了？」

「嗯。腿被對方傷了。可能是派去攻擊東方城人員的隊伍吧，我用質變的能力逃脫的。」

硃砂的身手並不弱，能讓他受傷，甚至必須逃走，顯見那些敵人不是什麼普通階級的士兵，月退聽他這麼說之後頓時臉色凝重。

「你都沒有看到珞侍嗎？」

「沒有。」

硃砂沒跟著問他有沒有找到人，既然月退沒帶著人出現，那多半就是沒有消息了。

「沒辦法，我們先回去吧，我有點擔心范統……你能走嗎？」

硃砂自己做過了止血的包紮，月退也看不出來他的傷口嚴不嚴重，只好口頭上詢問。

「可以，只是可能無法走太快。」

在發現陣法啟動，又聽硃砂說西方城派了人去攻擊東方城人員後，月退就已經焦慮地想快點趕回去了，要配合硃砂的傷勢慢慢走回去，只怕耽擱了時間，把他丟在這裡這種事情，他又做不出來，最後，他只好做了個折衷的決定。

「你腳受傷，我抱你回去吧。」

難得他主動說出這樣的提議，硃砂當然也不會拒絕。

「嗯，當然好啊，這樣也比較快。」

於是月退蹲下身子將他抱起，正要啟程，硃砂卻突然變身成了女性面貌。

「這樣要怎麼抱！快點變回男人！」

月退一下子嚇得差點把她丟下去，但顧忌到硃砂現在受傷，他雖然惶恐，還是不敢鬆手。

「為什麼？不是男人抱女人比較正常嗎？」

硃砂一面說，還一面將手圈上月退的脖子，似乎很享受被抱著的狀態，不過月退當然是吃不消的。

「立刻變回去！不然我真的要把妳丟在這裡了！」

他說這句話的語氣不知該說是有魄力還是驚恐，因為不想品嘗被丟下來的滋味，硃砂也只好妥協了。

「好吧好吧……」

看她重新變回男性面貌，手也規矩地收回去後，月退這才不再有意見，抱著他快速地趕回東方城的營地。

有沒有什麼方法可以決定我要現在跟著慌亂的人群撤離，還是在這裡等我的朋友回來啊？

范統雖然跟著大家移動了，可是走幾步路就回頭一次，似乎覺得自己這樣先走不太道德。

這個時候我真是格外需要卜卦的能力啊——定奪一下走還是不走，吉還是凶，真的很好用呀！為什麼要封印我這麼重要的記憶，綾侍大人——

「維持秩序！動作快一點！不要亂成一團！」

待在現場負責指揮的是違侍，也許平日的威嚴還是有一些震懾的效果，雖然無法穩定人心，但在控制人群行動上還算有效率。

他們的目的地是距離這裡還得走上一段路的結界邊緣。東方城的人已經在那裡設立了傳送符陣，準備將人一批一批地送回去。

由於傳送符陣一次能送回去的人有限，還有啟動後必須等待效果恢復的時間，因此，進入符陣的先後順序是需要決定的，較為重要的人該先送回去保障他們的安全，比較無足輕重的人，即使出了沉月祭壇陣法的範圍，也只能苦苦等待輪到他們的時候。

在最短的時間內算好人數，安排進入符陣的順序，這都是需要費神的，不過違侍還是處理得很迅速，眾人也沒有因為安排順序的不滿而爆發情緒，大致上都順從地聽從命令。

但是，這可能也是明顯的生命危機還沒有出現的關係。

范統不知道自己被安排在哪個梯次離開，不過他連結界邊緣都還沒走到。現在他的身分是珞侍的隨從，照理說該跟著珞侍行動才對，可是珞侍人不見了，他自然也就不知道該怎麼辦而混在沒被安排到，等最後才能離開的人群中了。

哇喔，剛才沒有想太多，現在仔細想想，珞侍要是沒找到，我是不是不能走啊？自己逃回去，丟下「主人」，之後也會被追究責任吧？

珞侍你到底上哪去啦？看到這種異相，也該曉得要回來了呀！現在不是鬧彆扭的時候，快點自己出現啊！

范統想著想著，又焦躁地拿出了符咒通訊器，而這次的通訊要求依然沒有絲毫回應。

真是的，不會是出事了吧？

就他對珞侍的印象，珞侍應該不是個不懂事的孩子，什麼時候該做什麼事情，他都是知道的，就是因為知道，他才常常勉強自己，很少因為自己的任性而行動，總是壓抑著自己的情緒。

這樣的他應該不會故意讓人找不到自己的。范統在進行了深入一點的思考後，頓時有點擔心。

在他正因為這樣的思考而出神時，後方的人群忽然傳來驚叫聲，這使得所有聽見的人的神經立即繃緊。

懷抱著不安回頭看了情況後，范統馬上在心裡咒罵了起來。

該死的落月！居然派兵來襲擊！而且每次都挑月退不在我身邊的時候——

事實上敵人本來就沒有挑個對他來說比較好的時機攻擊的義務，所以他這話與其說是罵對方，還不如說是詛咒自己的倒楣。

雖然還有一段距離，但後面那些人應該是擋不住的，瞧他們被落月的士兵兩三下就解決掉一個，一路屠過去的速度，指望他們阻下敵人，根本是作夢。

也對啦，人家派過來突襲的想必是精銳，我們落在後面的又是順序比較不重要的，哪可能是對手啊？

可是如今這種局面……難不成我又只能跟噗哈哈求救嗎？上次它都叫我自殺了，這次我們之間的情況這麼惡劣，它搞不好直接把毛捲上來動手扼殺我啊！

就這麼遠遠看過去，范統依稀可以看見西方城士兵武器上的光。看來他們做事相當狠絕，居然使用了噬魂武器，絲毫不留情面，可說是徹底撕破臉的態度。

其實在會議上就表示得差不多了，西方城的皇帝可以當眾說出想要東方城女王的頭這種話，即是完全敵對的展現吧？統治者的態度，自然就代表了他們國家的立場。

現在其實也沒有時間讓范統想太多，在猶豫了幾秒要不要向噗哈哈哈求救後，他斷然放棄了這個選項，拿起了符咒通訊器。

當他要找的對象接通了通訊，他立刻朝著符咒通訊器大喊。

「月退！救命啊！」

范統正高興這句話沒有被顛倒，隨即聽到月退遲疑了一下後有點猶豫的聲音。

『這句話……應該不是反話吧？』

「當然是！我沒事叫你來救我做什麼啊！」

噢不！不要顛倒得這麼完美！簡直解釋成這只是個玩笑也說得通，這太過分啦！

『我們快到了……』

從符咒通訊器傳來的聲音聽來，月退應該在奔跑，儘管聽到他這麼說，范統還是不太放心。

「慢一點啊！升日的士兵遠在天邊啦！再不來搞不好我就只剩下一堆黑骨了！」

喊出這句話後，范統覺得就算是自己，有的時候也會產生放棄了解這些話的衝動。快慢顛倒、名詞錯誤，還有那個遠在天邊也就算了，黑骨是……怎樣啊？總覺得比黑臉黑店黑心肝還要糟糕？

至於到底要用化學技術還是烹調手藝或是藝術的惡趣味才能造就出一堆黑骨，范統就暫時不想去研究了。

『我知道了，現在抱著硃砂不方便說話，你等我，我很快就到。』

月退說完就切斷了通訊，帶給范統一陣錯愕。

抱著硃砂？

抱著硃砂——？

這句話也太有想像空間了吧！為什麼忽然跟硃砂進展這麼快速我就不追究了，但是朋友的性命危在旦夕，你們怎麼還有空邊趕路邊卿卿我我濃情蜜意眉來眼去甚至用抱著對方的姿勢行進啊！你們這樣對嗎！月退你要開竅也別選在這種時候好不好——

月退的一句話在被他擅自加上很多妄想之後，整個變成很糟糕的東西，當事人要是知道了，不知道作何感想。

在這種戰亂之中，我也很希望有個美女可以互相依偎啊……不，任何時候我都希望有個美女可以彼此取暖！這個卑微的心願到底何時才有達成的一天啊……就算沒有美女我也不會屈就於人妖的！朋友的戀愛價值觀是朋友的事情，我才不會因此有絲毫動搖呢！

范統一面胡思亂想，一面也努力往前移動，拉開跟敵人的距離，雖然這點微小的努力不見得有什麼作用，但至少可以自我安慰比留在原地安全一點。

逃命的人群是不太會顧忌到別人的，要在這樣的人群中移動，第一要務其實是不要跌倒。只要跌倒就難保命了，被一堆人踐踏過去的感覺范統還沒體會過，這輩子也不想體驗，他覺得被魔獸踐踏而死一次就夠了，換成人踩過去也不會比較舒服的。

天啊！真的有人在自殺！噗哈哈提供的這種爛辦法居然真的有人用！實在是情況太險峻，不得已才出此下策嗎？有這樣的勇氣的人才能活下來？可、可是……

回頭關注情況的范統因為看見好幾個人自知逃不掉就主動抹脖子而驚恐了，這畢竟是他第一次目睹自殺的場面，多少有點衝擊。

只等待救援同時逃命，似乎也太消極，范統伸手入懷掐緊了幾張備用的符咒，心想著萬不得已的時候，即使唸不出正確的符咒名稱也得試一試。

音侍大人！綾侍大人！這種時候您們在哪裡啊——怎麼都不見人影！難道跟女王一起先回去了嗎？不是這樣的吧！如果大人物都先去避難了，那為什麼違侍大人還在啊？他是苦命勞工嗎？

而場上的狀況，這時也出現了一點變化，東方城的人開始回頭組織抵禦了，是在違侍的指揮下反擊的。

這麼做的確有必要，如果讓西方城的人一路殺人前進，到了符陣那邊包圍或者摧毀的話，大家想回去就只能各憑本事逃了。

「面對敵人的時候怎麼可以逃跑！銀線一紋又怎麼樣！你們如此消極的應對和低靡的士氣，多麼丟東方城的臉！自殺回去的人一律判刑，現在立即回擊！」

違侍的吼聲聽起來十分憤怒，看樣子他寧可要大家光榮殉國，也不要一堆膽小懦弱逃走的人民，這下子把大家自殺回去的選擇也堵住了，想要活命，自然只有抵抗。

范統印象中，西方城的階級制度，銅線有五個階級，銀線也是五個階級，只有金線是三個階級。這麼說來銀線一紋應該算中間下面一點，也大概就是藍色流蘇跟紅色流蘇左右的水準，的確沒有到打不過的地步，可能是比起拿性命相搏，直接背負一百串錢的債務容易得多，才會有人這麼選擇。

新生居民因為身上的印記的關係，東方城似乎可以調閱每個人死亡的原因來看，也就是說，先自殺的跑不掉，現在自殺的也別以為人多就能不被發現，這讓范統不知道該不該慶幸自己沒有自殺，但事實上他也只是沒有殺掉自己的勇氣而已。

不過現在這樣的情形也有一點尷尬。

由於方針從逃跑改成反擊了，前方的人也在違侍的命令下回頭，基於跟著人群跑這個原則，范統就算不想回頭也得順向回頭，這就等於越來越靠近戰鬥地帶了，而他的戰鬥能力又幾乎等於零……

這下子完蛋定了？衝過去當砲灰嗎？而且又不能自殺，我、我究竟該怎麼辦？

嗚哇啊啊，被人群趕著去赴死的感覺很差啊！好像硬逼著我上斷頭台一樣！近身戰鬥的話我難道要拿這根拖、拂塵擋嗎！然後敵人搞不好會笑出來或者發愣，就會露出破綻，我再用噗哈哈哈的毛掃死他？可是我到現在都還沒研究出這軟軟的白毛要怎麼攻擊人啊！搔癢還差不多吧！

幸好，范統的煩惱沒有持續很久，當他終於被推入混戰之中，手足無措地開始臉色發白時，首先靠近他的那個敵人，忽然給一把不知道哪裡投過來的刀釘在地上，對方慘叫的期間他急忙退開，同時剛才援護他的朋友也出現了。

「范統！沒事吧？」

月退躍至他身邊時，手上果真是抱著硃砂的，現在找到人，不需要再趕路了，他便將硃砂放了下來。

「月退，女的也就算了，硃砂現在是男的你也抱，你撞邪了嗎！」

如果可以的話，范統也希望自己那少得可憐的講對話次數能用在比較關鍵的時候，而不是用在這種玩笑話上。

「才、才不是！硃砂腿受傷了，我才抱著他趕路啊！」

月退聽了他的話之後臉上一熱，一旁想出手襲擊的敵人也不幸被他一掌巴飛。

「我要變成女體給他抱，他還不要呢。」

硃砂在旁邊涼涼地補了一句，顯然對之前的事情有點介意。

什麼！人家要變成女人給你抱，這種特別服務居然拒絕！什麼態度！身為一個男人我真是感到義憤填膺，你怎麼可以如此暴殄天物身在福中不知福啊！成語有沒有用錯我不管啦！反正我就是想罵啊！

「你是在看破什麼，有這種壞事，答應才是錯的啊！」

我是說你想不開什麼，有這種好事當然應該答應……硃砂別瞪我啦！我這次是站在你那邊的耶！你到底什麼時候才會相信我的嘴巴被詛咒了啊？

「嗯，我知道答應是錯的，本來就不該隨便佔人便宜，所以我才拒絕的嘛。」

月退從緊張的狀態稍微放鬆了下來，對待干擾他們說話的敵人時，手段也溫和了些，這次只將對方敲昏而已。

不過將敵人敲昏在這種大家跑來跑去的戰鬥地帶放置，好像也好不到哪去就是了。

「你不要就這樣順著回答了啊！你明明知道我不會說錯話的！」

因為月退跟硃砂在，范統覺得自己應該很安全了，便很安心鬆懈地說起話來。

「啊……現在該怎麼做呢？是不是發了撤離的命令？不過這裡又打起來了……」

月退乾脆無視他那句話，逃避話題的意思非常明顯，讓他有點無話可說。

「珞侍呢？」

剛才那個話題如果不想談，那這個問題總是得回答的。

「我們都沒找到他。」

月退神色一黯，似乎也頗為擔憂。

「雖然也想再找下去，但聽硃砂說遇上了落月的士兵，我擔心你有危險，只好先趕回來了。」

喔喔，月退，你對我真是有情有義，我好感動啊，但……珞侍到底哪裡去了？沒找到他到底該怎麼辦啊？

說起來，明明是混戰中，我們卻能這樣從容自在地進行談話，會不會有點顯眼……還是欠揍？雖說有月退在這裡，聊天聊得再爽應該也安全無虞，不過被人注意到月退強得有點變態的實力的話，好像也不太好？

然後月退現在沒有蒙面。只盼大家都為了生存而掙扎，沒有人會發現他跟少帝長得很像了……

「要是沒找到人，我們能回去嗎？」

硃砂插了一句話，畢竟他們是珞侍帶來的。雖說只是隨從，不是護衛，人丟了大概也不必負太多責任，然而這種說法好像置身事外暗自慶幸一樣，感覺不是很好。

「我們再詢問綾侍大人或音侍大人的意思吧。」

月退也只能這麼回答了。范統則對他名字說出來的順序在心裡有感而發。

先提綾侍大人才提音侍大人，果然是因為綾侍大人比音侍大人可靠得多嗎……？

「那麼，現在要做什麼？」

「違侍大人命令我們退敵，所以大家都很要命地逃走，落月的部隊沒離開之前，我們可能無法繼續撤離行動了。」

范統這段話只錯了一點點，因此不必花費太多腦力翻譯，他們現在已經陷入交戰地帶，而且越來越接近中心了，這樣的狀況似乎有點不妙。

「先退到外圍如何？有辦法突圍而出嗎？」

硃砂就算腿受傷，還是可以活動作戰的，只是要帶上范統這個累贅行動，還是得靠月退才行。

「給我一把劍，我就能突圍而出。」

月退說得有點無奈，他本來身上攜帶的壞掉的刀，剛才為了救范統已經投擲出去了，現在當然是找不回來的。

「為什麼一定要盾牌？」

「我是說為什麼一定要劍。還有，月退，我覺得說這種台詞可以再更閃亮一點啊，像是「給我一把劍，我給你全世界」這種感覺就不錯，你不覺得嗎？你的語氣跟神態也太平淡了些，無法帶給同伴激昂的情緒啊。

「唔……只是因為，我比較習慣、擅長用劍，控制起來比較精準，空手不太保險，守備範圍也小了些，不太容易顧到你們。」

月退解釋之後，硃砂挑了挑眉。

「要一把劍還不簡單？搶他們的啊。」

說著，他指向人群中的落月士兵，他們的標準配備都是劍。

「但那是噬魂武器……」

月退苦笑了一下，似乎不太想用那種將人徹底毀滅的武器。

「對落月的朋友，還客氣什麼？他們都用噬魂武器砍我們砍得很痛苦，我們也拿噬魂武器砍他們，讓他們體會一下我們的舒服，這樣才公平吧！」

喔嗚，又變成奇怪的話了啦，講得好像什麼一個願打一個願挨的虐待遊戲似的，自從有了這個詛咒，我真的就不用做人了……

「我不知道你想說什麼，但我覺得你還是不要說話比較好。」

硃砂看他的眼神又鄙視到極點了，他們之間的誤會不曉得到底要持續到什麼時候。

「我覺得噬魂武器還是太危險了點，要是誤傷別人就不好了。」

月退這麼解釋過後，范統頓時覺得寒毛都豎了起來，連忙點頭贊同他的意見。

開什麼玩笑，誤傷！誤傷這個詞實在是太可怕了啊！這種倒楣的事情如果發生了，鐵定都集中在我身上，被噬魂武器誤傷還得了！而且還是被自己朋友砍的，這也太悲慘了吧！

月退和硃砂瞧他臉上精采的變化，也猜不出來他心裡在想什麼，總之，在還沒決定如何應對之前，他們也只能先跟大家僵持在這裡，防禦四周的敵人與攻擊。

「落月派過來的人雖然階級偏高，但也不到無敵的強度，他們人數比較少，終究還是吃虧，難道這些被派過來的人都不打算回去了嗎？」

硃砂觀察了一下現場的態勢，發出了這樣的疑問。的確，東方城有人數優勢，組織一下再加上一些流蘇等級較高的人，應該可以將這隊人消滅，雖然一片混亂中也看不出西方城派來的人到底有多少，但人數遠少於東方城的人，是可以確定的。

就算現在看起來，西方城的士兵依然銳不可當，但就算等情況不妙後他們想撤退，那時人都已經混雜進東方城的人群裡了，要脫身恐怕也有難度。

「的確，派一隊精銳來犧牲，不太合理……啊。」

月退疑惑地進行思考時，也因為瞥見了某個顯眼的身影而吃了一驚，他們順著他的目光看過去，這才恍然大悟。

咦咦——那不是那個……名字是不要還是什麼的魔法劍衛嗎？果然這種行動還是要有帶隊的指揮官啊，剛才我們怎麼都沒發現他的存在？

范統在看見伊耶後，整個充滿了驚奇，所謂的驚奇，主要是針對過了這麼久才發現伊耶也在人群中這件事。

是因為他幾乎沒有出手，所以才沒被注意嗎？在這種狀況中，大家好像都會比較注意刀劍跟眼前的敵人，像我們現在這樣可以悠閒環顧周圍的機會好像不多？不然大家早在發現有個金線三紋混在裡面的時候就尖叫著逃走，完全失去戰鬥意志了吧？

但我覺得他不管是服飾還是肩膀上那三條金線都很顯眼啊？只要不小心瞥見一眼，就很難不注意到吧？人的眼睛總是會因為一些與四周相異的東西而敏感地投以注日，他就算沒怎麼動作，也該成為場上的焦點才是呀……？

我知道了！一定是因為太矮了！總是被前面的人遮住的話，當然不醒目嘛！哈哈哈哈，我真是太聰明了——

「你一個人在那裡笑得那麼猥瑣是在想什麼？」

范統正在高興自己切中了要點，就忽然被硃砂的冷言冷語潑了一桶冷水。

「你至少也說竊笑吧！猥瑣也太好聽了一點！」

「你覺得猥瑣很好聽？然後還希望再更難聽一點？這種思考有點變態。」

被一個變態罵變態，范統覺得自己有點遭到心靈的打擊。

一個男的變成女人然後死死糾纏一個美少年，我認識的人裡面明明沒有人比你更變態，你居然好意思說別人嗎……

「月退，你也說句話嘛！」

范統知道，在人家忙著保護他們的時候還要求人家評評理，實在有點超過，但他還是想找個人幫忙反駁一下硃砂的話，不然真的很不甘心。

「鬼牌劍衛在這裡的話，情勢恐怕就不利了。」

可惜月退看起來沒跟上話題，根本是雞同鴨講。

雖然沒得到言語上的援助，但月退這句話也讓范統擔憂了起來。

對喔。這樣說來，他們有一個金線三紋，我們有什麼啊？

我們……現場能看的，好像只有違侍大人？可是實力也相差太多了吧？

硬要說的話還有個月退，可是這種場合應該不是讓一個白色流蘇的新生居民出手的時候啊……

❀

對於被分配來領隊突襲這件事，伊耶其實稱不上高興。

他雖然好戰，對西方城和東方城之間為了儀式營造出來的假性和平嗤之以鼻，不過率隊屠戮弱小這種事情，他實在一點興趣也沒有。這些藍藍綠綠的流蘇看在他眼裡沒有任何價值，連一戰的資格都沒有，頂多是隨手掃過讓他們回去重生、練練再來，根本激不起他揮劍的意願。

伊耶遵從命令帶兵過來這裡後，幾乎只跟著士兵前進，頂多是享受這種瀰漫著戰意的氣氛，因為刀劍交撞的聲音而露出一抹冷笑，相較於先前那樣明明不睦卻又不能開打的狀態，還是這樣子爽快得多。

事實上，即使他覺得這個任務很無聊，也仍順從地接受了，主因是比起護衛恩格萊爾回西方城，的確來執行這個任務比較舒服。

而且身邊還沒有那個會一直碎碎唸的雅梅碟，他想怎麼做都不會有人干涉，可說是自在得多。

要是他知道護衛隊那邊遭遇了東方城女王親自追擊這麼刺激的事，也許會懊惱自己沒碰上，不過此時的他是不曉得的，他只隨興掃視著人群，儘管知道裡面不會有什麼讓自己感興趣的對象。

「嘖，東方城的強者都上哪去了？難道先逃去了安全的地方？」

伊耶帶點不悅地抱怨著，明明被空氣裡的血腥味勾起了戰鬥的慾望，這樣沉悶的感覺讓人非常不痛快。

不過，本來是單方面追逐的攻擊行動，在一開始的混亂狀況過去後，也出現了一些改變。原先只一路驚恐逃命的東方城群眾，竟然開始回頭反抗了，儘管眼前這批落在後頭的傢伙實力不強，在豁出去的情況下，倒也能讓他帶領的士兵吃虧甚至喪命，讓他皺起了眉頭。

固然欺負弱小很無趣，但他也沒有打算落得狼狽而撤。敵人的改變是因為什麼，他覺得有必要找出來。

亂哄哄的戰場上，不管是聲音還是人影，想確切地捕捉到什麼都不太容易。然而，他還是很快地找出來了——深紫色的流蘇，這是場上能見到最高的階級了，他握著劍的手不由得緊了些。

他認人通常不是靠臉，而是那個人的實力。強度是他注意一個人的先決條件，稍微在腦中過濾了人選後，他很快判定了對方的身分。

「是東方城的違侍吧……似乎有殺掉的價值？」

依照目前的態勢，兩國之間就算立即爆發戰爭，也是極有可能的事情，那麼為了己方的勝利，殺掉敵國的重要人物，應該也是可以採取的手段。

製造敵國的混亂，有助己方居於優勢，這是很簡單的道理，伊耶當然懂得。

做出決定後，伊耶立即就有了行動。排開眾人直接到達違侍面前，對他來說並非難事，西方城的士兵自然是沒有人敢擋在他身前的，而東方城的士兵，他只要一揚手，劍尖劃過，當即成為倒在地上的一具屍體，根本不構成障礙。

那樣明顯針對自己而來的敵意，違侍很快就察覺到了，當他們的視線對上時，伊耶囂張地舉起了他的劍，直指向違侍。

「你出現在這裡是你的不幸，就乖乖成為我的戰功吧。」

西方城的話語違侍是聽不懂的，伊耶也不在意這一點，他並不在乎對方懂不懂他的意思。

他會給對方準備的機會，因為根本沒有必要偷襲。

違侍雖然不知道他說什麼，但也看得出他逼戰的意思，對方的身分他很清楚，那金線三紋也顯眼得想不看到都難。

這是一場不可能獲勝的戰鬥，而落敗的下場便是死。

儘管如此，他還是拿出了自己的武器，金屬製成的摺扇持在手中的感覺很冰冷，但他就算知道迎戰的結果絕對保不住自己的性命，他的自尊也不容許他怯戰逃亡。

在看見對手的反應與那堅毅的眼神後，伊耶原本隨便的心態，倒是稍微起了點變化。

「有幾分骨氣，只可惜這不會改變什麼。」

## 范統的事後補述

上天還是眷顧我的，沒有讓我屍橫郊外，真的讓月退他們趕上了，實在令人感動。只要有月退在，就算身處敵陣中，我也有信心可以靠他全身而退！

這倒不是我沒志氣，只是我習慣長他人志氣，滅自己威風……不，老實說，身無長物，到底能有什麼志氣啊？沒有喪失勇氣，還站得起來就不錯了，大家都是真刀真槍的啊，那感覺多恐怖呀。

坦白說在分析這些事情的時候，我都覺得自己挺超然置身事外的。要是身邊沒有這麼厲害的朋友，我鐵定無法這麼悠閒思考矮子出現在這裡會造成的問題。

不過……違侍大人您真的不要命啦！雖說下令叫大家不准逃跑自殺要迎擊的也是您，照理說應該以身作則無畏地面對敵人……可是您沒看到他肩膀上的金線三紋嗎！矮子雖小，五臟俱全……不是，我是說他實力不簡單啊！

您要在這裡身先士卒、以身殉國了嗎？沒必要做到這種程度吧？雖然我一向不怎麼喜歡您，也對您的勇氣有點敬佩了，不過這根本是沒有意義的犧牲吧？人何必為了爭一口氣鬧到這種地步呢？

而且，從這樣的事態也可以發現您果然很不得民心。都沒有激情群眾衝出來說一些像是「違侍大人！這裡我們擋著，您先走！」之類的話。完全沒有人想為您冒死喔……

但這種被人保護的角色，感覺還是珞侍比較適合。可是他不知道跑哪去了，到現在還不出現，大家都很擔心他啊。

總之，我要在這裡看違侍大人被斬殺了嗎？

那個，月退，你要不要考慮救他一下？不過你的臉跟你這與流蘇顏色不符的實力又有點敏感……這事情還真難辦啊……

✣ 章之三

# 俗話說：無能的同伴比有能的敵人更討厭

『你那個同伴應該不是無能的吧？』——伊耶

『所以其實是有能的同伴比有能的敵人更討厭？』——月退

『不，應該是有能的同伴比無能的同伴更討厭。』——硃砂

『不如不要當同伴算了，有夠麻煩啦！』——范統

當伊耶舉劍想開打時，他那露骨的殺意，一定範圍內的人都感受得到。

打破了這樣的氣氛的，是一枚準確彈到他劍身上的小石子，這突來的干擾讓他目光一凝，不悅地尋找做出這件事的人到底是誰。

小石子是月退丟的，不過這行為也只能稍微吸引他的注意力，拖那麼一點時間，在不想正面對上的情況下，他所能做的事情不多。

只是，也許真的是違侍命不該絕，當伊耶重新提劍面向他時，他揮出不到一半的劍，又被一道金色的劍光阻止。

這一次因為有明確的方向，要抓是誰就很容易了，更何況發出那一道劍氣阻止的人，很快就已經閃身到不遠的距離來，完全沒有躲躲藏藏的意思。

「音侍……」

雖然在看到劍光的時候就猜到了來人是誰，但真的看到人出現的時候，違侍還是有點心情複雜，而音侍剛站定，一看清楚和伊耶對峙的人是違侍，他立即就鬼叫了起來。

「啊！死違侍！為什麼是你啊！啊啊——可惡，早知道小矮子要砍的是你，我為什麼要手賤救你啊！一劍砍下去多好！該死的——」

一旁關注著這邊狀況的范統等人也有點無話可說了。

比起手賤……音侍大人您這種情況應該叫做嘴賤比較對吧？您那恨不得把自己的手剁爛的表情是怎麼回事啊？救了違侍大人有讓您那麼痛苦嗎？您們好歹也是同一國的吧？

我看違侍大人本來也不怎麼想感謝您，現在更是臉都黑了吧，嘖嘖嘖……

「音侍？來得正好，這下子總算有對手了。」

橫插進一個敵人來，伊耶沒有絲毫慌張，反而情緒因而高昂了起來，也立即轉移了目標。

「等——等一下——！你本來是要跟他打的吧！那就按照順序來，你不砍完他我是不會跟你比的！」

音侍一看伊耶要動手，馬上高聲阻止他，講出來的話也讓人有點失去反應能力。

他是用西方城的語言說的，違侍聽不懂，現場所有的新生居民可不會聽不明白啊。

「純黑色流蘇的對手出現在我眼前，我為什麼要多費力氣去殺他？」

伊耶顯然在音侍出現後就完全對違侍失去了興趣，連原本殺個高層讓東方城混亂的目的都忘了。

「啊，你不先跟他打我是不會跟你比的！我要是跑給你追，你也拿我沒辦法！」

音侍的發言已經到了令人絕望的地步了。

誰快點把音侍大人拖下去再教育一番啊！這樣唆使敵人殺自己人是對的嗎！您根本就是落月的人吧！

現場的東方城新生居民應該有很多人都產生了跟范統一樣的想法，所幸，音侍沒能胡鬧多久，能夠制止他的人就出現了。

比起雅梅碟有的時候是制止伊耶的開關，有的時候是伊耶怒氣的催化劑這樣不保險的情況，綾侍之於音侍，阻止他亂來的成功機率絕對要高得多。

「音？你不是說先趕過來幫忙，現在是在做什麼？」

大概是因為速度沒有音侍快的關係，綾侍出現得比較晚，不過只要出現得及時，還沒讓違侍被做掉，那都還不算遲。

「啊，這個嘛，啊……」

畢竟還是算做了虧心事，音侍一下子也難以回答，違侍基本上處在不想負責回答與有點一頭霧水中，所以也沒看向綾侍，於是綾侍只好向附近的人尋求答案。

「剛才發生了什麼事，這裡有誰可以回答我的問題？」

被捲入幾位大人之間的恩怨情仇，肯定不會有什麼好下場，大家都很識相地閉嘴，以免揭了音侍的底被音侍記恨。

「啊！綾侍！現在不是問這種問題的時候，我們應該快點把這些落月的傢伙趕跑啦！」

音侍總算說出了一句人話，但這只是為了讓綾侍的注意力從之前的事情上轉移開來。

「的確是。那你還不攻擊？等什麼？」

綾侍這麼一問，音侍頓時找不到話回答，只能在不爽地瞪了違侍一眼後，和綾侍聯手對付伊耶。

在高階戰鬥上，違侍沒有插手的餘地，所以他還是回頭繼續負責指揮東方城的人對付西方城的士兵，而對伊耶的戰鬥，雖然二對一有點不公平，不過這本來就不是要求公平對決的決鬥，戰場上謀求的無非就是勝利，雙方都曉得這個道理，因此也沒有人提出異議。

「月退，矮子會輸還是會贏啊？」

不知不覺間，范統又從剛才的緊張恢復到旁觀看戲的狀態了。

「那要看輸贏的定義是什麼。」

月退這樣回答他。

唔，月退，你能不能講得好懂一點？這話是什麼意思啊？

不過音侍大人跟綾侍大人，一個主攻擊一個主防禦，配合得還真是好呢，看不出來音侍大人那種自我中心隨便亂來的人也會有跟人配合良好的一天，這是默契使然嗎？

還是……其實只是綾侍大人配合他配合得太好了而已？

而在這樣的聯合進擊下還不露敗相，矮子果然不是個簡單人物，還是雙方都還沒拿出真本領啊？總覺得空氣中沒有太多可怕的殺氣跟壓迫感……

「音，你能不能認真一點？」

綾侍應付伊耶越來越狠厲的攻勢，已經有點疲乏而皺眉了，能夠結束戰鬥主要還是掌握在攻擊那邊，所以他只能跟身邊這個不肯拿出全力的夥伴抱怨。

「啊，我有認真啊……」

「看不出來。」

「大概就是有點認真又不太認真……」

「那我也不必太認真保護你，讓你噴點血看腦袋會不會清醒點。」

「啊！不要啊！矮子那劍看起來就是砍下去會很痛的樣子——哇！痛啊！你還真的故意露出破綻！好過分！」

「他沒有使用噬魂之力，中個一兩下也不會死，你可以好好享受一下跟劍擦撞的感覺。」

「死老頭！沒良心！無情無義！你就是這麼對待好兄弟的嗎！到底是誰說見不得我受傷的！」

「應該不是我吧，是誰呢？是櫻嗎？」

隔了一段距離悠閒觀戰的范統再度無言。

兩位大人……本來配合得天衣無縫的，怎麼一下子又搞笑起來了？您們這樣不認真尊重對手的態度，實在不太好吧？萬一不小心輸掉了，我們也笑不出來啊——

相較於音侍和綾侍有如在玩鬧的行為，伊耶則是神情不悅地看著自己的攻擊被音侍牽制，再被綾侍抵銷。在他們這樣的合作下，要重創他們並不容易，突襲東方城人員的行動，多半也難以再突破了。

「嘖！」

他可以使出全力和他們拚鬥，但結果多半兩敗俱傷，儘管這麼做也許可以滿足他追求戰鬥的渴望，可是這樣下來，他帶來的這些士兵，恐怕就回不去了。

該做出選擇的時候，是不能猶豫而浪費時間的，伊耶在決定不糾纏下去後，隨即發出了撤退的信號，讓場上所有西方城的士兵得知可以抽身而退。

「啊，他們要走了，那就沒事了吧？」

音侍整個缺乏戰鬥意志，這種時候，綾侍和違侍的意見就比較雷同了。

「別人都犯到我們這裡來了，怎麼能就這麼算了！當然要追擊啊！」

「死違侍，你有本事不會自己去追……」

「確實不該就這麼作罷，只是想靠你，大概是不可能的，請示櫻之後再看之後怎麼做吧，先安排我們的人回東方城。」

綾侍說的話，音侍總算是聽進去了，敵人撤退的情況下，要安排自己人離開自然容易得多，而這時，音侍的符咒通訊器響了起來，聯絡他的是月退。

主要是眾目睽睽之下，就這麼過去跟大人物說話，似乎不太妥當，所以在戰鬥結束之後，范統他們才讓月退當代表，藉由符咒通訊器告知珞侍的事情。

至於為什麼是告訴音侍而不是告訴綾侍，純粹是因為跟綾侍說話壓力比較大，反正他人也在旁邊，那麼跟音侍說也是一樣的。

「啊，什麼？找不到小珞侍？」

音侍接通通訊後一說出這句話，身邊的綾侍和違侍登時臉色微變地看向他。

「我知道了我知道了……你們先回去吧，我們再處理。」

切斷通訊後，音侍立刻緊張地轉向綾侍。

「綾侍！怎麼辦！小珞侍好像不見了！」

「我們都聽到了。」

綾侍冷靜地回了他一句，音侍則繼續慌張地問。

「啊，怎麼辦怎麼辦，是不是因為我們跟他說了暉侍的事情？他該不會是、該不會是想不開……」

「什麼暉侍的事情？你們做了什麼？」

違侍不知道之前主營那邊發生的事情，不過那幾個關鍵字也足夠讓他臉上大變了。

「就是跟他說了暉侍的事情嘛！啊，不要在這裡說啦！」

音侍難得回答了違侍的問題，而這裡的確不是個談話的好地點，特別是某些不想讓人知道的事。

「珞侍的事，先詢問櫻的意思再說。」

綾侍覺得應該由矽櫻決定接下來該如何處理，而非由他們私自處理。

「但是櫻現在回去休息，吩咐誰都不要打擾啊——」

「既然是珞侍的事情，通報一下應該無所謂，違侍，你繼續處理撤離事宜，這件事情我們負責就好。」

因為音侍沒有反對，違侍也沒有別的意見，事情就這麼定了。

「希望他們能把人找回來。」

雖然跟珞侍沒什麼交情，硃砂還是說了這麼一句，畢竟是朋友的朋友，也不是個討厭的人，能夠安全歸來當然還是最好的。

「也許……他需要一點時間自己靜一靜吧？」

月退總算說出了和這件事有關的話來。

「如果想躲起來不被找到，那我們也沒有辦法，沉月祭壇這附近他應該也來過不少次，冷靜下來後，要自己回去應該沒有問題……」

聽他這麼說後，范統皺了皺眉頭。

月退，你這話怎麼好像是拿自己的狀況來說的？我覺得你看起來的確像是需要冷靜的時候會消失個幾天，讓大家都找不到你的樣子，這樣不太好吧？有煩惱還是跟朋友商量比較舒壓啊，自己悶著會出問題的啦。

而且……你真的不打算交代一下你的身世嗎？就算你要說你其實是暉侍，我也不會感到訝異了啦，你是誰這件事，我倒是不怎麼在意，這只是純粹的好奇心而已，沒搞清楚總是心癢癢的……

「不過，我們可以這樣回去嗎？不會有問題？」

硃砂說著，看了看月退的臉，范統在想了幾秒之後，才了解他指的是什麼。

雖然月退在東方城還不到很出名的地步，但看過他的人也不算少了，排除掉資歷較淺的新生居民，過去大家對他的印象頂多就到「長得有七分神似暉侍大人的西方臉孔」這種程度，而現在參加儀式的人都看見西方城少帝的臉孔了，質疑恐怕也會從「落月少帝是暉侍大人嗎」轉而延伸到長相相似的月退身上。

人長得像誰都沒關係，就是不能長得像敵人。長得像敵人，不管你跟敵人究竟有沒有關係，都會有一定程度的麻煩，被找碴、被說閒話、被人遷怒……

要繼續在東方城住下去，恐怕會有很多問題，就算要遷居，只怕也沒什麼地方可以去。唉，人家是罪犯才需要整容逃往國外，月退你這是無辜受累的倒楣狀況吧？

「也只能先回去了，就算蒙面也沒有用吧，看過的都看過了。」

月退的神情顯得有幾分為難，大概也想不出什麼解決辦法。

「只要繼續發生上次那樣的事情，就謝天謝地了。」

我是說別再發生喔，謝謝。因為當你的朋友被綁去當人質，這還不夠恐怖。因為被綁去當人質結果看你屠殺一堆人又差點砍了我，這比較糟糕一點，如果再發生第二次的話，我想我們也做不成朋友了……我的意思是，我運氣沒有那麼好，不是每次都可以有人來救我的，真被你砍了那就無緣再會啦。

「不會，不會再發生的。」

月退這種時候倒是跟他心有靈犀，聽懂了他在講什麼，也因而慌張了起來。

「你不管去哪我都跟你一起去，這樣就不會發生意外了！」

……啊？貼身保護？這樣對嗎？好像哪裡怪怪的？

雖然我們之前也幾乎都同進同出了，但也還沒到這種地步，我覺得……這還是不太妥當吧？那個，女孩子下課結伴一起去上廁所的情況我雖然覺得很詭異，但至少很常見，所以還可以接受，男人下課結伴去上廁所……有毛病啊！

我很感激你的心意也很不想被人綁走啦，可是，我要是被人誤會，那豈不是更加交不到女朋友了！

想清楚利害關係後，范統立即用力搖頭，生怕開口拒絕又遭到詛咒說出個「好」字。

「咦？不行嗎？為什麼？」

月退看起來一點也不明白，范統只能委婉地解釋。

「一直不一起行動太低調了啦！」

「是這個問題？那……我也可以隔一段距離跟蹤啊？」

不……不要跟蹤我去廁所！不要這樣！我雞皮疙瘩都起來了！

話說你怎麼突然都懂得我說什麼話了？翻譯能力忽然精進耶？

「范統，你真的好礙眼。」

硃砂突然插進這麼一句話，讓范統頓時有點不知道該說什麼。

是怎樣？想當人家女朋友就要跟人家的好朋友打好關係啊你！吃什麼醋！月退再怎麼樣也不可能成為見色忘友的人啦！

「硃砂，你為什麼一直看范統不順眼？」

自己的朋友被說礙眼，月退當然不會無動於衷，不過這個問題還需要問，他也真夠遲鈍了。

「哼。」

硃砂果然不想回答他這個問題，在沒有得到回應的情況下，月退大概也只能這樣，繼續為了兩個室友的不和一頭霧水下去了。

沒有敵人干擾的情況下，回東方城的過程很順利，照著排隊、進入傳送陣，然後一晃眼就到了。

自從跟隨車隊前往沉月祭壇，在會議持續的時間內，他們也待在那裡待了不短的一段時間，現在有驚無險地回到東方城，看見熟悉的街道時，還真有種懷念的感覺。

回家的感覺應該就是這樣吧，雖說才住沒多久，但東方城是范統來到這個世界之後的家，這一點是不會改變的，往後那麼長的人生可是都要住在這裡了呢。

不……那個「那麼長的人生」好像還有待商榷。王血注入儀式失敗了啊——我們到底還有多久可以活啊——啊啊啊啊，先前都在緊張別的事情，反而把這件事情忘了啊！為什麼人生要一直這麼困苦呢？

「月退！范統！硃砂！太好了！你們都活著回來了——」

看到他們之後驚喜地跑過來的人是璧柔，沒想到會有認識的人特地來迎接，他們都有點吃驚。

「妳還特地出來找我們啊……」

月退的神情看起來又有點複雜了，范統到現在還是搞不懂他跟璧柔之間的關係。

唉，璧柔小姐，妳的男女關係可以不要這麼撲朔迷離嗎？這樣會讓人難以放寬心胸跟妳來往耶。

「今天城裡很亂啊，聽說儀式出了意外？死了好多人，從水池重生回來的人說得很驚險的樣子，我就很擔心你們會不會出事……」

喔咿？對喔，這麼說來，今天水池應該難得盛況空前，整個爆滿吧？可惜我不在城內，不然真想去看看熱鬧，現在人多半都離開了吧，啊，話說一堆男女裸體重生在一起，會不會亂尷尬的啊……

說起來這些從水池重生回來的，有不少是自殺的吧？不知道違侍大人會怎麼判決呢，搞不好又通通死刑，真想替他們默哀。

「嗯，我們沒事。」

因為硃砂不想跟璧柔說話，范統也維持沉默，月退只好負責跟璧柔交談了。

「那邊發生了什麼事嗎……」

如果是米重來問這個問題，范統會認為他只是想打探情報拿去賣錢，而問題是璧柔問的……范統還是不覺得她問問題的動機單純。

畢竟璧柔是從西方城來的，在那邊的地位看似也不低，范統直覺就是認為她知道某些事情。

若是要打探情報，就把妳知道的也拿出來交換啊——單方面索取情報是不道德也不公平的，這道理妳懂不懂啊？

「少帝拒絕合作，談判破裂。」

因為這次換月退沉默了，硃砂便代替他做了回答。

咦！硃砂你說這麼快做什麼啊！本來還想拿來當籌碼看她會不會透點口風的——

「少帝？」

璧柔的臉上出現了幾秒的恍神，不過，她也只唸了這個詞，沒有再多說出什麼來。

「璧柔，妳在落月應該也沒什麼身分地位吧，妳知不知道為什麼夜止女王會破壞合作啊？」

范統這句話依然承襲著詛咒的糟糕傳統，完全傳達不了他的本意。

「你做什麼瞧不起人啊！」

璧柔瞪圓了眼睛，顯然又忘了他會說出顛倒的話這件事。

「范統是說，妳在落月應該有點身分地位，知不知道落月少帝為什麼會破壞合作。」

月退嘆著氣幫忙翻譯，似乎覺得有點無奈。

噢真好！月退你完全正確啊！你到底是什麼時候變得這麼了解我的，你開心眼了？

「那種事情……那種事情我才不想管呢，現在落月的事情都跟我沒有關係了啦！」

璧柔說這話時的情緒令人很難分辨究竟包夾著什麼，但她看似完全不想提起在西方城的事情。

「耶？那妳是打不定主意這輩子都不回落月了？」

范統忍不住問了這個問題，既然說不能嫁，感覺應該是在故鄉有牽掛，可是璧柔說得一副要留下來的樣子，這使得他有點疑惑。

「我已經沒有留在那裡的理由了，回去做什麼……」

她回答這個問題的神情有點落寞，而這次開口追問的卻是月退。

「留在那裡的理由……是什麼？」

他這句話看起來不像是隨口問問的，從他的語氣判斷，問題的答案應該對他很重要。

噢，月退，你不要再暴露你很在意她的事實了。沒發現硃砂身邊又開始散發不友善的光波了嗎？

如果哪一天你跑來詢問身為朋友的我應該選哪一個，我可是無法救你的。不過依照客觀的眼光，我覺得你還是選硃砂比較好，臉孔跟身材都大勝啊！而且璧柔跟音侍大人打得火熱，你還是死了這條心選對你專一的女……人妖吧？反正我看你也不是很在意了，能當女朋友又能當可靠的夥伴，感覺買一送一很不錯喔！

可是仔細想想，硃砂明明對我很有敵意，我為什麼要幫他說話啊，但是璧柔又有三千串錢之仇，身為一個小心眼的男人，這種時候還真是為難……

「我不想說。」

每個人都有放在心裡，不願意讓別人知道的祕密，這件事情對璧柔來說可能也是這樣的。

「反正妳都要回去了，說嘛——」

范統無視自己說話的障礙，因為好奇心的驅使而又在這個話題上追了下去。

「你們知道要做什麼啊？」

璧柔對於范統在這件事上糾纏感到不太高興，范統則聳了聳肩。

「妳總是什麼事情都告訴我們，我們對妳的事情都很不好奇啊，難得問妳一次，妳就說嘛——」

大概是有點被范統的反話激怒了，璧柔一下子便不經思考大聲地說了出來。

「我的未婚夫啦！」

喔——未婚夫啊——

欸？咦？慢著，妳說什麼？

「未——未婚妻？」

「是未婚夫！未婚夫！」

妳又忘記我會說反話啦，別進行這種很像幼稚小孩的爭吵好不好？

所以……這個未婚夫是怎麼回事？月退的臉色我已經不知道該怎麼形容了耶，妳要不要說點什麼讓他的神情緩和一下？

「有未婚夫，怎麼還跟別的男人膩在一起。」

硃砂斜眼看過去的樣子感覺得出他的不悅，璧柔自然立即反駁。

「所以我說他已經不在了啊！雖然本來就沒有要結婚，啊，那不是重點啦！」

「啊！未婚夫？什麼未婚夫？」

……音侍大人，您是從哪裡冒出來的啊？

范統在驚恐地發現突然出現的音侍時，也下意識往後看了看。

哇！果然有音侍大人在的地方就有綾侍大人！

我才正想拿符咒通訊器告訴音侍大人這個天大的壞消息，他就自己聽到啦，還真是不巧啊……

「小柔！妳有未婚夫嗎？」

「呃，算是有……」

面對突然殺出來還一臉緊張的音侍，璧柔也不曉得該怎麼回答這個問題了。

「啊！解除婚約吧！」

音侍這麼說之後，璧柔看起來有點為難，這個時候，綾侍又在後面搧風點火了一句。

「這種時候就去找出那個男人，為了她決鬥啊，打架你不是很擅長嗎？」

「咦？要為了我決鬥？聽起來好浪漫喔——」

璧柔在聽到決鬥之後，彷彿就忘了本來該說的話，整個眼睛都閃亮了起來。

小姐，醒醒啊，妳不是應該告訴他未婚夫已經不在了嗎？

「啊？決鬥？可是……」

音侍馬上就露出了困擾的神情，看樣子似乎不願意。

喔喔，難道音侍大人您還有不願意恃強凌弱的美德嗎？真是看不出來呀。

「你該不會要說你其實不喜歡動手，用這種藉口來逃避吧？」

綾侍冷淡地看著音侍，不過，即使被這樣的話語相激，音侍還是沒有因而動搖。

「不行啦！為了女人跑去跟別的男人決鬥，是不經大腦的行為，只會兩敗俱傷，沒有好處的啦！」

嘖嘖，聽起來還有幾分道理，誰教您的啊？

「你有做過什麼『經大腦的行為』嗎？」

綾侍大人，您依然一下子就切中要點了啊，呵呵呵哈哈哈。

「哎，算了，不要再提未婚夫的事情了啦，音侍、綾侍大哥，你們怎麼會在這裡啊？」

「啊，當然是跟著撤離回來的啊，小柔，我們好久沒見面，我好想妳。」

又、又來了嗎！閃光又要來了嗎！不過似乎沒有之前的猛烈，是因為未婚夫的關係？

從傳送陣回來的確都會在這裡出現沒錯，話說回來，珞侍呢？

「音侍大人，珞侍……」

范統決定還是問問看，而他問出口後，音侍便唉聲嘆氣了起來。

「櫻要我們先回來，等小珞侍自己想通了自己出現再說，唉，她總是對小珞侍漠不關心的……」

多麼殘酷的母親啊！這就會是把小老鷹推下懸崖的那種媽吧！

「人弄丟的事情不會追究你們的責任，可以安心。」

綾侍這麼說了以後，掃了他們一眼，最後目光停留在月退身上。

一瞬間范統還真有點緊張，生怕綾侍當場就以長相這個嫌疑對月退不利，但綾侍的視線也只在月退身上停滯了一下就移開，沒再多說什麼。

咦……沒事？過關了？

「啊……小月，雖然儀式上有些事情，我們會限制不讓他們說出去，但人有點多，要管住每個人的嘴巴有點難，如果有人為難你再跟我說喔。」

喔喔？封口令？是不讓少帝長得像暉侍這件事流出去嗎？畢竟這也有點打擊士氣民心……月退被人為難，找您說之後能怎樣嗎？難道您要為了月退去決鬥？

「謝謝您的關心。」

畢竟音侍也是一番好意，月退還是禮貌地道謝了。

「接下來可能會不太和平，做好心理準備吧。」

綾侍平淡的話語，彷彿是為東方城與西方城即將到來的戰事做出宣告。

嗚——不會吧，要打仗？

王血注入儀式失敗已經夠讓人沮喪了，現在還得提早開戰去當砲灰，有必要這樣逼人嗎？好死不如賴活啊！

「小柔，我們可能要跟落月打仗了，妳繼續待在這裡真的沒問題嗎？」

這句話照理說應該由音侍來問，不過問出口的人卻是綾侍，大概是他考慮得比較多的緣故。

「唔，我們這種階級的新生居民，會被分派到什麼工作啊？」

聽璧柔問出這個問題，范統也豎起了耳朵，畢竟這是挺重要的事情，也與他息息相關。

「戰爭的主力，大致上是藍色流蘇與紅色流蘇的新生居民。」

綾侍倒也不嫌麻煩，就當場向他們解說了起來。

「綠色流蘇如果上到前線，大概是充人數的，比例上有一定的機會，通常死傷也比較慘重，畢竟實力不如人，要存活下來比較不容易。」

他的說明才說到這裡，范統的臉就黑了一半。

才剛想著砲灰，就成真了？還真的是砲灰啊啊啊啊！不是這樣的吧！不要啊啊啊啊！太過分了，即使我努力奮發升上藍色流蘇，還是上戰場的命啊！叫我拿拖把跟人家打什麼！更何況還是一根鬧脾氣中的拖把！連保命都有問題了啊！

噢，不，我明明決定過以後不叫噗哈哈拖把，要老實喊拂塵的，怎麼一急又破功了？難道真的要發個喊一次拖把就交不到女朋友的毒誓才能有效遏止我的心直口快嗎？

我看恐怕還是不會有效果吧，我不但管不住自己的心思，也管不住自己的嘴巴，這真是個致命缺點，不管意識到多少次，都無法改善啊——

「沒排到上場戰鬥的綠色流蘇人員，大概會被安排在戰場後方進行一些雜務。」

綾侍說著，突然朝璧柔露出了笑容。

「如果妳想迴避戰場的話，調度一下安排在城內補給也是可以的。」

特權！這是特權啊！不公平！我們也可以嗎？我們也不想上戰場啊！

雖、雖說非親非故的，想走後門還是有一點難度，璧柔畢竟也算音侍大人的女朋友，所以沾點好處也是正常的……但是都說給我們聽了，又沒我們的份，這也太殘忍了吧！

「啊！老頭，你又想當著我的面拐小柔！你也做得太明顯了吧！」

音侍見狀又抗議了起來，顯然有點看不下去，然而綾侍完全不理會他。

嗯，音侍大人，我覺得您想太多了。就算綾侍大人真的有那個意思，也完全沒有成功的可能啊，他的微笑只會讓女人自慚形穢，如果有哪個女人看了會心動，她的性向一定有問題呀。另外，綾侍大人想拐璧柔的話，也沒什麼不可以啊，人家說朋友妻不可戲，但你們又沒有要結婚。

范統在內心做了一番頗有問題的評判後，璧柔也開口了。

「綾侍大哥，真的可以麻煩你嗎？那……月退他們也可以嗎？」

……！

璧柔妳是個好人啊！一直以來對妳的諸多怨言還請原諒我，我知道錯了，三千串錢算什麼！三千串錢也買不到一條命啊！被噬魂武器殺了就什麼都完了，如果能躲在後方當然最好不過了！

但……請容我確認一下。妳說的「月退他們」，應該有包括我吧？有包含我在內沒錯吧？

「白色流蘇可以留在城內補給，綠色流蘇的就去抽籤吧。」

綾侍瞥了他們一眼，無情地做出了回答，也讓范統的美夢破碎了。

怎麼這樣！綾侍大人您居然完全不鬆口！就因為我們沒有喊您一聲人哥嗎！但就算我們要喊您也不想要吧！月退明明是我們三個裡面上戰場最不需要擔心的一個，您居然讓他做城內補給，這也太浪費人才了吧——！東方城收著高手不用，派我這種廢渣上場，是不想贏了嗎！

怎麼辦？難道要去哀求哪個白色流蘇的傢伙跟我決鬥，打贏我兩次，好讓我變回白色流蘇？上戰場穩死的啊！完全就是穩死的啊！

「可是，大家都認識這麼久了，萬一去戰場上出了什麼意外，以後都看不到了，那也很寂寞啊……」

璧柔說著，還有意無意地看向范統。

……那個，雖然妳是在幫我們求情啦，可是這種不吉利的話聽起來還是很不舒服耶，簡直像在詛咒我一樣，妳說的那個上戰場可能會出意外，以後就看不到的人，根本就是我吧？

「音，你覺得呢？」

很難得的，綾侍沒再堅持，而是轉而詢問了音侍的意見。

喔喔喔……音侍大人的話，應該比較好說話吧？雖然總是少根筋，但心腸還是好的？

「啊，反正又不一定會抽中，既然是東方城的一份子，如果中了就上戰場貢獻自己的力量啊。」

音侍一臉不懂為何會問到他頭上來的樣子，講出來的話則再度擊碎范統的希望。

問題是我沒有力量可以貢獻啊！連一丁點都沒有呀！讓我躲在後方畫符給大家用不行嗎！人各有所長，適當利用才是對的不是嗎！

「如果真的出了什麼意外，我會好好幫你照顧你的武器的！」

當音侍以燦爛的笑容向范統補充這一句時，他已經無言到了極點了。

您根本不安好心，從一開始就想謀財害命了吧？

人家說懷璧其罪，我怎麼連拿根拖把也有事！……啊，又拖把了，我看我先從想事情的時候不要握著噗哈哈哈練起好了……

「上戰場見識一下，也沒什麼關係。」

硃砂淡淡地說了一句，表示他不介意。

你無所謂，我有所謂啊——

## 范統的事後補述

有些事情，躲得了一時，卻躲不了一輩子。

像是從沉月祭壇的混亂中倖存，卻還是逃不掉必須迎接戰爭的命運；因為參加了儀式，有好一段時間碰不到米重而沾沾自喜，但回到東方城還是照樣得碰面；以為跟璧柔保持距離就可以不被粉紅色光波閃到，結果還是好死不死被堵到，所幸沒被閃到體無完膚……

我已經厭倦這樣不斷講錯話、不斷遇難，又不斷道歉的人生了。我是認真的，我此刻的心態非常嚴肅，完全沒有開玩笑的意思——不過我厭倦了不代表我想死，請給我活下去的機會啊！

可惜東方城並不是一個民主的社會……不然也許還可以發起街頭運動，弄些「要愛，不要戰爭」、「一人一票救范統」之類的傳單……不過，以我在東方城沒沒無聞的程度，這也是不可能實現的事情吧，唉。

人在無法改變命運的時候，就只能向命運低頭，然後一面想著其實狀況也未必會那麼不樂觀，來消極地安慰自己。

現在的我就是只能這麼做啊——

音侍大人也說了，抽籤又不一定會抽到，現在擔心這個做什麼嘛——

就算真的抽中了，上戰場也不一定會死的啦，又不是上死刑台，更何況我們搞不好會打贏啊！我們這邊整體軍力比較強的話，存活機率也比較高嘛！想當年東方城還不是節節勝利一路打到西方城門口……然後被少帝一個人殺到全軍覆沒。

不——！我怎麼忘了這件事！打仗根本就是回不來的事情啊！光是落月少帝一個人就夠瞧了！你們要發動戰爭可以，但先想出壓制那個怪物少帝的辦法啊！難道已經有辦法了嗎？有辦法就說出來聽聽以安定民心啊！

更糟糕的是，月退留在城內補給，那到底誰來保護我啊！

我知道人應該自立自強，成天想著要人保護很沒有骨氣，問題是在這個弱肉強食的世界裡，我根本連屬於自己的力量都沒有，要保護自己談何容易？

還我一張正常的嘴巴，我就保護自己給大家看啊！

到底是正常講話比較難，還是保護自己比較難，這個悲傷的問題我們就別再去探究了……

其實我更為感傷的是，在這種時刻，我居然還得跟平常時候一樣去上課。

老天，既然現在好好學習也來不及了，又何必為難我呢？學苑集體放個假就不行嗎？

✤ 章之四

# 送死前的準備

『明明是戰前準備，范統你別這麼悲觀好不好？對了，新的賭盤開了喔，要不要來押哪一邊會打贏？投入你全部的財產押東方城贏，然後又活著回來的話，馬上就有亮麗美好的下半輩子在等你了喔！』——米重

『怎麼你是忘記我還負債了嗎？我押這根拖把算三萬串錢行不行？』——范統

東方城的宣戰布告，是在儀式破裂，他們回城後的隔天發布的。

由女王親自下達的命令，自然以最快的速度傳達到了東方城的每一個角落。正式的宣戰公文沒有多久便貼在各個公共場所，范統對於看公文一向是沒興趣的，但這次是切身相關的事情，他不得不試圖了解一下。

因為公告在各處都有貼，不必跟人擠著看，這大概是唯一能慶幸的一點吧。

「范統，這上面寫什麼？」

月退是跟他一起來看公告的，不過這公告畢竟字有點多，又用了好些冷僻的字，再加上一些官方用語跟文法……要月退看得懂，還是難了點。

「等等，我沒在看。」

我是說我正在看，相信你一定聽得懂吧。

唉，我真不喜歡看公文。把話寫得簡單明白讓大家一目瞭然有什麼不好嗎？非要這樣咬文嚼字，難道這樣看起來就比較高人一等？公文閱讀起來的速度比一般的文章慢了大概兩倍啊，我覺得負責寫這種文章的人應該也不會舒服到哪裡去，既然你寫得難過我看得痛苦，為什麼不乾脆放過彼此，用口語一點的文字來表達意思呢？

我也知道這只是我毫無意義的感傷。搞不好寫這公文的人寫得還挺爽的，比如說違侍大人，他看起來就是很熱愛這種討伐文章的樣子，大義凜然地追究罪責，一再重申我方立場，彷彿可以想像拿來演講時鏗鏘有力的狀態——嘖嘖，真是受不了。

這篇公文看來看去也不過幾個重點嘛——就是「我們要向落月宣戰，因為他們破壞了王血注入儀式，又對女王陛下不敬，因為落月少帝不配合王血注入儀式，你們大家也是死路一條，所以這場仗打定了，你們沒得選擇，乖乖來拋頭顱灑熱血就對了」。

如此威脅與命令兼具的感覺真差啊……咦！慢著！所以這次打仗的目的到底是什麼啊！該不會是要擄獲少帝吧！當天看他那副德性，我覺得就算拿整個國家來威脅他，他也不會點頭的唷！要是作戰目標真的是俘虜落月少帝的話，那根本一開始就不用打了嘛！我不玩了啦！

「范統，你看完了嗎？」

大概是留意到他臉色的轉變，所以月退又問了一次。

「沒看完。反正大概就是在說，落月少帝欺負到我們腳下來了，我們一定要默默忍受，打這場仗大家鐵定會全部死光光，所以大家一定要配合接下來的事宜，讓落月殺得我們哭爹喊娘。」

「嗚……」

應該是翻譯太困難的關係，月退發出了痛苦的聲音。

對不起，都是我的錯。我也知道這段話太扭曲了些，你聽不懂也是應該的……

「複雜來說，就是因為王血輸出儀式，我們不要打仗就錯了。」

這次這句雖然也錯了不少，但因為比較簡短的關係，月退總算聽懂了。

「這樣啊，應該也是意料之中的結果吧……」

是啊，綾侍大人都預告過了，開戰勢在必行啊。

「月退，你要待在城裡補給嗎？不、不下戰場嗎？」

什麼下戰場，我還下海咧。

范統也知道要求人家一起去，然後依靠人家的保護，這樣實在很厚臉皮，但基於求生的意識，他還是忍不住想問問看。

「嗯……我想就按照這樣的安排，我不想上戰場。」

當月退沉靜地回答出這樣的話時，范統的臉部頓時抽了一下，有點不知道該怎麼說下去。

怎……怎麼辦？人家都說他不想去了啊，我的良心……我的良心……

「范統，你的臉色不太好看……你擔心上戰場的事情嗎？嗯，不一定會抽中啦。」

月退拍了拍他的背，但這樣的舉動在安撫他的功效上有限。

那如果抽中了呢？抽中了你也不管我嗎？別說什麼硃砂會幫我這種話，他會不會抽中都還不一定，要是真的一起中了，趁著戰場混亂，你又不在，他私底下把我做掉的可能性還比較高一點吧！我在他眼中的礙眼程度絕對是數一數二的啊！

「軍隊照理說有固定的編制，上萬人的隊伍，我就算也在場上，分配在你附近的機率還是不高的。」

如同看穿他的心事一樣，月退解釋了這麼一句，更是讓范統的心情跌落谷底。

總之……萬一真的中了，就是沒有人可以依靠，只能靠自己的意思？

「我知道了……我回去會先寫好離婚證書的，忘了我吧。」

誰來告訴我遺書的顛倒詞為什麼是離婚證書啊！那結婚證書就等於遺書了嗎！這是哪門子的台詞？我明明是要說別忘了我啊，這樣搭起來到底是在唱哪一齣戲啊！

「離婚證書是寫給你的拂塵的嗎？」

月退不由得笑了出來，范統自己則覺得一點也不好笑。

你不要這麼認真地開始用我的反話開玩笑啦！我跟噗哈哈從來都沒有結婚好不好！從來都沒有！只是結訂了武器跟主人的契約而已！

而且音侍大人還自告奮勇要照顧它呢，我連身後事都不必煩惱了，啊哈、啊哈哈哈……

「范統，我們快點回去吧，下午的課快要開始了。」

「喔。」

固然對上課的事情意興闌珊，但有個好學生月退在身旁，這課還是不得不去上的。

關於宣戰一事，目前為止就只有這份公告而已，連公開的宣布儀式都沒有，女王本人也沒有出現，范統本來以為會有場面盛大的精神喊話，或者肅穆的公開演講，現在因為都沒有，反而有種不真實的感覺。

儘管街上的氣氛確實因為這份處處可見的公告而變得惶惶不安，但這樣照常上學、走在熟悉的街道上，總給他一種日子跟之前沒兩樣的錯覺。

當然，這只是錯覺而已。

下午的課是符咒學，雖然月退掉回了白色流蘇，但上學還是依照原本的進度繼續的，所以依然跟范統同班。不過，在另外兩門學問都有超水準表現的他，儘管持續投入符咒的學習，依然沒有什麼進步的感覺，這也讓范統肯定了「再怎麼天才的人，還是有不擅長的東西」這個道理。

在范統的督導下，月退的書法已經進步很多了，至少現在該點該撇這些基本筆畫，他都掌握還可以，不過距離畫出一張有效的符咒仍然有點遙遠，符力的運用也差強人意。

即使使用范統畫好的符咒，月退也很難讓符咒發揮出其應有的效力，他自己也承認在這門課上大概遇到了無法跨越的瓶頸，卻還是依舊來上課，這讓早早就放棄術法軒課程的范統大惑不解。

「月退，要是真的學得會，還來上課幹嘛？」

這話顛倒以後變得有點奇怪呢，好像變成在家自學就可以自己精通似的，完全不對了啊。

「雖然學不會，來上課也挺開心的啊，而且，這也是練毛筆的機會，如果哪一天可以畫出一張有效的符，那一定是很有成就感的一件事吧。」

月退在學習上的態度總是很正面，范統也不得不佩服。

這樣啊……只要能畫出一張有效的符你就滿足啦？真是沒有野心的單純願望呢，哪像我學習的目的都不純，成天想著成為高手，提高流蘇階級，過著呼風喚雨的爽日子，這就是大人的現實嗎？

如此純粹的學習態度才是好的吧，雖然我依然不可能跟進就是了。

「聽起來很糟糕，加油。你畫不出來的第一張有效符咒，就送給我用吧？這樣也許比較沒動力？」

聽起來很糟糕的是我這番被顛倒過的話。本來是勵志的話語，變成充滿了嘲諷意味的東西啦，就算腦中翻譯沒問題，破壞氣氛也破壞得很徹底吧，好絕望啊——

「啊，好啊，我會努力的。」

月退看來應該是讀懂了他原本的意思，當即以開心的笑容回答了他。

啊啊，慢著，我覺得這個約定好像不太妙！嚴格來說，不是送給我用，而是送給我糟蹋吧！我只要唸錯符咒名稱，那張符就毀了啊！

看來也只能到時候再看看了，才剛做好約定馬上就反悔也太糟糕，以後要說話之前還是該深思熟慮，以免一步錯步步皆錯……

要是他送了張馭火咒給我，我嘴巴唸著馭水咒然後把它丟出去浪費掉，他不知道會不會生氣……？

「范統，你的符咒應該越學越好了，如果想出克服詛咒的辦法，戰場上要自保應該也比較有餘裕。」

這還用你說，我也知道啊，但除了之前比武大會上那種沒效率又浪費符咒，拚機率與運氣的方式，我真的不知道該如何好好地使用符咒。

「上課內容我都有專心聽，雖然用不出來，但那應該是我的問題。理論上，可能可以用別種方式來使用符咒跟符力，你想不想試試看？」

「咦？」

當月退這麼跟他提議時，他確實吃了一驚。

搞了半天，天才還是天才啊，只從理論就可以研究出別的方法？所以現在要靠我實驗來證明理論正不正確囉？

「不要不要，有什麼方法都好，我都不想嘗試，你別說吧。」

你從我的神態也可以看出我強烈想聽聽看的意願吧，這句話就不必翻譯了。

「嗯。從理論看來，你的問題應該是符力要發動的時候，心裡想的就必須是那張符的名字，所以連故意想相反的名字利用十分之九的機率也做不到，其實這個問題，如果你可以像綾侍大人那樣不必唸符咒名稱也能使符咒正常發揮效用的話就解決了，但是練到那種程度不知道還要多久，因此，我們需要想點別的方法。」

是啊，要練到綾侍大人那種程度，也就是灰黑色流蘇了吧？要是真能達到那種程度，連噗哈哈哈都肯承認我是主人了，不過這輩子真的有可能嗎？

「一般來說，一開始使用符咒的方式，看起來是拿一張符投擲出去再喊出發動的符咒名稱……」

月退說到這裡停頓了一下，目光從課本移動到了范統身上。

「如果一次使用兩張符呢？說不定有可行性？」

說來說去終於說到正題了，當月退說出這個提議時，范統一方面吃了一驚，一方面腦袋也還轉不過來。

一次拿兩張符？一次拿兩張馭火咒，扔出去的時候喊了馭水咒，就是一次浪費兩張符吧？這、這樣有比較好嗎！

「例如手上同時拿著馭火咒跟馭水咒，這樣你不管喊出什麼，至少都有一張能發動，不是嗎？當然，前提是符力同時注入兩張符這件事是可行的。」

咦！原來是這樣子！

月退進一步解說後，范統才恍然大悟。

「可是發動什麼符咒，在輸入符力的時候也有對應的變化，我如果同時在兩張符咒裡輸入啟動馭火咒的符力，然後喊出了馭水咒，那麼，因為馭水咒被輸入的是馭火咒的符力，還是無法發揮效用啊。」

難得在討論正經事情的時候說話正常，范統感到了少許的欣慰。

「嗯？不是的，是要你同時在馭火咒跟馭水咒裡輸入它們該用的符力。因為我想，術法都可以同時發動兩個以上了，符咒應該也是可以的吧……？」

月退畢竟只是從理論上推論，他自己也不太確定能否成功，這只是提供范統一個方向而已。

「同時發動兩個以下，那是你這種蠢材才辦得到的事情吧……」

范統臉上一黑，也不知道是因為月退說的話，還是因為他自己被顛倒的話語。

神啊，為什麼，到底是為什麼總是讓我說出這麼不討喜的話呢？這是在考驗我朋友們的包容力嗎？月退哪一天會終於受不了然後對我說出「對不起，我想我們恐怕無法繼續當朋友了」呢？這樣惡搞我的人生很有趣嗎？啊？

「是嗎？但我覺得應該不是那麼難的事情啊，你真的不試試看嗎？」

月退花了幾秒的時間會意他在講什麼之後，又單純地補了這麼一句讓范統啼笑皆非的話。

「你看有幾個人辦不到就知道有多容易了吧，你覺得我也是蠢材嗎？那會不會太高估我了？」

好樣的，說我是蠢材居然還是高估我呢，這該死的詛咒。

「就算是天才，也需要努力的。不試試看怎麼知道呢？」

被月退以那樣清澈的眼神盯著，范統也不知道該回答什麼好，最好只好抓了抓頭答應了。

「我知道了，就當是為了死亡做的一點掙扎吧。」

我是說為了生存啦。為了死亡有什麼好掙扎的？雙手一攤，兩眼一閉就好了嘛。

「那下課後跟老師討點練習用的符紙，我陪你去找個地方練習吧？」

好啊好啊。不過，又不找硃砂了啊？雖然我也不怎麼想找他，但這樣長期下去，他看我應該會越來越不順眼，真是困擾。

如果能找個懂得符咒的人一起來看看就好了，硃砂沒學，璧柔多半也差不多，米重就算了，音侍大人跟綾侍大人還沒到那種可以隨便開口要求指點的交情……

唉，為什麼珞侍不在呢？要是珞侍在就好了，至少他是紅色流蘇，雖未到一流高手的境界，也算是不錯的了。

要不是珞侍現在是失蹤的狀態，這件事他應該是最好的人選，這就是所謂的不巧吧，真沒辦法。

所謂練習用的符紙，是提供給學生使用的，比一般初階的符紙還要差一點，幾乎只能呈現「有效」與「無效」，在實戰上沒什麼用途。

也因為如此，學苑方面並不擔心會有學生想利用練習用符紙謀取私利。這東西真的就只能拿來練習而已，沒有任何其他效益，當然，學生申請起來也就特別容易，幾乎沒有什麼限制。

雖是這麼說，當范統與月退依照老師的指示前往符咒軒的辦事處申請練習用符紙時，還是遭遇了一點小小的困難。

「練習用符紙？你們要幾張？」

辦事處的人員抬起頭來看向他們，問了一個很基本的問題。

「我想大概三張吧。」

喂，搞什麼鬼，我是說來個三十張啊，三張哪夠用啊？

「范統，三張太少了，起碼拿個三百張吧？」

月退說出來的數字讓他吃了一驚，不過仔細想想又覺得還好，畢竟，如果要一次使用兩張符咒練習，那麼練個一百五十次也就用完了。

「說的也是，那麼請給我三萬張吧。」

什麼鬼啊啊啊啊啊！到底想怎樣啊！不要讓我一臉從容地說出這種欠揍的話好不好！我還要做人的啊！

「你們是來開玩笑的嗎？」

你看，辦事員也憤怒了啦！啊啊啊——為什麼我要自己開口啊！

「老師，對不起，我們要三百張符紙就好，他只是一時口誤而已。」

月退看這種情況，連忙過來幫著說明，大概是因為態度誠懇的關係，本來有點被惹毛的辦事員總算沒再生氣下去，讓他們做了登記後，便取了三百張符紙給他。

唉，人長得好看果然有許多好處，要是我來道歉，只怕不太可能這麼輕易就被原諒吧？天生的事情畢竟還是無可奈何，人已經長得沒怎麼得天獨厚了，還配上這樣一張嘴，實在讓人不灰心也難啊。

「我們要到哪裡去練習？」

「城外寬闊的地方吧，就資源一區如何？」

月退這麼建議後，范統立即大搖其頭。

「上學時間，資源一區一定都是在拔鴨毛的人啦！我們要做這種奇怪的練習，給人看到很有面子，找個人多一點的地方吧！」

那個什麼上學放學、雞跟鴨的，我也不想解釋了，重點是我想找人少一點、最好沒有別人的地方，你只要聽懂這點就夠啦。

「要……找人少一點的地方？」

月退不太確定地問著，范統趕緊點頭。

「越多越好，最好一個也沒有！」

聽了他的要求後，月退偏了偏頭思考，才接著提議。

「我明白了。那麼，我們去虛空一區好了，那裡應該不會有別人。」

……啊？

那個、虛空開頭的，記得好像是很危險的地方？我記得好像有點微薄的印象，那是不是音侍大人抓魔獸的地方啊？雖說周邊沒有人比較好，但、但你也不用徹底執行到這種地步吧？

「那是很安全的地方吧，這樣好嗎？」

我是說很危險！不過這個不用我講，你應該也知道才對呀？

「嗯，有我在，不必擔心安全的問題。」

月退如同看出了他的不安所在一樣，態度輕鬆地做出了保證。

我說月退啊，你對自己的實力已經完全沒有隱藏的意思了嗎？

如果是音侍提出的保證，范統恐怕還半信半疑，但這個保證是月退提出的，感覺就可信了許多。

要是安全無虞，可以去見識一下虛空一區，似乎也不賴？

帶著這樣的想法，范統同意了這個提議。

對於「大家一起歡樂出遊」這種事情，范統並不怎麼特別喜歡。跟朋友出去玩，不一定每一次都要一夥人一起行動，他覺得人多要配合每一個人的習慣跟要求，就顯得有點麻煩，還是將人數精簡化比較好，即使只有兩個人也不錯。

而練習符咒這件事，應該與大家一起歡樂出遊這個主題無關。但是到資源一區去練習符咒，跟到虛空一區去練習符咒，那又是兩回事了，基本上是完全不同的概念。

到虛空一區來……與其說是練習符咒，還不如說是探險吧？

一個白色流蘇跟一個草綠色流蘇的新生居民到虛空一區來，一般來說則叫做找死吧？探險好像還是該呼朋引伴成群結黨？

雖然覺得月退可以信賴，但真正快到的時候，范統還是有種「好像應該找更多點人來助陣比較心安」的感覺，他覺得這也是人之常情。

要是在路上跟人說他們兩個人要去虛空一區，大概會被投以「哪裡想不開嗎」、「你們瘋了吧」之類的眼光吧，偏偏他還是跟月退來了，只因為很多常理在月退身上根本不適用。

范統並不知道虛空一區確切的位置，雖然米重給過他地圖，但他對沒有必要去地方一向沒有研究的興趣，反倒是月退拿來研究過，所以便負責領路了，從以往月退都能在各個地方找到他的經驗判斷，他應該不必擔心月退認路的能力。

要去虛空一區，途中自然必須路經其他區塊，因為路程不算短，月退便弄了個術法的傳送陣，先把他們兩個人傳送到三分之二的距離，再繼續前進。

連傳送陣都能弄出來，月退的術法果然不是白學的——這是范統當下的想法。

至於為什麼要傳三分之二而不是直接連接目的地，月退的解釋是，先傳送到較為安全的地方，比較不會在抵達的一瞬間遭遇什麼意外變化，然後再慢慢走過去就可以了。

他說是這麼說，但范統在傳送完成後，絲毫無法認同。

「撐住！那邊撐住！擋下牠！我們就快成功了，不能在這種時候放棄！」

「啊啊！小心！牠要噴火了！閃開啊——」

……為什麼傳送陣一出來就是如此刺激驚險的場景啊！月退！這就是你說的稍微安全一點的地方嗎？

范統對眼前七八個紅色流蘇的新生居民焦頭爛額處理著一隻凶惡野獸的場面無話可說，他們整個險象環生，凶獸隨便橫衝直撞一下就讓他們的包圍潰散，慘叫聲與飛濺的鮮血都戳動著范統的神經，讓他不知道該做出什麼反應。

光是稍微安全一點的地方就這樣了，虛空一區會是什麼德性啊？

這裡隨便一頭野獸就讓七八個紅色流蘇快要全軍覆沒了耶！我根本是來錯地方了吧！

「范統，走吧。」

這個時候，月退神色如常地對他這麼說。

走……？啊？等一下！你對這夥人視若無睹嗎？月退，你為什麼可以這麼冷靜啊！

「可是，他們……」

范統指向那群還在跟野獸搏鬥的新生居民，猶豫地看向月退。

畢竟要幫忙的話，月退才有本事，他是不行的。

「他們沒有問題的，我們要去虛空一區，就別在這裡耽擱了吧。」

沒、沒有問題嗎？你只看了一眼就知道沒有問題嗎？沒有問題為什麼會這麼慘烈啊——咦？

范統正在內心質疑的時候，那邊也出現了進展。野獸似乎承受了太多次攻擊，終於倒下了，那幾個負傷的新生居民也因為這一幕發出了歡呼聲，喜悅之情溢於言表。

還真的贏了耶……所以，看不出來的我還太嫩了嗎？

由於戰鬥結束了，那幾個人這才有空注意周遭，這也發現了范統和月退的身影。

「咦？草綠色流蘇跟白色流蘇？喂——你們來這裡做什麼啊？這個地方很危險的，快點回去吧！」

在看清楚他們的流蘇顏色後，當即有人朝他們這麼喊，看來他們人倒是挺不錯的，還會關心別人的安危。

「我們只是路過而已，謝謝你們的關心。」

月退簡單地回答後，對方又投來了好奇的眼光。

「路過？你們要去哪啊？」

「我們要去資源一區。」

范統一時心直口快就回答了，不過虛空一區被顛倒成資源一區，這倒也符合他們的流蘇顏色。

「資源一區？你們也迷路迷太遠了吧！出城沒多遠就是啦！你們曉得怎麼走回去嗎？需不需要幫忙？」

「我們知道路，謝謝。」

「你們知道路？可是那個方向不對啊！資源一區應該往這邊啦！迷路了就不要逞強，走到這裡還沒遇到危險已經很幸運了，快跟我們一起回去吧！」

我、我們本來就沒有要去資源一區啦！難道真的得跟人說出要去虛空一區的事，然後被當成神經病看待了嗎？

「要不要乾脆騙他們說我們有光明正大的任務，叫他們不要去下我們？」

范統低聲向月退詢問，不過，理所當然的，說出來的又是顛倒的話。

「我不太會說謊……」

月退苦著臉回答，看來不太贊同這個提議。

「這怎麼辦？」

「沒辦法了，先跟他們回去，然後再自己過來一次吧。」

咦！怎麼這麼麻煩啊！跟他們走回去也要一段時間吧？你不會說謊的話，我去說啊！……不，我雖然會說謊，但我不會說話，嗅嗅嗅——

「等跟他們回去後，術法陣還是直連虛空一區好了。」

月退嘆了氣，顯得有點無奈。

「我們跑去虛空一區這件事，還是不要讓太多不相關的人知道比較好，以免惹上什麼麻煩，是我沒顧慮到這一點。」

嗯，我懂，你那超出規格的實力不太適合被一堆人知道對吧？身為知情又不會被殺人滅口的人，我還真有種優越感啊。

在做出決定後，他們便跟著多管閒事的好人甲等人一起回東方城了，他們受傷還要搬運野獸的屍體，速度自然也快不到哪裡去，等到終於看見東方城的城門，都已經黃昏了，原本提早下課爭取來的時間消失得十分可笑，而他們還得跟這幾個人道謝，范統不由得有點煩躁。

時間再多，也不是這樣浪費的啊！

「范統，你要先吃飯再去，還是……」

月退徵詢著他的意思，畢竟要吃飯的話只有難吃的公家糧食，那實在引不起人的食欲。

「我們還是直接過來吧。」

我是說直接過去。什麼事情都沒做就去吃那難吃的乾糧，感覺好像是懲罰我們浪費時間似的。

「那找個沒人的地方，這次就直接畫連往虛空一區的傳送陣吧。」

月退也很乾脆，當下便這麼說，范統則吞了口口水。

「月退，危、危險嗎？你之前不是說這樣比較安全？不會死吧？我負債還沒還清啊！而且我已經很久沒游泳了，我怕我沉不下去啊。」

如果真的沉不下去就好了……我又不是游泳圈。我的腰也沒肥到有游泳圈。不過我想脂肪不是我浮不起來的原因，我就不相信在東方城水池溺死的沒有胖子。

「呃……雖然不敢說百分之百，不過至少百分之九十沒有問題吧？」

聽了他這樣擔憂的語氣，月退也不確定了起來，不過，百分之九十其實還是挺高的保障沒錯。

「好吧，既然如此我們就一路好走吧。」

我本來想說的是安心上路。雖然用這個詞好像也怪怪的，但變成一路好走真是太糟糕了，就算我死了，月退也不能死啊，我們兩個一起死了，月退就得拖著我游到岸上，再一起裸奔去找衣服了……

范統看著月退畫傳送陣的時候，腦袋裡便是這樣不停想著一些亂七八糟的東西，等到傳送陣畫好，他才放下這些思緒，硬著頭皮站上去。

睜開眼睛就是虛空一區了啊——我到底該不該睜開？雖然很好奇但我還是很害怕，這次不會又看見什麼驚險刺激的畫面了吧？

「范統，我淨空一下這裡，等我三分鐘。」

淨……淨什麼空？啊啊？

由於強烈的好奇心與不安感，范統張開了眼睛，因為這話聽起來就是要去大開殺戒的意思，他可不想閉著眼睛光聽一堆可怕的聲音來想像周圍發生的事情。

他第一眼看出去先注意到的是紫黑色、偶爾交錯著閃電的天空，接著是紅褐色的乾燥土地，這麼惡劣的環境，真難想像和東方城那個區塊位在同一個世界。

接著他的視線便開始自動尋找月退，在這樣的環境裡，月退那頭金髮十分顯眼，所以他很快就看到了，然後他也驚恐地發現，月退正持劍朝一頭比他還要大很多的魔獸奔去，那隻傢伙光是體型就讓他臉孔抽搐了，他的朋友居然可以這樣毫不猶豫地衝過去發動攻擊，這讓他無比欽佩。

月退那把劍是之前戰場上撿的，也是一把壞掉的劍。照范統的說法，反正月退有隻殺刀手，就算本來沒壞，被他握在手裡沒多久也就壞了，不過用劍的本人覺得壞掉的也沒差，別人自然不能多說什麼。

只見他在逼近魔獸時忽然加快了速度，人一瞬間閃到魔獸跟前，也沒用什麼華麗的手法或是發生什麼激烈的戰鬥，本應不甚銳利的劍以極快速度和極強的力道在魔獸的頸上輪轉了一圈，那隻看似凶猛的怪物連掙扎都來不及，頭便被斬了下來，甚至在龐大的身軀跟著倒下後，血才汩汩地流出來。

……幾秒？花了幾秒？三分鐘這麼準確的時間，是要做掉附近這五六隻的意思吧？搞不好三分鐘都不用就解決了，這世界上對你來說真的還有危險的地方嗎？月退？

音侍大人應該會很喜歡你，你看起來是抓魔獸的好夥伴。只是殺魔獸跟抓魔獸又是兩回事了，抓大概比較難吧，不曉得對你來說有沒有難度，如果還可以的話，我們要不要抓一頭回去看看有沒有商機？

喔喔！第二頭也秒掉了！接著是第三頭……哇，魔獸總算警覺了嗎？因為血腥味？可是好像依然沒什麼用啊，被秒掉的時間也沒多幾秒，到底是魔獸其實沒有想像中恐怖，還是月退強得太變態？

你這樣讓我覺得你那白色流蘇好刺眼啊……這簡直是詐欺……我身上這草綠色流蘇，其實也是詐欺，這麼一想就更覺得悲哀了。

「好了。范統，我們開始練習吧。」

月退拿布稍微擦拭了一下劍身，還劍入鞘後，就走到他身邊這麼說。

剛剛斬殺完六頭怪物還可以這麼鎮定，這讓只是在旁邊看也難以心情平靜的范統，覺得自己果然是普通人。

血連衣角都沒沾到啊！這就是專家嗎？

現在也不是想這種事情的時候，天都快黑了，還是趕緊辦一辦正事好回家休息比較對。

於是，范統從懷裡拿出了那疊厚厚的符咒。在出發之前，他就已經先待在教室把三百張符咒都畫好了，分別畫了一百五十張馭火咒跟一百五十張馭水咒，以便進行同時使用兩種符的練習。

將兩張不同的符咒拿在手裡時，他心裡還是有點感慨的。

就為了這點練習，大費周章跑到虛空一區來，會不會太誇張了點呢？

拿捏著體內的符力，范統深呼吸一口氣後，在灌注符力的瞬間將符咒擲出。

「馭火咒！」

他喊出聲音與擲出符咒的動作可說是氣勢十足，拋出去的兩張符咒中，其中一張也化為小小的火苗燃起，練習用的符咒效力大概就是如此。

「范統，這樣是成功了嗎？」

月退有點驚喜地詢問，范統則搖了搖頭。

「剛剛還沒有做到分心二用，我往兩張符裡都輸入了馭火咒的符力，碰巧又喊錯了名稱，所以馭火咒發動也是正常的。」

是喊對了名稱。真難得啊，該不會詛咒為了要跟我過不去，在我練習的時候就死命讓我說對話吧？

「這樣啊……符咒還多，你就再多試試吧。」

要做新的嘗試，本來就不太可能一下子就成功，他們都曉得這一點，所以也不會對一開始的失敗太失望。

做這種事情是需要耐心的。范統再次拿起兩張符咒，做了一次跟剛才一樣的動作。

「馭水咒！」

這次他不小心又在兩張符裡都灌注了馭火咒的符力，然後喊出來的符咒名稱也被顛倒了——這導致符咒出現了很特殊的狀況，沒發動成功的馭火咒飄到了地上，被注入錯誤符力的馭水咒則在剛離開他掌心時就爆開，震得他手掌一麻，也嚇了一跳。

正常來說符咒應該要等到飛出去一段距離或碰觸到物體才會發動，像這樣在近距離爆開，大概是錯誤的符力無法承載的關係。

還好拿的是練習用的符咒。范統不由得在內心慶幸著。就算是啟動失敗後的爆炸，練習用的符咒也比一般符咒輕微許多，所以他才能平安無事。

「這次狀況怎麼樣？」

月退看不明白，只好出口詢問，范統跟他解釋了一下原由後，他才點了點頭。

「原來如此，還是有風險的……那你小心一點吧。」

「哎呀，練習用的符咒，會出大事的啦。」

能出什麼大事你倒是出給我看看。唉，再這樣反駁詛咒下去，等到上癮了不就像精神分裂一樣了嗎？

在還沒抓到分心二用的要訣前，他也只能一次又一次嘗試下去。

在丟到第五十次的時候，范統覺得要將兩種不同的符力同時注入兩張符，似乎真的是可行的事情，雖然他還不太能掌握，但五十次畢竟不是白丟的，丟來丟去，感覺已經比第一次好多了。

「月退，我覺得糟糕多了耶，說不定真的不行。」

「嗯？你是說可行嗎？」

因為解釋成真的不行也是可能的，月退不太確定他說的到底是不是反話。

「是啊！如果真的練不成就太好了，那我就沒有戰鬥能力了，活下來的希望也低了很多。」

對於不斷口出錯話詛咒自己這件事，范統已經很習慣了，但習慣歸習慣，說完這種話他還是不由得要嘆氣。

這詛咒到底什麼時候才會放過我？我不想因為到死詛咒都沒解除而死不瞑目啊——

既然練習是有效果的，范統的精神當然也提振很多。只是，在丟到第八十張的時候，他的注意力已經轉移到咕嚕嚕叫的肚子去了。

好餓啊……

吃飽飯好辦事是真理啊！以前朝會問好時，教官嫌小聲也都會說「聲音這麼小沒吃早餐嗎」，我決定拋棄晚餐過來練習，其實是個錯誤的決定嗎？

而且我還讓月退也餓著肚子在旁邊乾等……我真是個壞朋友啊，月退你真能忍耐，到現在都沒有一句怨言，也沒主動說肚子餓了想回去，明明在旁邊看很無聊的……

喔喔喔！不行！至少把這一百五十份丟完再回去啊！練習不能太偷懶，只練一半就跟肚子餓投降的話，這輩子都難成大器了吧！

一次輸入兩種符力如果能成，應該代表我還是有天分的吧？人生難得有機會可以冠上「資質好」、「奇才」之類的形容名稱，理當興奮到忘記肚子餓這件事才對啊！

『范統，你在練習符咒？』

噗哈哈哈這時忽然跟他說話，讓他差點把注入符咒的符力弄顛倒。

『對啊，怎麼了嗎？』

這個時候范統也發現，他可以在跟噗哈哈哈心靈溝通時比較明確地分出要講的話跟不想告訴他的話了，這似乎是心靈相通又提升了的證明，也不曉得該不該高興。

『沒什麼，只是你難得在做正事，有點稀奇。』

喂——

不要這麼沒禮貌好嗎？說得好像我不思長進，都在遊手好閒的樣子！

『我當然也會為了提升實力而努力啊！說這什麼話。』

『因為你之前的生活一直很墮落，看起來很沒用，這是你無法否認的事情。』

范統忍不住抽出了噗哈哈哈，如果它有眼睛的話，現在他們大概是大眼瞪小眼吧。

「范統，你怎麼突然拿武器了？」

月退聽不到他們的心靈交談，所以不太能理解他的舉動。

「沒什麼，只是發生了一點愉快的事情。」

話語再度被顛倒後，范統的心情實在好不起來，他決定繼續練習下去，所以又拿起了兩張符咒。

「馭水咒！」

……不幸的，這次他又在兩張符裡注入了馭火咒的符力，而且他忘了自己手上拿著噗哈哈哈。

「范、范統！」

轟然的爆炸聲蓋過了月退驚慌的叫聲——在靈魂脫離軀體之前，他也只來得及想幾句話。

這次倒也死得很乾脆？屍體炸飛成什麼樣子了？這樣等於我又被馭火咒殺掉了嗎？雖然爆開的是馭水咒，但馭火咒也有錯啊！

噗哈哈哈你到底是多可怕的增幅物品！原來只要握著，你沒有心配合也一樣有效嗎！練習用的符咒可以把人直接炸死，這太過分啦——

❀

啊啊，東方城水池的水！久違了！自由式！久違了！水母漂！久違了！

這感覺真是令人懷念，我很快就可以再次體會重生的樂趣了，形體在水池中漸漸生成的這種伴隨著痛覺的微妙感，宛如回到了嬰兒時期在母親腹中的那種安寧感，令人感動得都要落淚了啊……

我到底在自我安慰些什麼？明明就因為負債上升了一百串錢所以很想哭，再加上負債提升，重生的痛覺又加深了，根本是痛痛痛痛啊！就算說再多勵志的話語也無法安撫我的心靈讓我心情變好啦！

自己殺掉自己實在是太冤了，可惡……喔喔喔！現在是右腿骨在長嗎？好痛啊啊啊！

先前好不容易才還了一點點，現在又負債多少去了？回家得翻翻記帳的本子。什麼事情都可以迷糊，就是錢的事情不能迷糊啊——

經歷完有點痛苦的重生後，就是上岸這道難關了，范統知道月退會來接他，但接的過程能否順利，只怕還得再看看。

「呼哈——」

浮上水面後，范統首先做的事情就是大力吸一口氣，以免等一下手腳都軟了以後，連掙扎上來吸氣都沒有辦法。

划船的聲音在接近，沒有多久，月退纖瘦卻有力的手便抓住了他，他頓時有種得救的感覺。

這次又沒有拿網子啊？不過其實撒網拖過來後還是要拉上船，基本上用不用都一樣啦……

「范統，放輕鬆，我拉你上來。」

「咕嚕嚕嚕——這樣、咕嚕、手臂不會脫臼吧！」

你只抓住我一隻手啊——用這隻手承受把整個身體拉上來的力道，真的不會有事嗎——

「沒關係，脫臼再接回去就可以了，我知道怎麼接。」

月退很冷靜地說出了這樣的話，看著他認真的神情，范統一下子不知道該說什麼好。

不是知不知道怎麼接的問題吧！從來都不是吧！我怕痛啊！

看他人在水裡依然死命搖頭的樣子，月退的神色也多了幾分為難。

「我會輕一點的……不一定會受傷，就試試看嘛，不然怎麼上來？」

喔……這也是個好問題，不然你下來？不，不對，那不就跟上次只能一起游回去一樣了嗎？還是坐在船上划船回岸邊比較舒服啦，好吧——

范統勉為其難地點頭後，月退才使力將他拉上船。雖然一瞬間的力道有點強，但比想像中好多了，自然也沒有手臂脫臼這回事。

呼，剛重生的人都因為經歷了死亡，比較大驚小怪神經敏感啦，根本沒事嘛，真不知道我在怕些什麼。

「來，毛巾跟衣服。」

月退這次果然比較有經驗，衣服也已經準備好給他帶來了。拿毛巾擦了擦溼淋淋的身體後，范統快速穿上了衣服，正想說點什麼，就看到月退滿面愁容。

「范統，對不起，說了要保障你的安全，卻還是讓你死了。」

呃……這個……應該是我自己的錯吧？你不需要那麼自責啦，那種意外你又沒有辦法。

「我會努力找些打工賺錢，把一百串錢還給你，真的很抱歉。」

咦？有這種好事，那我是不是應該接受啊？不過，比起打工賺錢，你不覺得去殺些陸雞皮來賣或者藉由決鬥快速提升流蘇顏色比較實際嗎？要是你升到黑色流蘇，一個月薪俸不曉得有多少錢耶！

「今天發生了這種事情，我們就先回去休息吧，明天還要去嗎？」

再去？再去哪？你說虛空一區嗎？都死了一次了，明天怎麼還敢去那裡——

但是死亡原因跟虛空一區完全沒有關係耶。那明天再去好像也沒什麼關係喔？

「嗯，少練習是好的，昨天再去吧。」

我相信這麼簡單的顛倒句你一定懂。唉，以後搞不好也沒水池可以重生了，趁著還能用的時候應該多多使用……我真佩服我積極進取、樂觀向上的想法……啊！

范統忽然臉色大變地摸摸身上再看看船上，然後緊張萬分地抓住月退的手。

「嗚哇哇哇呢！」

……

讓我死了吧……我不該上來的，我再跳下去一次自生自滅吧，我這輩子還能要求顏面這種東西嗎？這是什麼丟臉可笑的顛倒句啊！啊啊啊啊——！

「你是說……噗哈哈哈嗎？」

月退大概花了五秒的時間解析，才勉強猜中他要講的是什麼。

基本上能猜得出來已經很厲害了，也稍微緩和了范統羞恥到想死的激烈情緒。

雖然他點頭的時候還是面如死灰。

「我幫你撿了，放在你床上，沒有帶過來，硃砂在房裡，應該不會有人偷走，不必擔心。」

呼……有撿就好……咦——慢著！你用哪一隻手撿的？不對，你的左手真的是安全的嗎？該不會兩隻手都是殺刀手吧？那噗哈哈的性命不就——可、可是不撿也不對，又不能丟在那裡，你……你放在我床上不會是因為它已經變成屍體了吧！

「范統，你的臉色怎麼這麼難看？」

月退就算能解讀他說出來的反話，也還是讀不出他心裡在想什麼的。

「你的腳碰過它，它有沒有出事？」

不是啦！什麼腳！這種危急的時候不要開我玩笑！

「你在擔心這個？」

月退露出了恍然大悟的表情，然後又若有所思了起來。

「它害你死了一次，你還這麼關心它，看來你還是喜歡它的吧？」

你沒有回答我的問題呀！總不會因為噗哈哈害死了我，你為了報復就害死它吧？就算你賠我當初買下來花的兩百串錢我也不會接受的啊！

「它是我的武器！再說那也只是一個意外，我哪會真心跟它計較這種事情啊？」

在他這麼說之後，月退的神情居然看起來有點羨慕。

「真好呢，你這麼重視它，而且它還跟你心靈相通，可以直接知道你想表達的意思……」

有什麼好啊，難道你就因為這樣想當武器了嗎？再怎麼說還是當人比較好吧？

「撿它回來的時候我本來還認真想過要不要把它折斷算了，還好沒這麼做。」

……喂！你動那什麼危險念頭啊！我跟噗哈哈的問題一直還沒解決沒錯，但你也不要不顧我的意願就想毀了它，好讓我另結新歡啊！

可是你沒折斷它，用你那殺刀手殺了它不是也一樣嗎！

「月退，你到底把它怎麼了？它沒活吧？」

范統問這問題的時候十分驚恐，月退則眨了眨眼，態度自然地回答。

「它好得很，只要沒有下一次。」

……赤裸裸的威脅！可是你這是在威脅它的主人，也就是我吧？

「那，我們可以划往岸邊了嗎？」

月退這個提議，范統自然沒有意見，他現在只想趕快回宿舍去，看看他的武器到底是生是死。

搞不好只剩下一口氣了……武器有沒有專門的醫院啊？可以就醫嗎？不過就醫也要花錢吧，搞不好還沒有專看拂塵的科目，就好像獸醫院都專治貓狗，很少人治療老鼠一樣……喔喔喔喔——讓我回去啊我好擔心——

「明天再去符咒軒拿一些練習用符咒吧，既然有可能成功，那麼就拿個一千張好了。」

一千張？

一下子暴增三倍不止？你是哪來的魔鬼教官啊？

雖然范統內心不太願意，可是現在的氣氛還是讓他不太敢說出一個「不」字。

儘管月退的口氣平淡，臉上也一掃憂愁，換上了微微的笑容，但那股認真的氣勢硬是讓他覺得壓得自己動彈不得。

「希望明天不要再出事，不然可能也得做點游泳特訓了。」

聽了他的話，范統臉上一抽，不過，依然什麼也說不出口。

我知道你都是為了我好……但聽起來真不開心啊……

「月退，如果你跟硃砂相處的時候也有現在的氣魄就好了……」

詛咒難得讓他成功講出了一句真心話，月退聽了以後則愣了愣，然後摸摸自己的臉。

「有什麼用嗎？」

「沒有啊！感覺比較沒氣勢，就會被壓得死死的了。」

講話沒被顛倒果然只是曇花一現，但月退明白他在說什麼，所以只是苦笑了一下。

「我怎麼覺得他只會覺得很迷人之類的然後陷入更深？」

唷，你還挺了解他的嘛，但我覺得你對他有發自內心的恐懼，並不是為了不要讓他陷入更深才這樣的啊？

「我完全明白你為什麼要怕硃砂。」

我是說我一點也不明白。事實上我也有點怕他，然後我一樣不明白這是為什麼。

「我沒有怕他啊，我只是不習慣跟女孩子相處而已。」

月退是這麼回答的，不過范統難以認可這個答案。

你對璧柔跟對硃砂女體化時的態度完全不一樣啊！你以為大家都瞎了看不出來嗎！還是璧柔其實是個男的？這問題我以前是不是也質疑過啊？總覺得針對你曖昧的態度我已經質疑過太多東西啦，都記不清楚了——

「被女孩子冷淡糾纏明明就很爽，真搞不懂你在大方些什麼。」

范統在嘴裡碎碎唸了一句，雖說不是唸給月退聽的，但他也曉得月退會聽到。

「范統，總是想著要佔女孩子便宜是不對的，這種心態不好。」

沒想到月退居然還一本正經教訓了他，當然，他也懶得再多說什麼了。

回到宿舍的第一件事，自然就是確認噗哈哈哈的安危了。

連跟硃砂打招呼都來不及，范統就直接爬到上鋪、撲到床上，抓起噗哈哈哈檢視狀態。

『噗哈哈哈，你沒事吧？』

既然要直接跟它溝通，范統便使用心靈交談了。

『什麼有事沒事，你才沒事吧，死的人是你耶。』

噗哈哈哈說話的聲音聽起來還挺正常的，范統這才鬆了一口氣。

奇怪，被月退那殺刀手拿過還沒事……難道是因為拂塵不算武器的一種嗎？這也太神祕了吧？

『我當然是武器！你又偷偷在心裡汙衊我！我本來還有點內疚的，看來根本不需要嘛，哼。』

范統這才想起握著柄會讓噗哈哈聽見他心裡的念頭，連忙把手放開。

這麼說來，距離爆炸那麼近，毛也沒被炸黑還是炸得爆開來，噗哈哈的運氣還真不錯啊。

『范統，你朋友好恐怖喔。』

噗哈哈忽然悶悶地跟他這麼說，讓他有點反應不過來。

啊？我朋友？月退還是硃砂啊？

『他好凶喔，捏著我的柄就罵我說害死主人這算什麼，捏得好用力，我又不是故意的……』

噗哈哈說得一副很委屈的樣子，范統頓時愣住了。

月退果然很生氣，不過他至少忍住了，沒把你滅掉，你也該慶幸了吧？

『身為武器，害死契約對象的確是很糟糕的事情，我也有在反省了嘛……』

要是噗哈哈有臉，這話大概是紅著眼眶說的，范統覺得自己都可以想像它的表情了。

『沒、沒關係啦，只是個意外，你不必那麼自責。』

范統本來就沒有把責任歸到噗哈哈身上的意思，聽了噗哈哈這種說話的語氣，就更加難以招架了。

『真的嗎？』

噗哈哈哈可憐兮兮的語氣，聽在范統耳裡反而會讓他忍不住同情它，即使范統自己才是受害者。

『真的啦，我沒有怪你。』

『太好了，那我要睡覺了，再見。』

噗哈哈哈彷彿鬆了一口氣，非常乾脆地丟下他，沒多久又傳出了打呼聲，顯然已經入睡而且十分好眠。

喂！怎麼這樣啊！你好歹拿出點誠意說之前的事情你也不計較了，我們就此和好吧？哪有人這樣就睡著的！

不過既然噗哈哈哈都睡了，范統也不能拿它怎麼樣，只能心情煩悶地從床上下來，覺得自己好像失去了一個和好的機會。

「范統，你要吃一點嗎？這是硃砂多領的。」

月退正坐在椅子上一點一點地吃著公家糧食，在硃砂是男性狀態的時候，他們的相處就挺和平的。

不過，我想，要是硃砂以男性狀態撲上去，月退一樣會尖叫逃跑吧？嘖嘖。

「我不用了，剛重生回來，肚子很餓。」

范統記得之前也有過差不多的情形，雖然這樣的確解決了肚子餓的問題，但肚子那種空虛的正常感，總是讓人有點感傷。

「你們今天出去好久，去做什麼了啊？」

一個人被留在宿舍的硃砂，當然會對他們的行程感到好奇，月退好像也覺得沒有必要瞞著他，便開口回答了。

「帶范統去做符咒特訓。」

這聽起來是一件很普通的事情，在沒有說出地點的情況下。硃砂在聽月退這麼回答後，皺了皺眉。

「你符咒不是學不起來嗎？為什麼是你帶他去做符咒訓練？」

由於范統說話不便，所以他只在旁邊當旁觀者，靜靜等月退回答。

硃砂一下子就抓到奇怪的地方了耶，觀察力真不錯啊，不過，你就擅自解讀成月退是去看熱鬧的不就好了？

「因為我覺得有伴比較不寂寞，就跟著一起去了。」

月退回答完這句之後，想了想，又補充了一句。

「明天我們也會去練習，不必等我們吃飯沒關係。」

他說到這裡，范統本來以為這個話題就此結束了，沒想到硃砂還不罷休。

「既然是練習，旁邊多一個人還是兩個人都沒有差別吧，我也去好了。」

咦？不要吧！旁邊有硃砂在，氣氛就會變得很險惡，這樣我無法專心，感覺也不太好啊！

「啊……好啊。」

可惜月退沒有跟范統心靈相通。看他這樣愣愣地答應了，范統真有種想要搥胸頓足的感覺。

月退——你也太好說話了吧！你忘記你還欠他兩個要求了嗎？就算不能迫得他使用，至少也拿出來刁難一下讓他知難而退啊！這樣下去你根本就注定被他吃定了！

「你們是放學後去練習吧？地點在哪裡？」

「噢，我們在虛空一區練習。」

月退若無其事說出來的地點，讓硃砂的臉色又變了變。

哼哼哼，知道厲害了吧，快點知難而退吧，雖然你也算強了，可是要去虛空一區還不行吧，就別跟了，不歡迎你啦。

「練符咒需要到虛空一區去？你們到底在練什麼東西？」

結果硃砂先質疑起合理性的問題了，不過這件事情本來就沒有什麼合理性可言。

「只是因為范統想找個沒有人的地方才去那裡的，一時也想不出別的地方……」

硃砂的臉色在月退解釋之後逐漸變得難看，范統大概也可以猜出他的想法。

「你會不會太寵范統了？做到這種地步也太離譜了吧？」

喂，你的用詞有點失當了吧，硃砂小弟弟。反正他就是不寵你，你想怎樣？

「又沒有關係。」

月退一臉覺得這沒什麼不對的樣子，范統則是帶著幸災樂禍的心情在旁邊繼續事不關己。

「所以，你跟他去的目的根本是保護他的安全吧？」

「這也是目的之一沒錯……」

月退說到一半，忽然話鋒一轉。

「你要一起去，我也會保護你的。」

旁觀到現在的范統，不由得對月退無奈了。

月退，你……到底對人家有沒有意思？如果沒有，就不要說出這種彷彿給人希望的話啊！硃砂不說話了！他安靜下來了！你都不覺得這種氣氛很恐怖嗎！你都沒有一種被肉食動物盯上的感覺嗎——！

「聽起來挺不錯的，好像可以當作約會……」

硃砂低下了頭，自言自語了起來，這句話讓范統為之一抖。

你打算徹底無視我就是了？不要把陪我去練符咒擅自更改成你們的約會行嗎？尊重一下你的室友吧！

「不是約會，是要陪范統練習。」

月退糾正了硃砂之後，又緊張地加註了一句。

「你不可以變成女人去！」

幫幫忙，你以為他不變成女人你就安全了嗎？都幾歲了還這麼天真？

「只不過是在旁邊加油，男性體女性體有差別嗎？」
對於月退的要求，硃砂顯然不太樂意。
「你如果變成女人我就不帶你去了，除非你要動用我欠你的要求。」
嗯，月退，你終於想起來要讓他用掉他那兩個要求啦？可是在這種時候提起，不就變成暗示他這麼做的意味嗎？我真的不知道該說你什麼了。
「不要。損失一個要求就為了這點小事情，好像太吃虧了點。」
硃砂倒是精明，沒有因為一時的情緒就使用了寶貴的要求機會。
「那你就老實一點維持現在的樣子跟我們去吧。」
不知道為什麼，從月退口中聽到這種話，就是會有種令人想發笑的感覺。
「范統，你明天還是別把武器帶在身上了吧。」
有鑑於今天的慘劇，月退回頭向他這麼說。
「只是帶著應該也沒關係吧？只要我不拿著它就沒事了啊，丟在外面好像怪怪的。」
我是說丟在家裡。丟在外面像什麼話啊。
「那你不要練著練著又把它拿起來。」
今天的慘劇就是這麼發生的，月退顯然非常在意。
「啊哈哈哈，你會多多注意的啦，我不用擔心。」
……真是奇妙的反話，你跟我顛倒過來之後，居然好像也說得通？

「你如果把噗哈哈哈拿起來，我會馬上從你手上搶過來的。」

月退這也是為了他好，只是范統微妙地覺得，他為了他好的方式好像越來越強硬了。

「不對啦，你的手不是沒問題嗎？為什麼噗哈哈哈有事啊？」

我是想問殺刀手的問題啦，月退你應該聽得懂吧？話說這次噗哈哈哈沒被顛倒成嗚哇哇哇，真是太好了……

「這個……」

被這個直接地問到這個問題，月退忽然不知道該怎麼回答。

你幹嘛遲疑？難道你是用腳撿他回來的？還是你會隔空取物不碰到手？術法搞不好做得到？

可是這種原因的話，應該也不會很難以啟齒吧……？

「因為它是一把好武器啊……這樣說應該沒錯。」

這算什麼解釋啊？

慢著，這句話我好像之前就聽過了，記得是死在音侍大人家的那次……難道那次你就摸過它了？所以你那個時候才跟我說噗哈哈哈是一把好武器？是這樣嗎？你的手是武器鑑別器？什麼原理啊？

儘管范統的表情顯示出他一頭霧水，月退仍停止了這個話題。

「時間也不早了，早點休息吧，明天還要上課呢。」

什麼時間也不早了……你剛剛還在吃東西呢，剛吃完東西就睡覺不太健康吧？

雖然范統這麼想，卻也沒有直接說出來反駁他。反正他現在也沒有什麼不想睡覺的理由，那麼偶爾早睡，其實也沒什麼不可以。

我一定要把一次丟兩張符咒的技巧練成啊！為了在戰場上存活下來！

暗自下了這樣的決心後，范統便又摸回床上，把噗哈哈擺到床邊後安然入睡了。

## 范統的事後補述

只不過是一天的時間，就覺得好像過了很久啊。

這一天的時間，我的心情轉折也挺大的。從原本擔心、絕望，到出現一線曙光，彷彿有從戰場上活下來的可能……無論如何我都要把握住這個機會，不要再過著需要靠朋友的人生啦！我要靠自己活下去啊！志氣！志氣！

雖說靠朋友過活的人生好像比較輕鬆，可是男人這樣是不行的，想成家立業就該獨當一面，要是被看作軟骨頭的話，怎麼會有女人要我呢？人沒有朋友帥沒有關係，人沒有朋友強沒有關係，人沒有朋友有錢也沒有關係，最重要的是要有骨氣！

其實……就算能用符咒，也無法徹底改變我的人生。起碼這嘴巴的問題就是無法解決的事情。但是……就連噗哈哈都覺得我平日不務正業、不思上進，身為主人，被自己的武器瞧得這麼扁，當然還是會想翻身一下的，至少也要讓它覺得我很努力才行，這口氣是一定要爭回來的。

但是我一定要澄清一下……向噗哈哈證明我很努力只是附帶的啦！主要目的還是改變我的人生啦！如果是為了跟武器賭氣那麼無聊的事情，我恐怕也沒有耐心支撐多久吧……

明天要向一千張符咒挑戰！

化為兩種之後就是五百份，五百份可以讓我丟多久呢……符咒軒的老師會不會覺得我在浪費物資啊？看來得把手練出手泡還是繭來比較有說服力？

假如我辛苦練成了，最後抽籤沒中獎，不必上前線……那好像也很像是我身上會發生的事情啊。但練成了就是我的，沒什麼壞處，加上噗哈哈的增幅效果，搞不好下一屆比武大會都得獎有望了呢！等待著我的彷彿是前途光明的未來與衣食無缺的生活，簡直讓人對明天充滿了期待啊！

人就是這個樣子，什麼都還沒出現成果，就開始作夢了。規劃了一堆美好的願景之後，要是又破滅的話，那打擊只怕會很大……我還是收斂一點好了。

說起來，珞侍到底什麼時候要回來呢？

他總不會消沉到想像暉侍那樣，一消失就是兩三年吧？要是符咒真練成了，我也想給他看看啊，總是對我的嘴巴問題幸災樂禍的，要是我能夠用這種方式使用符咒，他就沒話好說了吧？

他雖然是個臉皮薄的傢伙，但也會真心為我感到高興的，我是這麼想啦……

快點回來吧，珞侍。

## 章之五 三人行，必有……？

『三人行……必有礙眼、擋路的石頭。』——硃砂

『……你要不要直接說情敵還比較乾脆一點？如果依照先來後到，誰才是第三者啊？』——范統

『我、我跟你們都不是那種關係吧！』——月退

今天的課因為分別屬於術法軒跟武術軒，所以對范統來說，等於只要去上個武術理論課而已，十分悠閒。

但是，多出來的時間，他其實也不能拿來做多少別的事情。光是月退替他去符咒軒領來的一千張練習用符紙，就夠他寫上半天了，符沒寫完是不能用的，為了下課後練習符咒的約定，他自然也只能利用時間努力寫。

理論課聽偏心老師唸課本，一直都沒什麼營養，而且他自從被綾侍指正之後，雖然沒有再上天羅炎希克艾斯那些武器護甲的部分，但依然在器化的單元跳針，導致上這堂課無聊的程度一點也沒有削減，所以，范統乾脆連上課時間也拿來寫符咒了。

用毛筆運腕、控制筆畫、一氣呵成……這樣的動作並不輕鬆，雖然對范統來說不是什麼苦差事，可是要讓符咒有效的機率達到百分之百，不要寫錯任何一張以免浪費，所需要的精力與

手的應用還是很大的，一千張符咒大功告成時，他覺得自己簡直快要虛脫了。

噢嗚嗚嗚……還沒有開始練習，就把精力全耗在寫符咒上了……

這種行為感覺有點本末倒置，而他現在所能做的，也只有將這一千張完工的符咒帶好，然後設法在月退跟硃砂下課之前偷空休息一下。

我覺得我的右手需要休息。左手應該也可以扔符咒吧？頂多是姿勢不好看。可是，右手已經因為寫符咒而報廢了，要是左手又因為扔符咒而報廢，接下來兩天我該怎麼辦？為了這種從沒聽過的運動傷害而求月退暫時當我的雙手嗎？

反正右手都已經快報廢了，就讓它報廢個徹底，繼續使用它算了？是這樣嗎？這樣我至少還可以保有左手？

范統還在掙扎猶豫著，下課的鐘聲就響起了。

噢，不！已經要出發了嗎？我還想休息啊！至少吃飽再上吧？這不人道啊！

在腦裡亂喊一些抗議是沒有意義的，范統自己也知道，況且他們也只有公家糧食可以吃，按照昨天的經驗，不吃會因為肚子餓而分散注意力，但吃了搞不好會因為內心受到難吃食物的傷害而難以提振精神。

為什麼我們三個都這麼窮啊……不，硃砂好像有點錢，但他是不會借我的，月退的錢則是都先借我還債了……

范統依照約定來到了學苑門口，很快的，月退跟硃砂便先後出現，人既然到齊了，那就可以出發了。

「我們要怎麼過去？」

「找個沒有人的地方，我做個傳送陣，就可以直接到達那裡了。」

因為硃砂昨天沒跟來，不太清楚流程，月退就稍微跟他解說了一下，包含去到那裡之後等他先清理一下現場的事情。

待會又可以看到月退輕鬆料理魔獸的神技了。說起來這些無辜的獸類也真倒楣，也沒犯到我們什麼就得被清理掉，這好像都是我要來虛空一區練符咒害的唷？

嗯……比起被月退殺掉，被音侍大人抓回去應該更慘吧？對，我要這樣想，看看那隻小花貓就知道了。反正野外就是個弱肉強食的世界嘛！既然魔獸比月退弱，就認命吧！

「好了，站過來，我們出發吧。」

月退用來畫術法陣的材料是他的手指，而構成術法陣的線條，基本上也不是實體，那應該是以純粹想像模擬出來的東西，在地面上還會浮動。

傳送陣使用的人數上升，施法者的消耗也會提高，但多帶一個硃砂對月退來說似乎不造成任何影響。

基本上，范統也早已放棄用常理來評斷月退的任何事情了，那只是給自己找麻煩而已，經歷過這麼多事情後，他很了解這一點。

而他們被月退帶著傳送到虛空一區後，附近的獸類自然又被月退順手解決，在旁觀看的硃砂等到月退收劍回來後，給予了肯定。

「月退，你用劍很精準俐落，動作很漂亮，不像音侍大人那麼耍帥。」

硃砂大概是覺得武術是注重實用性的東西，不是要來好看的，才會做出這樣的評論。

「耍帥？」

月退一臉不太明白的表情。

哎，音侍大人認真出手的時候總是聲光效果十足啊，你難道不覺得這是刻意耍帥嗎？居然聽不懂，你也太呆了吧。

「他揮劍還是刀的時候不是都有華麗的效果光？看起來就是為了耍帥多餘做出來的。」

聽了硃砂的說明後，月退先是愣了愣，然後苦笑了一下。

「他那倒不是刻意耍帥，你誤會了。」

耶？又是內行人看門道，外行人看熱鬧就對了？

「范統，可以開始練習了。」

既然清場完畢，那麼他的符咒練習也該開始了，五百組符咒不曉得要丟多久，有效率一點還是必要的，他可不想在這裡見到日出。

「馭水咒！」

於是，范統便開始了跟昨天一樣，一面與自己的嘴巴進行無謂的對抗、一面調節符力的工事。隔了一天，感覺又得重新抓回來，在丟了差不多十組符咒後才進入狀況，不過，這些微小的變化，也只有他自己感覺得到。

硃砂一開始還乖乖地跟月退一起站在旁邊安靜看他練習，然而，差不多在范統丟到第十五組符的時候，他就動起月退的腦筋了。

「月退，我們站在旁邊也沒事做，不如利用一下時間，你也指點一下我的武術？」

他的提議范統倒也可以諒解，站在旁邊看他重複同樣的動作，又看不出什麼究竟，那的確是很無聊的事情。昨天月退可以這麼有耐心地站在旁邊，他也覺得很敬佩。

但是由硃砂提出來……就是會給他一種別有企圖的感覺，特別是對象是月退的時候。

「也可以，反正這附近沒有人……」

你這句話的意思到底是不怕被人看見你的實力，還是不怕動手出格傷到別人？

然而，月退這句「附近沒有人」，馬上就被打破了。

「啊！綾侍！前面的人好眼熟喔！」

……如果有什麼人的聲音是范統在平常時候不太希望聽到的，音侍的聲音在裡面絕對數一數二。

啊啊啊！該死！都忘了音侍大人喜歡虛空一區抓魔獸啊！果然抱著「虛空一區那麼大，應該不會那麼倒楣遇上」的想法是行不通的嗎？

「你們在這裡做什麼……」

綾侍朝他們看了過來，美麗的臉上難掩錯愕。

讓少根筋的音侍大人撞見也就算了，精明的綾侍大人也在，這下子該怎麼打混過去啊？三個人面面相覷，都不知道該怎麼回答這個問題。

「音侍！你怎麼突然跑那麼快……咦？」

隨後跟著出現的人是璧柔，她也因為看見范統等三人而愣住了。

媽呀！原來是三人行！好死不死碰到這種情況也太慘了吧！你們去搞你們的，我們在這裡搞我們的，拜託別管我們在做什麼了啦！

「我們是陪范統來練習符咒的……」

月退畢竟還是個不會說謊的孩子，事實上他們一時也找不出什麼別的說詞來，只好老實交代了。

「練符咒來虛空一區？」

綾侍皺起了眉頭。這果然是每個人都會有的質疑。

「啊，這裡怎麼死了好幾頭魔獸？」

注意起周遭環境的音侍叫了一聲，這也導致綾侍投過來的眼光更加異樣，璧柔則越來越搞不清楚狀況。

「你們……到底懂不懂得什麼是低調啊？為什麼這麼努力表現出你們的可疑，讓人想裝作沒看到都不行？」

綾侍頭痛著說出來的這番話讓范統有點無言，然後不由得看向月退。

我們沒有很可疑啊，綾侍大人。您說的應該只有月退吧？不過，原來您一直想裝作沒看見，盡量忽視我們……忽視月退的不正常？這是您看在認識的交情上睜一隻眼閉一隻眼，還是單純覺得多一事不如少一事，要管也麻煩？

「范統要練符咒的話，不如我們也留下來看能不能幫什麼忙吧？」

璧柔雖然本來也是個熱心的人，但此時的熱心不知道為什麼給人一種過分積極的感覺。

「啊！不要啦！每次約妳去抓小花貓妳都說有事，好不容易一起來一次，我們要去抓小花貓啦。」

璧柔的話才說完，音侍就立即開口抗議了，聽到這樣的話，范統大概也了解情況了。

音侍大人，您的沒有情調真是到了讓人絕望的地步。跟女人約會帶自己的兄弟就算了，居然每次都約人家抓魔獸，您曉不曉得什麼叫做浪漫的氣氛？就這樣看來，多半這輩子都不會懂吧。

而且，剛剛您明明還喊出魔獸的，為什麼一下子又變成小花貓了？難道死的是魔獸，活的就是小花貓？這到底是什麼道理？

「對了對了，你們要不要一起來抓小花貓？小花貓雖然爪子有點利，叫聲有點凶，但還是挺可愛的，多抓幾隻你們也可以帶回去養嘛。」

誰要帶回去養啊——！只有在您眼裡是可愛的吧！

而且你們那種三人行，誰會想去攪和！話說回來我們這邊也是三人行啊，不要加在一起讓情況更複雜好不好？哪來的餿主意！

「你們覺得怎麼樣？」

「非常之好。」

范統將話脫口而出之後，立即臉色難看，硃砂也瞪了他一眼，月退則連忙澄清這個誤會。

「我們並不想去抓小花貓，我們留在這裡練符咒就好了。」

月退，你怎麼也小花貓了？怎麼在你眼中魔獸也是小花貓嗎？

「啊，可是拖把的主人剛剛不是說好了嗎？」

很好，依然完全沒有記住我的名字的跡象。

「你們到底在練什麼符咒？」

綾侍無視了音侍的話，向他們問起了別的東西，同時也瞥見了范統手上捏著的兩張符。

「同時發動兩張不同的符咒？想加強戰力的話，兩張都用一樣的，效果不會比較差，使用也比較容易吧。」

喔喔，行家在這裡，是不是可以給我一點指教啊？但是我現在要克服的難題是嘴巴的問題，所以才會做這麼刁鑽的練習啦……咦？我好像從來沒跟兩位大人解釋過我的詛咒嘛？

「呃，這是因為……」

月退看了范統一眼，判斷可以說之後，才和他們說明起范統的嘴巴總是講出反話這件事。

「這樣的邪咒真是從來沒聽說過，你該不會得罪過落月的人吧？」

綾侍很自然就將這個詛咒歸類為西方城的邪咒了，范統連忙搖頭。

不是啦！這是我與生俱來的……我的意思是，我在來這個世界之前就已經有這個毛病了，我得罪的那個阿姨是我們那個世界的人，不是落月的啦！

「啊，你真可憐，嘴巴講不出自己想說的話，聽起來有點困擾耶。」

音侍單純地發表了這樣的感想，范統則是在聽了以後更為鬱悶了。

我不需要您的同情。您這種有著正常的嘴巴，卻因為腦袋的問題，所以講不出什麼正確的話的人，居然同情我的處境，我只有一種被羞辱的感覺啊——

「與其讓反話限制住使用符咒的能力，往武術發展不是比較好嗎？」

綾侍以平淡的語氣說了這句話，范統則是一聽到武術，臉就苦了下來。

什麼嘛，那種需要身手的東西，我這個一千六百公尺都跑不完的人哪做得來，不然您把我被封印的記憶都還我啊？按照噗哈哈哈的說法，裡面好像有劍術的記憶？雖然我完全沒有印象就是了。

「綾侍大哥，他既然想練符咒，你就告訴他有沒有什麼方法可以同時發動兩張符咒嘛。」

璧柔一副找到機會就努力想留下來的樣子，綾侍自然也不會看不出來，只是音侍顯然很不滿意這種狀況。

「啊，你們真的要留在這裡研究符咒？很無聊耶！」

綾侍掃了他一眼，然後淡淡地看向范統他們。

「實戰有益激發潛能，尤其是生死關頭的時候。你們跟我們一起去抓魔獸吧。」

啊？啊——？為什麼是肯定句！為什麼是肯定句啊！您居然選擇站在音侍大人那邊，這樣是對的嗎！

「可是……」

月退為難地看看范統，硃砂則因為跟月退單獨相處的時間被打擾而不太高興，總之，他們三個對抓魔獸根本一點興趣也沒有。

「啊，不要客氣嘛！大家一起行動也比較有趣啊！」

眼見一起去抓小花貓有望，音侍又有了精神，鼓吹著他們答應。

「范統，你想去嗎？」

雖然看臉色就知道了，月退還是問了問，范統這次也學聰明了，以搖頭來代替嘴巴回答。

看見他們的反應，綾侍什麼也沒說，只默默地掏出了他藍黑色的侍符玉珮，向上一拋。

『綾侍符禁令，範圍虛空一區，離開我視線範圍的新生居民即為觸犯禁令，本禁令在抓到魔獸後自動解除。』

玉珮放大出來的徽記淺淺印在天空中，代表著侍符玉珮的禁令生效，接著，綾侍便以一樣泰然自若的神情，彷彿這一切理所當然般又說了一次命令句。

「跟我們走吧。」

事已至此，范統也無話可說了。

有必要做到這種地步嗎！有必要嗎——！連璧柔也在強迫名單之內了，她身上也有東方城新生居民的印記對吧？為什麼要這樣罔顧人家的意願啊！

月退看起來有點無奈，似乎不想對當權者做出什麼反抗，硃砂的反應大概也差不多，也就是說，他們的抓小花貓之行是成行定了。

依照綾侍大人剛才的說法，該不會要我上場打魔獸吧……？

不要啊啊啊啊——！

❀

『噗哈哈哈，救命啊——』

『呼嚕……呼嚕……嗯？什麼救命？』

為什麼每次找你幾乎都在睡覺？你能不能振作一點？

『他們要我去打魔獸啊！我會死啊！』

『什麼魔獸，剛才我也有聽到，不是小花貓嗎？小花貓有什麼危險？』

你不是在睡覺為什麼會聽到！而且誰的話不好聽，偏偏去聽音侍大人講的！

『你要是聽信那傢伙說的話，你就會被封為史上最笨的拂塵啦！』

反正史上大概也沒有幾根會說話的拂塵，我這樣說應該也沒什麼問題。

『什麼嘛，小花貓不是你那個金色頭髮的朋友說的嗎！』

……對喔，月退也跟著講了一次小花貓，可是那只是順著接口的吧？

『反正一定是你誇大事實，連抓個小花貓也要向我求救，呸。』

你不要對我這麼不屑好不好？你好像對我的人格有很大的誤解啊！

『才不是！比起那些來路不明的人，你應該選擇相信你主人的話吧？』

『如果你有黑色流蘇我就信。』

你以為流蘇的顏色就代表一切嗎——音侍大人的流蘇黑成那個樣子，講出來的話卻根本沒有幾句能聽的好不好！

『我是真的會死啊！你都不在乎嗎？』

『只要不是我害死的就好，這是名譽問題。』

……

范統終於放棄跟噗哈哈溝通，停止了心靈交談。

我覺得每次的野外活動都不會有什麼好事情。殺雞拔毛剝皮還不夠嗎？打野味還不夠嗎？突然間升級成抓魔獸，一點也不考慮我們這種普通平民的心情……

而且，抓魔獸跟殺魔獸不一樣對吧？就好像打勝仗跟俘虜落月少帝也不一樣對吧？魔獸要怎麼抓！恩格萊爾要怎麼活捉！說清楚啊！

「音，你要抓哪一隻？」

不遠處可以看到幾隻棲息在岩石之間、不同獸類的身影，於是，綾侍這麼詢問音侍。

「咦？我們如果過去，牠們會一起攻擊吧？這樣還能挑嗎？」

璧柔提出來的疑問也是范統心中有的疑問，而綾侍回答得非常乾脆。

「選一隻，其他殺了以免礙事。」

……明明頂著一張這麼美麗的臉，性格不要這麼冷血凶殘好嗎？

「啊，可是這幾隻我都不喜歡耶。就不能有一隻特別一點的小花貓嗎？」

音侍對這幾隻魔獸的外表似乎不太滿意，不知道是不是魔獸看多了，對品種也挑剔了起來。

所謂的特別一點是什麼意思？牙齒長一點？毛色斑斕？您是想帶出去炫耀所以才希望找一隻長得比較有特色的嗎？但是，沒有人會因為您帶著一隻長相奇怪的魔獸就覺得「好羨慕」，大家應該都只覺得可怕而想逃走吧？

「這邊的不喜歡，就再找吧，反正時間還夠。」

因為沒有得到音侍的喜愛，這群魔獸就這麼虎口餘生逃過了一劫，牠們多半不曉得自己剛剛差點經歷一次死亡危機。

范統則深深希望他們可以就這樣找下去，直到該回城為止。

「啊！綾侍！前面那隻！那隻好可愛！」

不料，走沒多遠，音侍便興奮地指著前方，像是找到了極為滿意的目標。

您是說遠方那個小點？您的眼力到底多好啊？

因為眼見就得展開與魔獸的搏鬥，范統隱隱覺得胃痛了起來，相較之下，月退跟硃砂都好像是來看熱鬧的，只有璧柔也露出跟他差不多的表情。

不過值得慶幸的是，被音侍看上的那隻傢伙只有一隻孤零零地伏在地面上睡覺，旁邊沒有其他的同伴，不然可能就得成為祭品給牠陪葬了。

走近一點看之後，范統的心情變得有點微妙，他本來等著看到一隻猙獰的野獸再來好好損音侍的美感神經的，但是看清楚以後，似乎沒有那麼糟糕。

那是一隻有點龐大的有翼獸類，黑得發亮的毛皮看起來挺柔軟的，整體來說像是一隻正常範圍內的大鳥，沒多長角也沒多長頭，這樣安靜睡覺、胸口還會起伏的樣子，看起來跟可愛的確還可以畫上等號。

「你看上牠哪點？」

綾侍的神情好像有點複雜，顯然這一隻跟音侍過去挑的類型不太相同。

「牠有翅膀！牠搞不好可以飛啊！騎著這隻在空中飛多爽！而且看起來還可以載很多人！」

音侍看上這隻魔獸的點果然跟那無害的長相沒什麼關係。

「你剛才不是說牠可愛？」

綾侍挑了挑眉做出質疑，音侍則不太明白他為什麼針對這一點特別詢問。

「雖然長相不太特殊，但是睡覺的時候會把兩邊翅膀攤開來睡，看起來就很可愛嘛。就好像你惱羞成怒的時候也很可愛，小柔眼睛發亮的時候也很可愛，家裡那些小花貓齜牙咧嘴的時候也很可愛啊。」

音侍大人，麻煩您把那些多餘的舉例拿掉吧，您這樣會讓綾侍大人跟璧柔的內心受到傷害的，居然拿來跟魔獸相提並論。

「我不該多問你任何問題。」

綾侍的臉一下子就冷了下來，璧柔則是面露哀怨。

「音侍好過分喔，我跟那些魔獸居然是一樣的嗎？」

「啊，當然不一樣啊。」

您接下來該不會要說小花貓比較可愛吧？那璧柔真的可以回落月去了。

「不管你接下來想說什麼，都給我閉嘴，要抓這一隻就快點進行。」

綾侍搶先一步冷著臉堵住了音侍未完的話語，多半是預料到他說不出什麼好東西。

「啊，好吧。綾侍，牠有翅膀，要防止牠逃走。」

「知道了。睡眠中沒有警覺心，應該很好抓。」

您們兩位大人不要就這樣探討起綁架一隻熟睡中的無辜生物的事情啊！看牠睡得這麼安詳的樣子，您們忍心下手嗎！這是不道德的！

雖然范統在內心為了那隻無辜大鳥魔獸的命運感到哀嘆，但他還是一聲不吭。只要他們沒有叫他幫忙一起抓，就是最大的仁慈了，還是在一旁裝死比較好。

「我先用符咒編織的網子罩住牠，如果牠突破了，你就砍牠一邊的翅膀。」

「了解！」

不要在抓魔獸這件事上展現出你們絕佳的默契好嗎？牠如果突破了，就當是沒這個緣分，放牠一條生路好不好？何苦折斷人家的羽翼強求？

如果待會真的要看到血濺當場的畫面，范統還真覺得有點不忍心。不過觀察現場的人的表情後，他覺得會不忍心、看不下去的人可能只有自己一個，也許勉強再加上璧柔。

月退，你跟硃砂這種未成年的青少年，應該要更像小孩子一點吧？為什麼你們面對這種事情的時候都可以無動於衷啊——

這個時候綾侍動手了，他揚手拋出的符網依舊是以憑空畫出的符咒製成的，覆蓋到那隻大鳥身上後，立即就把牠驚醒了。

原本睡覺睡得好好的，忽然間發現自己身上被蓋了一層感覺不舒服的東西，應該是很驚恐的體驗，大鳥當即驚慌地鳴叫了一聲，然後爬起來想掙脫，只是，牠往東跑，綾侍輕輕隔空扯動手指，便將他拉往西邊，牠往西跑，自然也是同樣的結果，牠想拍翅飛起來，綾侍操控著網子的手一壓，就把牠拍回地面，讓牠費了半天的力氣都像是在原地打轉，最後只能伏到地面上，一面不甘地叫著，一面將身體縮小到跟大隻的狗差不多的大小。

呼，這隻大鳥看起來挺笨的，好像很好抓的樣子嘛，那應該就不必看兩位大人動武傷害牠了吧？

「啊，老頭，牠怎麼縮水了！你對牠做了什麼！這麼小就不能騎了啊！」

音侍好像對大鳥現在的大小很有意見，其實以鳥來說，跟大型犬一樣大的大小也不算小隻了，只是他想要的是原本那種龐大的體型就是了。

「畢竟是魔獸，大概有縮放自己身體的能力吧？」

因為大鳥看起來已經沒什麼威脅性了，綾侍便走近了牠身邊。大概是知道眼前的人就是限制住自己行動的人，大鳥一看到綾侍接近，就朝他發出凶惡的叫聲。

「想比凶狠？都被人抓住了還不知道該識相一點嗎？」

綾侍說著，隔著符網抓住牠的鳥喙用力抓握著，這樣大鳥當然就發不出聲音了，只能急得胡亂拍翅膀。

要是發得出聲音來，可能也是哀鳴吧。

「綾侍大哥，不要欺負牠啦，牠看起來好可憐喔。」

璧柔因為同情心而上前制止，綾侍這才鬆了手。看這隻大鳥可憐兮兮、鬥志全失的樣子，璧柔不由得輕輕摸了摸牠的頭安慰牠。

「乖喔，我們不會傷害你的，不要怕。」

妳是不會傷害牠啦……但是綾侍大人跟音侍大人可就不一定了，妳以為受驚的動物這麼好哄的嗎？

范統在心裡剛碎碎唸完，大鳥便突然眼睛溼潤了起來，靠著璧柔磨蹭了幾下，一副撒嬌的樣子，顯然是把她當成好人了，讓范統整個傻眼。

不會吧！你這隻鳥到底怎麼活到現在的！你到底多好騙啊！

「哇哇，小柔，妳有馴獸師的天賦嗎？從來沒有哪一隻小花貓對我表現出依戀耶！」

音侍也對眼前的情景嘖嘖稱奇，綾侍則對著他搖了搖頭。

「要野獸跟你友好，你這輩子大概是不可能的。」

這世界上有很多正常人辦得到的事情，音侍大人都一輩子也不可能辦得到。這是不是也是種才能呢？

「啊，總之，既然抓到了，那就給牠取個名字吧。」

音侍這個提議還算正常，只是沒有人覺得他能取出什麼能聽的名字。

「叫有翅膀的小黑貓怎麼樣？」

……牠不是貓！就跟您說不是貓了！不要以為您有看出牠是黑毛而不是花毛我們就會稱讚您！

「這根本不算個名字啊。」

硃砂忍不住說了一句，月退也臉色難看地跟著點頭。

就是啊，好好一隻溫馴可愛的大鳥，音侍大人您就別再糟蹋牠了吧。

「叫小翼怎麼樣？」

璧柔提了一個還算可以接受的名字，音侍則皺起了眉頭。

「總覺得不太好記啊，我會忘記啦。」

您的腦袋到底裝得下什麼？到底裝得下什麼？

「反正，這隻小黑貓是我的，名字應該我取啦。」

無論怎樣都好，麻煩給牠取個能讓牠抬頭挺胸頂天立地活在這個世界上的名字吧，也別叫什麼噗哈哈哈之類的，那實在太失敗太可悲了。

「嗯——不然，黑色跟燒焦一樣嘛，那就叫焦巴好了。」

焦……您後面那個巴是基於什麼樣的理由加上去的？像是鍋巴之類的意思？我真是猜不透您啊！

「好吧，至少比剛才那個可愛多了。」

璧柔一下子就接受了這個名字，也使范統有點驚訝。

只要比剛才那個不像名字的名字可愛就好嗎？妳的標準就這麼低？

「音侍，我可以常常去看牠嗎？」

「啊，當然可以啊，妳也可以順便看看其他小花貓，牠們都很可愛。」

等一下，您該不會要把這頭大鳥抓回去跟那些凶惡的魔獸雞兔同籠嗎？不，這根本是狼羊同籠啊！等璧柔去看牠的時候，搞不好連骨頭都不剩了……

「有一隻的收穫就夠了吧？可以回去了。」

綾侍說著，便過來拖動大鳥的身體，看樣子是要打道回府了。

您是不是忘了我們是來練符咒的啊，綾侍大人？要走請便，先把禁令解除好讓我們留下來繼續練啊，我們沒有陪您回去的必要吧？

「啾啾！嘎！」

發現自己要被扯往綾侍那邊，大鳥整個陷入了非常驚恐的狀況，一副死也不願意過去的樣子，用求救的眼神看著璧柔，還發出了奇怪的叫聲，要是有手，牠搞不好會抱住璧柔的腿不放。

「老頭，你真是沒有魅力耶，看人家那麼不願意離開小柔身邊，靠近你就想死的樣子。」

有音侍在旁邊搧風點火，大鳥的命運似乎更加岌岌可危。

「對不起，我住的地方很小，不能養你……」

看大鳥那副可憐的模樣，璧柔也有點愧疚，不過這的確是個很現實的問題。

我說妳要不要乾脆跟牠商量一下，看牠能不能變成麻雀的大小啊，這樣就可以養了吧？

神奇的是，范統才在心裡剛唸完，那隻大鳥就再度縮小了身體，縮到比巴掌還小的地步，然後從符網的空隙掙扎著跳了出來，拍拍翅膀飛到璧柔肩膀上，反正就是死也不想接近綾侍。

「焦巴居然可以變這麼小啊？那好像真的可以養了耶。」

看到大鳥變成這麼討喜的小鳥，璧柔露出了驚喜的表情。

喔……是啦，空間的問題是解決了，但妳要不要研究一下，牠到底是原型的食量還是……

「這隻小黑貓真好玩，簡直伸縮自如嘛。」

牠都已經變成一隻小鳥了，您為何還不認清牠不是貓的事實？

在您的腦中該不會只有貓一種生物吧，您知道什麼是鳥嗎？您知道嗎？這世界上還有叫做狗或者老鼠之類的生物唷？您要不要考慮報名生物課？如果東方城有生物老師開課的話。

「音侍，焦巴讓我帶回去養好不好？」

跟音侍討個禮物並不難，尤其是這個禮物跟綾侍相處不好的情況下。

「啊，小柔這麼喜歡的話，送給妳當然沒問題啊。」

音侍很大方地同意了，綾侍也冷冷地附加了一句。

「養在妳那裡可能會活得比較好。」

喔喔！焦巴易主確定！對這隻鳥來說，這到底是吉是凶呢？

「小柔，妳把牠調教好以後，有空帶牠出來載我們玩。」

音侍還是不放棄騎大鳥飛上天的夢想，璧柔也只能勉強笑著答應了。

「綾侍大人，您們要回去的話，能否解除禁令，我們想留下來練符咒……」

月退總算開口提出了要求，畢竟對他來說，陪著范統把符咒練好，是一件很重要的事情。

「不是說抓到魔獸後自動解除嗎？已經解除了。」

綾侍挑了挑眉，這樣回答，看樣子的確沒有逼他們一起回去的意思。

抓到魔獸以後自動解除沒錯……但這隻真的是魔獸嗎？怎麼看都只是一隻午睡遭殃的無辜

生物啊？

「我明白了，那我們就先告別了。」

因為音侍跟綾侍都沒什麼意見，璧柔又是跟他們走的，所以范統、月退跟硃砂總算可以恢復自由之身，繼續進行符咒的練習了。

「花了不少時間，這樣要把五百份符咒丟完，回去大概是深夜了吧，范統，加油。」

當月退語重心長這麼對他說的時候，范統呆傻了一陣子。

不會吧？都被拖了這麼長的時間了，還要我練完？不能分一些明天練嗎？

「也不一定要收完吧？」

「當然要丟完！學習這種事情下了決心就不該偷懶，否則只會一直拖延下去沒有進展，這樣怎麼行！」

你太嚴格了——絕對是你太嚴格了啦——

「硃砂你如果累了，就先回去休息吧。」

月退轉頭向硃砂這麼說。畢竟硃砂只是來當陪客的，沒有留在這裡的必要性。

「沒關係，深夜更好啊……」

硃砂的話讓月退抖了一下，但他還是沒有收回要范統將五百份符咒練完的決定。

「我們會等你的，范統，快點開始吧。」

怎麼這樣……

沉月之鑰
©水泉
NOT FOR SALE

沉月之鑰
©水泉
NOT FOR SALE

范統雖然沒有在月亮下跟兩名室友進行浪漫約會的興趣，但好像也不得不做了。

而且，分明就一點也不浪漫。會覺得約會選在虛空一區很正點的，應該只有音侍這個怪胎吧。

## 范統的事後補述

吃得苦中苦，也不會變成人上人。要成為人上人，不只要吃得苦中苦，還要有人中龍鳳的資質，我根本不是那塊料啦！

熬夜練習的結果，就是隔天癱軟在床上，直接蹺了一天的課，人要是作息不正常又太勉強自己，身體是撐不住的，幸好月退沒強迫我去上課，不然我可能只有死給他看了。

下午醒來，本來想出去透透氣，卻看到璧柔在給她的新寵物選飼料跟裝飾品，捧著公家糧食吃的當下，我真有種人不如鳥的感覺。

不過，飼料還可以理解，裝飾品是？小姐妳該不會想幫牠綁蝴蝶結吧？還是妳想給牠做衣服？只要一變大不就什麼都毀了嗎？

因為遇都遇上了，我也只能過去打個招呼，本來想摸摸焦巴的頭示好，沒想到牠居然啄我，可惡！這隻欺善怕惡的鳥，要是給我取名字，不如改叫阿啄算了，以為自己是啄木鳥嗎？

只是這樣說來，好像我就變成木頭了，這種連帶罵到自己的感覺很差，看來在罵人這方面，我還得多多進修。

晚上米重來通知我抽籤時間的時候，臉上依然掛著滿臉的笑意，我就覺得事情很奇怪，照理說他自己也是該抽籤的一員，能笑得這麼開懷肯定有鬼。

結果，他居然早就去拐了個新人跟自己決鬥，然後故意輸掉，把自己的淺綠色流蘇降回白色流蘇了。

奸詐！卑鄙啊！無恥小人！這樣欺騙一個新人苟且偷生，不必抽籤就直接保送後方補給，你良心何安！不可原諒——

在感受到我的怨氣後，米重居然還以十分欠扁的語氣，說出了像是「這個世界如果少了我，就等於少了一個優秀的說書人和情報流通的管道啦」之類的話語，讓我對他的憎惡程度直線上升。

不要把自己說得好像很重要似的！你明明只是個隨時可以被取代的小人物！就算你忽然間消失，也不會有人等你兩三年的！

然後因為突然想到，我也補問了米重一個我一直想問但是每次都忘記問的問題。

當初初入東方城時，他給我介紹落月的階級，分明是說金線銀線銅線都繡在腰帶上，但我從以前看到現在，少帝跟那些魔法劍衛都很囂張地掛在衣服上，普通士兵也不見得繡在腰帶上，這到底是……？

結果他居然說那是很久以前的情報，太久沒更新，反正這種小事情不重要，落月的人要怎麼弄他也管不著。

這是什麼拿過時的資料愚弄人的態度啊！

唉，繼續憎惡米重，也無法改變我得去抽籤的事實。

我要改運！改運啦——！

章之六

# 禍亂端源

『只要有能跟我一戰的對手，仗是為了什麼開打的，我不在乎。』——伊耶

「陛下說要打仗，那就打仗。」——雅梅碟

「……這樣沒有退路的狀況已經形成，就繼續下去吧。」——奧吉薩

「你們什麼是非不分亂七八糟的國家啊！不要因為這些沒道理的理由就把人家拖下水戰鬥啦！」——范統

以皇帝為首，帶隊前往沉月祭壇與東方城進行王血注入儀式談判的事情，已經是好一陣子之前的事了。

在一切都還未發生的時候，西方城的居民也滿心以為這個儀式不會出問題。這是延續幻世裡所有新生居民性命的必備儀式，成功是必要的，他們一直都覺得這是兩邊領導人都有的共識。

然而一個月前，他們前去談判的隊伍狼狽歸來，隨隊的魔法劍衛負傷、少帝則在發表了公開聲明後便閉居宮內不再有任何消息——戰爭的預感，才在人群之間擴散開來，讓他們意識到，生存的權利必須自己爭取，什麼都不做就能繼續過現在的生活，已經是不可能的事情。

恩格萊爾發布的公開聲明裡，聲稱東方城蓄意破壞合作，以女王為首，對他們進行包夾攻

擊，這份聲明在損傷慘重的隊伍與紅心劍衛的傷勢襯托下，顯然十分有可信度，如此的發展，西方城進入備戰階段已是必然，而五年前的戰爭帶來的陰影，至今其實仍未消退。

那個時候，在東方城的進擊下，他們幾乎毫無還手之力，全仰賴恩格萊爾出手才逃過覆滅的命運，雖說東方城的人力也在那一戰耗損了不少，但過了這幾年又到達了什麼程度，他們是無從猜測的。

為了尋求生路而煩惱的西方城居民，並不曉得他們的皇帝才是破壞儀式的凶手，也不知道在聖西羅宮宮門緊閉的這段期間，裡面已經上演過一次肅清策反的戲碼。

在原先架空少帝權力的長老們失勢被囚的現在，主掌這個國家命運的權柄，終於交到了少帝的手中。

這究竟是將他們領進光明還是黑暗，現在的西方城居民是不會曉得的。

❀

紅心劍衛位在西方城內的宅邸，自一個月前便常常有關心慰問的人出入，除了那些較有身分的拜訪者，也有不少平民送了包含著心意的禮物過來，由此可見雅梅碟在西方城中，確實具有不錯的人望。

距離他負傷歸來，畢竟也有一個月的時間了，探望潮過去後，宅子便又恢復了往常的平靜，頂多一些熱心的婆婆媽媽還會燉煮一些補品來給他補身子，根據她們的說法，雅梅碟一直都是她們心目中那個忠厚老實的孩子，並沒有因為他當上了魔法劍衛就產生距離感，無論如何都希望他身子快點好起來，也希望能早日再看到他走在市街上的身影。

對於這些女性長輩的喜愛，雅梅碟也接受得很愉快——至少伊耶看來是這樣。瞧他那副怡然自得吃著民眾送來的營養食品的模樣，的確看不出有任何勉強。要是他自己，就絕對不想吃一些來路不明的東西，當然，要是受傷的是他，也絕對不會有熱情民眾天天送吃的來就是了。

「我沒看過有人養傷養得這麼開心的。」

伊耶盯著靠在床頭進食的雅梅碟，對他有點無話可說。

「我傷快好了嘛，其實偶爾受傷一次也不錯，不然我都不知道大家這麼關心我。」

雅梅碟暫停了進食的動作，回了他一句。

「這是我無法理解的邏輯！」

「伊耶你不喜歡被關心的感覺嗎？那感覺很溫暖的，好像突然多了很多媽媽、阿姨、祖母一樣。」

「聽起來會讓人抓狂。為什麼你吸引的都是些年紀大的女性？」

一堆女性長輩齊聚一堂，想像起來就是會被囉唆唸到死的感覺，伊耶整個頭痛了起來。

「年紀大的女性比較有母性吧？伊耶你只要不那麼凶狠的話，一定也會很受她們歡迎的，無論是矮小的個頭還是可愛的長相都很適中……」

「你想再多躺幾個月是吧？」

身高跟長相是伊耶極為介意的事情，就算雅梅碟跟他交情再深，地雷一踩再踩還是會爆炸的。

「不要。為陛下負傷，是光榮的勳章，被你打傷可就完全不一樣了。」

雅梅碟十分認真地回答了他的問題，讓伊耶覺得他就算傷養好了，腦袋也一樣是壞的。

「你為了那個傢伙受傷，他有來探望你嗎？」

「伊耶！怎麼可以對陛下那麼沒有禮貌！就算是私人場合，稱謂也不可以因而隨便……」

「夠了！總之陛下沒來探望你對吧！」

伊耶說的話命中事實，但是雅梅碟依然沒有露出遭到打擊的樣子。

「陛下身體不適，奧吉薩代替他來探望過了，這沒什麼啊。」

「受傷的人是你，他在身體不適個什麼勁？你到底要到什麼地步才能認清現實，收起你無謂的愚忠？」

「好像是因為使用了天羅炎，所以會不舒服的樣子，明明是你都不關心陛下。」

跟雅梅碟談起恩格萊爾，一向是有理說不清，伊耶放棄了。

「收得到你這種笨蛋當部下，真是他命好。」

「你怎麼總是說一些不好聽的話呢，只不過是剛好沒讓你遇上夜止女王，有必要這樣說話帶刺嗎？」

說起這件事，伊耶心裡也覺得很悶。帶隊去突襲東方城營地，根本一點也不刺激，打得也不過癮，還錯過了和矽櫻交手的機會，簡直得不償失，令人懊惱無比。

當時的狀況他也早就問過雅梅碟了，在只有兩名魔法劍衛在場的情況下，他們無法構築出五名劍衛合作才能架起的完美護壁，相較於有備而來的矽櫻，他們處於相對劣勢，所幸距離受沉月祭壇陣法影響的邊界已經不遠，才順利逃出追擊歸來。

雅梅碟受的傷是矽櫻使用的術法造成的，這算是不幸中的大幸，要是被月牙刃希克艾斯所傷，只怕他現在也不能開心地坐在這裡吃東西了。

至於恩格萊爾為什麼要他們保護，自己都不出手，自然又被雅梅碟解釋為使用了天羅炎後身體不適，不能再勉強動武。

如果天羅炎是這麼消耗精力的武器，聽起來實在不太妙。

「不只不來探望，他連用自己的血為你療傷也不肯，不是嗎？」

伊耶斜眼看了過去，雖然知道他說不通，仍忍不住又刺了他一句。

「這點小傷都挺不過來，怎麼有資格待在陛下身邊當魔法劍衛呢！陛下不為我治傷也是正常的。」

無論怎麼質疑，雅梅碟都可以有一番說詞來反駁，這也讓人不得不佩服。

「這陣子有沒有什麼事情啊？我一直待在家裡養傷，總覺得人都快生鏽了。」

「有什麼消息我也不會知道的，你應該問奧吉薩。」

伊耶沒好氣地回答。聖西羅宮的宮門簡直是一道杜絕外界的銅牆鐵壁，什麼消息也不會傳出來，伊耶又沒有興趣提出進宮要求，所以，調養身體中的恩格萊爾都做了些什麼，他半點也不曉得。

「奧吉薩也只有來過一次，我上哪去問人……」

雅梅碟有點苦惱地抓了抓頭，顯然想不出什麼好辦法。

「那就當作沒有消息。傷患想那麼多做什麼，你的陛下一定比你好得多，根本不需要你的擔心。」

「沒有親眼看到怎麼能放心，不如你進宮看看，再來告訴我……」

「我很忙！沒有做這種無聊跑腿的興致！」

雅梅碟的要求理所當然地給伊耶拒絕了，如果他想得知宮內的情況，恐怕也只能盡快把傷養好，然後自己進宮去碰釘子了。

對外宣稱的身體不適，在最初那幾天是事實，現在則已經是個藉口。

現在的他是這座皇宮的主人，已經沒有人會限制他、命令他，或者要求他做什麼事情。

恩格萊爾站在窗邊，露出了意味不明的笑容。儘管現在他已經擁有了比從前多很多的事物，他卻仍沒有滿足的感覺，也對走出這個房間幾乎沒有興趣。

他本以為將那幾名落敗的長老下獄後，他會很有興致地前去欣賞他們的慘狀，但等到事情真的完成了，他反而連想到他們都生厭，更別提特地去嘲笑失敗者這種行動了。

權力是如此輕易就可以拿回來的東西。

明明可以做的。為何要甘心一直忍受？

撫觸著透明窗面的手指，可以感覺到陽光照在上面，滲透進來的溫度。

一切都令人厭倦。

他不知道自己到底想要什麼，目標並不明確，只是他還是想去做，為了填補一些怎麼填補也不會恢復原狀的空洞。

這樣是不會滿足的。直到他遭致惡果，也成為失敗的一方之前，都沒有心滿意足的可能。

但他還是一面覺得目標模糊，卻又對自己想做的事情無比清楚。

今天他沒有蒙上布條，大概是因為沒有那樣的心情。

收回原本就沒有在看什麼的視線，他轉身後朝著閉鎖的門走去，推開門扉後，轉往迴廊盡頭的一處偏室。

這算是心血來潮嗎？

也許也不是。

黑暗之中沒有光明。

他不知道自己身在何處，但也大概能猜想得出來。

現在的狀況應該算是軟禁，這裡並非傳統意義上的監牢，只是沒有燈光也沒有多餘的東西，他被限制住不能動彈的虛弱身體唯有貼著冰冷的地面發抖，一天送來一次的食物與水，會帶來一點微弱而可貴的光線，但也只有那麼一瞬，甚至連點溫度都不能捕捉。

黑暗中渾然未知的等待，磨蝕著他的心志。他不知道未來等著他的是什麼，卻也無法抱持任何希望。

所謂的希望，在這之前就已經破滅過一次了。

到底該想著什麼來維持求生意志呢？這段時間下來，他真的已經不曉得。

門被推開的聲音吸引了他的注意力，但他沒有回頭。門縫間透進來的光一下子就會消失了，他已經很習慣這件事情。

但是今天的門開了以後卻沒有立即關上，也沒有食盤放置到地上的聲音，他只聽到輕輕走近的腳步聲，然後在勉強扭動脖子看過去時，藉著微光，看見了那個人的臉。

那天他茫然走出去，不知不覺靠近了西方城的營地時，這個人瞧著他，也是露出和現在一樣，帶著玩味與輕蔑的笑容。

「珞侍。」

恩格萊爾喊了他的名字。聲音和遙遠記憶裡暉侍的呼喚，幾乎沒有任何不同。

如果硬要找出不同的話，就是聲音中那絲毫不帶情感的感覺吧？

在黑暗中獨自度過了那麼久，再一次看見這張臉的時候，他還是會感到錯亂。

只是這個人不是暉侍。他不是。

「在這裡過得還愉快嗎？」

此刻他帶著笑容做出的慰問彷彿不具任何惡意，只是珞侍聽不懂西方城的話語，自然也無法明瞭他在說什麼。

「氣色蒼白了點，不過應該還撐得下去吧？你可要好好活著，要是隨隨便便就死掉，可是會造成我的困擾的。」

「那麼，就這樣了。」

恩格萊爾顯然也不在意他聽不聽得懂，自顧自地說著，就好像話不是說給他聽的一樣。

自行來到這裡說來想說的話之後，他便欲轉身離去。

「你是……誰？」

用乾渴的喉嚨擠出一句話來，對現在的珞侍來說是很不容易的事情，只是若這樣看他離開，也許接下來就再也沒有機會見到他了——珞侍有這樣的感覺。

這個突來的問句讓恩格萊爾離去的腳步緩了一下，雖然珞侍聽不懂西方城的話，但他卻是學過東方城語言的。

「比起我是誰，你更應該關注的是你的處境吧？」

恩格萊爾輕聲地反問用的是珞侍懂得的東方城話語，而從珞侍的眼神看來，他仍執著於前一個問題，並不認同他的意見。

「你想問的，到底是『我是誰』，還是『暉侍是誰』？」

他那樣的笑容裡，唯有眼睛是不帶笑意的。

「暉侍自從被送去夜止，就永遠失去自己的名字了，至於我……」

一陣停頓之後，他壓低了聲音。

「我的名字，現在也已經用不著了。」

他在說這句話時，不曉得是什麼樣的心情。由於背光的關係，珞侍也看不清楚他的表情。

唯一能確定的是，他沒有帶著那種彷彿一切怎麼樣都無所謂的微笑。

儘管這只是個直覺性的認定而已……

## 范統的事後補述

戰爭逼近的感覺實在讓人緊張，我現在就好想找個地洞朝裡面吶喊「我好緊張好緊張啊」，但是由於嘴巴的詛咒，我喊出去的十之八九是反話，還會從洞裡反彈回「我不緊張不緊張啊」給我聽，這些我都心知肚明，所以如此無聊的事情還是不要做比較好。

決定命運的抽籤日來臨時，我真的緊張到睡不好覺吃不好飯了。

這個其實也只是說說而已，吃不好飯是因為飯一直都很難吃，睡不好覺是因為璧柔那隻焦巴不知怎麼飛過來我們寢室窗外，一直叩叩叩啄窗戶啄了一整晚，不只是我，月退跟硃砂也都沒睡好，視睡眠品質如命的硃砂更是差點徒手把那隻不知天高地厚的鳥捏爆，幸好月退即時阻止，才搶下一條不太寶貴的性命。

璧柔因為走後門的關係不必抽籤，月退跟米重都是白色流蘇，也不必抽籤，認識的人裡面要抽籤的就只有我跟硃砂了，坦白說，要跟硃砂結伴同行去抽籤，感覺實在不太舒服，各走各的又太刻意，困擾了我一陣子，幸好月退也關心抽籤的結果，陪我們一起去，這才少掉一些尷尬。

當我把手伸入籤筒時，冷汗真的都冒出來了。

聽說中獎上前線的機率是三分之二，這個機率高得有點嚇人，至少我個人是被嚇到了。我一面在心裡祈求范家的列祖列宗保佑，一面許願沒抽中的話未來就要行善積德，結果……真的沒有中獎！抽出來的是白籤！

我這輩子的運氣搞不好真的在這一次用盡了，但是運氣這種東西，活著的時候不用，等到死了還沒用，那就浪費掉了，有花堪折直須折，莫待無花空折枝啊！我也不是想展現我的語文程度，這只是純粹感嘆起來很順口而已。

而硃砂就沒有我的好運氣了，他抽起來的籤有紅點，這就是中獎的意思。反正他身手不錯，看起來也不太在乎的樣子，我們也就不怎麼擔心他了。

綠色流蘇所謂的不上前線，還是一樣要上戰場，只是在比較後面的地方進行勞務，所以一樣不會跟在城內進行補給的月退碰面。

現在就只希望落月少帝不要殺到戰場後方來了……

我想應該不會那麼倒楣吧，哈哈哈哈！我的衰運應該不至於強大到帶衰整個東方城的人啦！哈哈哈哈哈哈……

✣ 章之七 以彼之血

『這個世界上，有些問題的答案，只能自己去尋找……』——月退

「馭水咒！」

將這把符紙的最後一組丟出去後，范統覺得全身也差不多快脫力了。

自從說要練符咒之後，月退幾乎每天都會押著他做好這項功課，雖然沒有殘忍到天天增加分量，但一天五百份的量也夠瞧的了，每天寫符咒寫到手軟，再丟符咒丟到手軟，持續下來當然還是會吃不消，所以就變成七天休息一天的模式，一直持續到現在。

即使是在抽籤結束，確定不用上前線後，這項練習依然沒有停止。按照范統懶惰的習性，他當然覺得沒有立即的危險就不必繼續辛苦下去，但月退不同意。

持之以恆的訓練是很重要的，不能因為沒抽到前線就怠惰下來——月退是這麼教訓他的。

這畢竟也是為了他好，他實在難以拒絕，所以在抽籤之後，他還是照樣跟月退一起到虛空一區練習，硃砂只要有空，也會跟過來糾纏月退。

范統也不知道該說月退時間很多還是很有耐心，可以天天陪他在這裡虛耗，就算不是在一旁安靜地看，也是在指導硃砂武術，好像都沒有自己的事情需要做一樣。

難道到了某種境界之後，就不需要再練習了嗎？

他也曾心存疑惑跟月退說過，不必一直陪他沒關係，佔用他那麼多時間，他也覺得很不好意思。

但月退聽完也只是笑一笑，告訴他不用介意，他不會感到無聊，也沒有別的事情待辦，能多點時間陪在他們身邊，他覺得很高興。

的確，他從來沒有流露出一絲不耐煩，這應該不是謊言。只是他那淡淡的溫暖情緒之下，似乎有種隱隱的焦躁不安在流動，隨著戰爭的接近，越來越明顯。

認識到現在，范統已經曉得，月退不是什麼事情都會跟他們說的人，他願意告訴他們的事情，遠小於不願意告訴他們的部分。

到底該不該問呢……

這小小的煩惱盤據在范統的腦中，導致他練習也不太專心，明明已經進步了不少，今天卻還是常常犯下一開始的失誤。

練習用的符紙雖然都沒什麼效用，但也品質不一，爆開的時候造成的麻痺或疼痛程度不太相同，今天大概是失誤太多次了，范統的手被炸得破了皮，滲了些血出來。

傷在手上，無論要做什麼事情都很不方便，於是，范統哀怨地看向月退。

「月退，幫我治療腳吧。」

月退聽到他這個要求的時候顯然愣了一下，范統還以為他沒從反話中反應過來。

「我不是說手啦。」

雖然這句話又反了一次，但都說到這種地步了，也該聽得出來是什麼了——可是，月退剛才愣住的原因，似乎不是因為誤解成了腳。

「我知道你說的是手，不過……擦傷就放著讓它自己好吧？」

范統聽了，頓時更加哀怨了。

「你不是不會治療嗎？幫我治療一下有什麼關係？」

「也不是這麼說的，明天就要上戰場了，萬一有什麼……我的意思是，小傷不忍一忍，如果受了更重的傷會很痛苦……」

他講一講，大概自己也覺得有點不知所謂，所以又換了個說法。

「總是借助外力來療傷畢竟還是不好的，讓身體自然復原比較健康啦。」

固然這個說法聽起來比前面的好一些，但范統還是有點納悶。

「也沒有總不是啊，久久才一次……而且，原生居民的身體本來就是自然物吧，還一直換來換去的，真的有什麼健康不健康的問題嗎？」

我是說久久才一次也沒什麼關係吧，新生居民的身體本來就是沉月力量製造出來的非自然產物，還要依循自然原則的話，也太奇怪了點啊。

「總而言之，就是這樣了。讓傷口自己好吧。」

月退看起來有幾分無奈，既然他不願意治療，范統也就不再跟他爭論下去了。

嗚，反正這種小傷要你治療，你看不上眼就是了——殺雞焉用牛刀，這樣的意思嗎？

范統當然也不是真的記恨月退不肯幫忙，只是要求被拒絕有點鬱悶而已。

明天就要開戰了，開戰前七天學苑便停止授業了，所以這幾天他們都是中午來練習，傍晚的時候回去，時間比先前悠閒了許多。

今天硃砂沒跟到的原因是還在睡覺。他們到虛空一區來都是透過月退的傳送陣，沒有月退保護，硃砂也不能在醒了之後自己過來，所以，開戰前最後一天的練習，倒是難得平靜。

除了那次被逼迫一起去抓魔獸，他們之後都沒再遇上音侍了，不知是時間剛好錯開還是音侍都沒再來抓魔獸，這也算是一件好事。

虛空一區這麼大，要是每次都可以撞上，那也太有緣分了，范統一點也不希望跟音侍等人那麼有緣分，這世界上最可怕的就是對於自己帶給別人災難毫無自覺，而且還無法以言語溝通的傢伙，尤其是在遇到還逃不掉，不能有多遠閃多遠的時候。

「雖然明天是開戰日，不過也不一定會直接進入戰鬥，不要太緊張，而且在後陣補給結陣，一般來說也不會有事。」

可能是看出了他的緊繃，月退拍了拍范統的肩膀，要他放鬆一點。

明天開戰的程序，范統是曉得的，畢竟他之前也特地研究過一些資料。

現在的狀況是東方城向西方城宣戰，但西方城同時也向東方城宣戰，雙方宣戰的事由都是王血注入儀式，而為了表示理由正當，穩固己方光明磊落的立場，開戰的第一天是約戰的模式，在預定的戰爭地點各自備兵後，會有一些形式上勸降的喊話，雙方的王都會出面，隔著兩邊的兵馬遙望，然後視最後談判的結果來決定戰事是否進行。

就范統來看，這個程序很無聊，為求勝利不擇手段就好了，一定要表現得自己很有風度的樣子，實在沒什麼必要。光明正大開打，犧牲的人一定比偷襲來得大，為了國家與統治者的面子，犧牲他們這些平民的命，感覺真是一個笑不出來的笑話。

所謂的勸降喊話，可想而知，絕對不會有效果。西方城都可以扭曲事實來宣戰了，要他們道歉認錯根本是不可能的事，而尊嚴被冒犯的矽櫻也不可能向對方妥協，因此，這個形式上的最後一次談判可說毫無意義，偏偏就是有很多人喜歡做沒有意義的事情。

月退說不見得會進入戰鬥，也只是安慰他的話，聽聽就算了，范統很清楚的。

按照兩邊的態勢，明天的氣氛絕對與「有所轉圜」無關，想必火爆得要命，真不知道到時候實際情況究竟會如何，現在也只能提心吊膽地等著。

「范統，雖然應該不會發生那種事……不過如果被突破到後陣，你還是快點逃走吧，被噬魂武器殺死，就什麼都沒有了。」

喂喂，剛剛不是還在安慰我不見得會開戰的嗎！為什麼一下子就跳成敵人勢如破竹突破我軍後陣的慘敗狀況了啊！

「戰場上當逃兵，回來會被獎賞吧？搞不好還會被處死呢！」

這樣聽起來好像處死是一種獎賞似的，什麼反話嘛。

「反正……總比你死在現場好，你逃回來，總會有辦法的。」

被朋友鼓勵當逃兵的感覺很奇妙，這是一種說不上來的奇妙感。

而月退的態度實在也挺奇怪的。那麼擔心的話，為什麼不乾脆申請上戰場補給算了？

「聽說開戰前一天，晚上的公家糧食內容比較豐富喔，我們領回去跟硃砂一起吃吧。」

古代要處死刑的犯人，前一餐也會特別豐盛。這種意外相似的處境，真是難以讓我單純為了食物而感到喜悅啊……

因為明天要上戰場，今天自然該早點休息養精蓄銳，硃砂在睡覺方面沒什麼障礙，很早就睡得不省人事了，范統則是老樣子，翻來覆去睡不著。當他想下床喝口水時，卻發現本來應該睡在中鋪的月退也不在床上，而是坐在房間裡唯一一張桌子前面，看起來若有所思。

「月退？」

雖然硃砂應該不會醒來，但吵到他的後果不堪設想，所以范統放低了聲音。

因為聽見他的聲音，月退回過了頭。沒有什麼光源的情況下，他們也看不清楚彼此臉上的表情。

「你怎麼不睡？很早了。」

很早……如果過半夜從零時開始算，那現在的確是很早啦。

「我在想一些事情，不太想睡。」

月退回答他的聲音帶了點苦笑。范統想了想，索性在下來喝過水後，走到他身邊。

「反正我也睡得很好，不如一起出去散步好了。」

「咦？但是……」

月退似乎還有點猶豫，范統乾脆直接伸手拉他，半強迫地抓著他一起出門。

「走啦，坐在房間外面也想不出什麼東西來的，散步一下散個心，說不定會糟一點。」

他只是覺得放他一個人安靜地坐在那裡，大概又會變成之前看過那種空洞的樣子，那樣的感覺很糟糕。

月退自己一個人想事情的時候總是會想不開，然後又不肯跟別人訴說煩惱。雖說也不是拖去散個步，他就會乖乖把煩惱講出來，但范統認為出去透氣總比悶在房裡好。

深夜的東方城市街是寧靜的，他們選擇的散步地點並不是夜間營業的商店街。這種時間上街散步的機會並不多，范統還記得剛到東方城的時候，曾經因為肚子餓睡不著，跑出來逛街，那個時候是在城門口遇到珞侍，還被他好心帶去吃飯，飯錢後來也沒有還。

其實還是不到一年以前的事情，現在想起來卻覺得猶如過了很久般，懷念的情緒也湧升了上來。

「我……很喜歡東方城。很珍惜在這裡過的日子。」

走了大概一條街的長度後，先開口的人是月退。

前一陣子范統也聽他說過類似的話，那個時候他說，在這裡很開心，他很喜歡現在的生活。

那時候聽起來和現在聽起來，感覺又不同了。

「嗯，我知道你很討厭。」

……詛咒別在這種時候破壞氣氛了好不好？算我求你。

「如果可以這樣一直待下去，維持現在的生活，該有多好呢？」

月退在說這句話的時候，漂亮的藍眼中透出一股迷茫。

猶如他覺得現在的一切都是個虛幻的夢，而他深陷其中。

「嗯……打敗仗的話，王血注入儀式如果也不能恢復，我們就可以繼續這樣的生活啦。」

范統的詛咒持續跟他唱反調，雖然他很懊惱，但也沒有辦法。

「不，不是這樣的。」

月退很快地搖頭，眼睛看向了地面。

「我只是……」

他說了這三個字開頭，卻沒有再說下去。

「有什麼困擾就吞下去嘛，不管是什麼樣的事情都沒有關係的。」

我是叫你說出來。說出來——拜託。

「范統……你覺得，我們成為新生居民的意義是什麼呢？」

月退再度抬起頭來時，問的是這樣的問題。

怎麼突然問一個這麼抽象的問題啊？沒有選項嗎？

「沒有特別想過這個問題呢。但是我想，人生能有一個記取之前的教訓重新開始的機會，還是一件很棒的事情吧。」

發表意見的時候難得說對了話，是很令人感動的事情，可惜月退沒有心情和他分享這份感動。

「也許我比誰都想重新開始。」

月退那樣的冷靜，彷彿是極度壓抑下的成果。

「但是……那卻是對我來說不可能的事。我沒有辦法重新開始，無法切割過去讓自己獲得新生……我想要的，到底是不是自私呢？可是不管我如何選擇，都沒有辦法停留在現在，不管我決定怎麼做，現在的生活還是會被破壞，離我遠去……」

他的壓抑到最後還是失敗了，說到最後，如同就要哭出來一般，聲音也顫抖了起來。

「逃避像是一種緩刑……能夠停留在現在的時間也越來越少，越來越少……」

是范統要他說的，可是他說的這些，范統卻不太能體會。

「改變後的生活，也未必會不好啊？」

他這句沒被顛倒的話，讓月退再度看向了他。

「也許是從來沒有往好的方向改變過，所以我無法去相信。」

方才的語氣裡透露出的脆弱，還殘存了一些在他的神情中，然後，漸漸轉為苦澀。

「如果能不要再這樣不知所措下去就好了，只可惜兩全其美的方法，我找不到。」

「找得到的話，就選擇能讓自己比較幸福快樂的那一條就好了嘛，這是最重要的事情啊。」

這段話雖然開頭第一句被顛倒了，但後面沒被顛倒的才是重點，也就還算過得去了。

范統覺得人還是應該先顧自己的，畢竟自顧不暇的話，也很難有餘力去管別人。

不過真要說的話，應該說沒什麼人需要他犧牲自己去幫忙。他的能力有限，以前頂多是一些客人慌張地來請求大師指點，那都是上門來的生意，倒也沒什麼好困擾的。

很多事情沒有體會過不會明白，他也無從在腦內模擬想像。

「可能我連哪一條路能讓我比較開心，都看不出來吧。」

他連這麼消極的話都說了，范統也不曉得接下來還能接什麼了。

「你的心情好像沒有變好，我真成功。」

我是說我真失敗。唉，我可能不太適合心理輔導吧，畢竟也沒修過相關的課程。但我是真心覺得，人活著健健康康也沒負債，應該就沒有什麼解決不了的問題啊……感情糾紛除外。

月退的煩惱應該也不是感情糾紛吧。如果真的是感情糾紛，麻煩去找硃砂跟璧柔說清楚就好，這個我幫不上忙啦。

「沒關係的。如果說一說就能解決，那我也不會煩惱這麼久了。」

結果你還是只能自己一個人煩惱嗎？這樣多苦悶啊。

走了這麼一段路，范統覺得疲倦的感覺漸漸又上身了，畢竟現在是平時睡得很熟的時間，緊張感消磨掉一些後，便又昏昏欲睡了。

「想不出來的話，我們還是回去起床吧，什麼都不要想就沒事了。」

范統打個個呵欠後，又補充了一句。

「什麼都不要想，一直站著張開眼睛，久了就會睡著的。」

我相信你應該知道我說的是躺著閉上眼睛……站著張開眼睛要是久了就會睡著，那可能是會自動進入待機模式的機器人吧。

「嗯，我們回去吧。」

月退本來就是被他硬拉出來夜間散步的，現在要回去，他自然也沒什麼意見。

明天早上開始，進入戰爭時期後，見面的機會可能就會少很多了，畢竟分在不同的單位，當然是分開行動的。

月退現在這樣子很讓人擔心。現在人還在身邊、還看得到，就已經令人很難以放心了，等到看不見的時候，真不曉得會擔心成什麼樣子。

不過，范統潛意識裡總是認為月退很強。雖然有的時候會看起來無助而脆弱，但他應該能有足夠的堅強來面對，不管是什麼樣的狀況，應該都能撐過去直到解決。

能力很強的人總是能夠自己解決問題——大概就是這樣的感覺。

直到走回宿舍之前，他們都沒有再進行別的交談。

應該出發的時間到了之後，范統跟兩個室友分別做了告別，便前往後陣補給單位的集合地點了。

整隊之類的事情，之前都徵召過來訓練過了，反正只要安分聽從指示，該做什麼就做什麼，便不會出多大的問題。

他們這些列陣的基層人員，必須先抵達現場等待，備陣的地點是旋流四區，東方城與西方城領土的交界處，第一天參戰的人員大概有多少，范統不是很清楚，反正看出去黑壓壓的一片都是人，很壯觀就對了。

由於後陣這邊的地勢比較高，范統又排在比較前面，往西邊看去的視野還挺清楚的。西方城那邊的士兵隊伍數量一樣不容小覷，高台上的西方城高層看來都已經抵達了，那麼就是在等待東方城的高層現身了。

兩邊的軍隊之間有一段安全距離，如果雙方交涉破裂，宣布開戰，前陣的人員便會突進朝對方的軍隊進行攻擊，現在的安寧和平只是暫時的假象，雙方都沒有妥協的可能，范統十分清楚。

東方城這邊的高台，也距離范統有點遠，不過這樣的距離看得還算清楚，違侍早早就在上面等著了，音侍跟綾侍大概會跟矽櫻一起出現，照時間來看，應該也快了。

開戰前的談判方面，似乎各自準備了顯影與聲音擴大的技術，不過影像術法是談判的高層監控場面用的，他們這些一般士兵，只聽得到兩邊的交談就是了。

范統一邊覺得緊張，一邊也覺得有點無聊。待在後陣，還是有種旁觀者的感覺，要是待在前陣，那感覺只怕會完全不一樣，大概會希望矽櫻越晚出現越好，至少還可以多活個安全的幾分鐘。

過了莫約十分鐘，矽櫻便在音侍與綾侍的陪同護送下出現了。今天她依然以一襲盛裝出現，應該沒有下場戰鬥的打算。

會需要女王親自拿起劍戰鬥的情況本來就很少，統治者還是有身分上的考量，若非迫不得已，戰事都該由臣民來進行。

人都到場了，形式上的談判招降也該開始了，西方城那邊似乎沒有搶著說話的意願，於是討伐的發言，便由東方城先開始。

一開始的發言由違侍代表主導，由指責西方城蓄意破壞儀式，到捏造事實宣戰，唸的應該是事先準備好的講稿，范統對這種官樣文章一向不耐煩，只差沒打呵欠，而等違侍唸完，便輪到西方城回應了。

東方城出面說話的是違侍，西方城負責回應的自然不會是少帝，從聲音聽來，做為代表答覆的人應該是較為老練沉著的黑桃劍衛奧吉薩，他只淡淡否認了所有的指控，重申了一次己方宣戰理由的正當性，待得他的回應結束，談判的結果也差不多可以確定了。

「那麼，西方城執意宣戰？」

最後的確認是由矽櫻親口詢問的，對面也應該由恩格萊爾答覆。

不過，恩格萊爾沒有立即給予一個肯定的答案，而是語氣從容地轉移了話題。

「我想口頭上的宣戰，效果也許不夠強烈，所以，我做了一個小小的準備。」

在他的指示下，西方城軍隊的前陣突然淨空了一塊區域，緊接著魔法陣運轉浮現，一個瘦小的人影便以受縛的姿態孤單地出現在魔法陣的正中心，被魔法定在空中。

這是東方城的人沒有預料到的狀況，當看清楚那名少年的面貌時，所有人都震驚了。

「珞侍大人！」

「真的是珞侍大人，怎麼會……」

待在後陣的范統雖然沒有輔助的術法能把那麼遠的人影看得清清楚楚，但前陣傳回來的騷動與一下子呈現可怕寂靜的指揮台，也足夠讓他了解事態了。

珞侍？珞侍消失了這麼久，居然是被落月的人抓走了？

而恩格萊爾顯然也不想給他們反應過來的機會，在他的手輕輕做出指示後，魔法陣附近的士兵便齊一朝著那半空中沒有抵抗的少年射出了光箭。

朝前方空中交錯而出的光束本應是賞心悅目的景色，但當那些致命的光無情地貫穿珞侍的身體，帶出一片鮮紅的血液時，隨著少年失去魔法支撐的身體的墜落，染上了血味的空氣，也從驚愕的冰寒轉為憤怒的熾熱。

場上依然還能聽到恩格萊爾輕笑的聲音。

「開戰與否，這就是我的答案。」

洛侍沒有能力知道會發生在自己身上的事情。

虛弱的身體讓他連感知四周的情況都難以做到，神經被撕裂身體的痛感席捲時，一下子大量流失的血讓他的視野更加模糊，摔落地面時的疼痛相較之下也不明顯了，他想著，死亡似乎離自己很近。

「洛侍！」

朦朧間聽見的應該是音侍的聲音，卻分不出距離。

他閉上了眼睛，思考中斷，然後，就什麼也感覺不到了。

當洛侍被西方城現場射殺時，原本站在矽櫻身側的音侍瞬間便朝西方城軍隊前陣掠身衝了過去，隨著他著地時快到讓人看不清楚的動作飛射出的是數道毫不留情的銀色劍氣，一下子便斬倒了放射光箭的那批士兵。

他周身散發出的凌厲殺氣可怖得使西方城的士兵們不由自主地畏懼，但他穿入敵陣的目的不是為了屠殺，而是為了地上珞侍的身體。

在抱起珞侍的身體時，他就已經知道他死了。

不是重傷垂危，而是已經確實死亡。

這個事實多少讓他感到無法接受，儘管如此，他還是以最快的速度，抱著珞侍重回東方城的指揮台。

「櫻！」

一登到台上，音侍便急切地喊了矽櫻的名字。

「救他……請妳救救他，妳可以救小珞侍的，對不對？」

綾侍和違侍都以不同的神情看向了矽櫻，而矽櫻看了看珞侍，再將目光移動到音侍身上後，以一貫清冷的聲音開了口。

「我不能用我的血救他。」

因為這是音侍沒有預期會聽到的答案，他因而愣住了。

「為什麼……」

「落月少帝設下的陷阱，我不會輕易入套。」

矽櫻以冷漠的神情進行著說明。

「我們與落月的戰事正要進行，這種時候我不能倒下。我的虛弱會讓敵人有機可乘，如果因而出了什麼差錯，誰來負責？」

「但是只有妳能救他！只有妳能救他，妳為什麼不願意！」

音侍聽不進矽櫻的解釋，說話的語氣也轉為激憤的質問。

「就算他不是妳親生的，妳也養了他十四年！妳怎麼能忍心！」

「你這是在質問我嗎？以什麼身分？什麼資格？」

矽櫻的眼神也冷了下來，這個時候，違侍突然站出來插了一句話。

「陛下……請您再考慮一下，只是一天的虛弱期，我們可以頂著，對戰事應該不至於造成決定性的影響……」

違侍會為了珞侍說話，讓音侍有點錯愕，但他面上的關心與著急都十分真切，顯然是發自內心勸說的。

「我做出的決定，不會改變。」

即使違侍也提出了建言，矽櫻還是沒有鬆口，聽到這句斬釘截鐵的話語，音侍咬了咬牙，隨即轉身便要離開。

「音！你要去哪裡？」

一直沒發表意見的綾侍直到現在才說話，音侍則連頭都沒回，只留下一句壓抑著音調的話語。

「送珞侍回家。」

這樣的場合，其實他應該待在這裡不能離開，只是發生了這樣的事情，矽櫻、綾侍和違侍都沒有攔阻他，就這麼看著他消失。

「開戰嗎？櫻。」

綾侍平靜地做著確認。

矽櫻閉上眼睛，點了點頭。

音侍抱著珞侍的遺體回到東方城時，在城內進行補給工作的居民們都還不知道戰場上發生的事情。

當看見音侍異樣的狀況與血染了半身的珞侍，驚異地詢問後，才得知了這個令人難以相信的消息。

消息傳播的速度很快，而音侍也不管那些，他只是想把珞侍帶回神王殿，也許之後會有個葬禮，只是戰爭期間，矽櫻會怎麼處理，他也不清楚。

「小珞侍……」

他記在腦裡的人不多，相處在一起覺得愉快、產生過感情的人，便又更少了。

為什麼救不了他呢？

他想著想著，覺得走回神王殿的步伐異常沉重，幾乎要走不下去了。難以言喻的疲倦感蔓延開來，讓他蹲下了身子，抽回右手讓珞侍靠著地面，然後茫然得不知道接下來該怎麼做。

啊，不行啊。還沒有到達目的地。

他在心裡這麼告訴自己，可是卻覺得彷彿站不起來，伸手抹了抹臉，卻是一片他也不熟悉的溼潤。

他曾經在很多人面上看過淚。

但他自己從來沒哭過，也許是因為從來沒有過這樣的悲傷。

就這麼停在市街上並不妥當，他也知道。圍觀的人似乎在增加，但都不敢過來關心——也許是因為不知道該說什麼，而他看起來狀況又這麼不好。

「讓開！讓我過去……我說讓開！」

一片寂靜下，這個聲音格外突出，排開了眾人、臉色難看地衝到音侍面前的人是月退，眼睛捕捉他的身影後，音侍勉強有了點反應。

「小月……」

「什麼時候死的？剛才？今天？多久以前的事？」

也許是因為月退問話的語氣太過急迫，即使他使用的語句有點失禮，問題也有點奇怪，音侍還是愣愣地回答了他。

「剛才在戰場上，落月那邊突然……」

他話說到這裡，月退便突然劃破了自己的手指，流出來的血液尚未滴落，便化為了十分溫暖柔和的光芒，那樣的光芒在他雙手之間越益耀眼，宛如是燃燒著他自己的生命幻化而成一般，他就這麼以蹲跪的姿勢，將光芒覆蓋了珞侍的身軀。

這樣神聖的儀式，音侍見過好幾次。

他覺得自己沒有認錯，懷裡的珞侍確實也因為吸收了光芒而有了呼吸，這猶如神蹟展現的復生在這個世界上應該只有一種能力可以做到，可是擁有這項能力的那兩個人，此時應該都在旋流四區的戰場上。

這樣的情況，使他腦中一陣錯亂。

「小月，你……」

「音侍大人，戰場是在旋流四區沒錯吧？」

在他還沒問出任何問題之前，月退就先開口了。

「珞侍就拜託您了，謝謝您帶他回來。」

他說完這兩句話，隨即離開了現場，沒有給音侍發問的機會。

腦袋一團亂加上珞侍突然得到了復生之機，讓音侍再度呆愣得不曉得該怎麼處理現場的狀況與看見了一切的民眾。

最後他還是沒有選擇追上去，畢竟，安置好珞侍比較要緊。

音侍帶著珞侍的遺體回來的消息傳到璧柔那裡的時候，她也大為震驚，連忙從原本處理工作的地方跑出來想去找人，不過剛在街道上跑沒多久，就先撞見了月退。

「月退！你知不知道——」

「我知道。沒事了。」

月退過於平靜的回應讓璧柔一時之間說不下去。

「咦？沒事了？可是不是聽說珞侍……」

「已經沒事了。」

月退微微一笑，那樣溫柔的笑容中，似乎包含了某種決心。

「大家都會沒事的。其實早就應該這樣了。」

「什麼？」

璧柔聽不太懂他的話，不太明白地問了一句。

「璧柔，妳現在在東方城覺得快樂嗎？」

月退用一個突然冒出來的問題堵住了她的疑問。

「是還不錯啦，怎麼突然問這個問題？」

「那就好。這樣就已經足夠了。」

月退淡淡地說完，忽然身形一閃，就不見了人影。

「咦？話都還沒說完啊！怎麼人就跑了？」

因為剛才談話的氣氛太過詭異，璧柔還是決定先找到音侍再說，想來想去，她覺得用符咒通訊器會比較快。

『小柔？我現在……』

「音侍！剛才發生了什麼事嗎？月退的樣子好奇怪，你們是不是碰面過？」

在她一口氣問完問題後，音侍透過符咒通訊器將剛才發生的事情簡單告訴了她。

聽完音侍的描述後，璧柔無聲呆立了好一陣子。

「你……確定？他用自己的血復活了珞侍？你確定？」

『嗯，我是親眼看到的，我也搞不太懂……』

璧柔抓著符咒通訊器的手捏得緊緊的，臉上也因為這個突然的消息而失去了血色。

「你在哪裡？你知道他要去哪嗎？帶我去找他，拜託。」

『啊，妳要去找他？可是——』

「拜託你帶我去找他！這很重要……」

璧柔打斷了音侍的話語，聲音也無法克制地顫抖了起來。

「也許比什麼都要重要。所以，拜託你……」

（待續）

## 自述——恩格萊爾

冰涼刃鋒劃過的胸腹，感覺到的，是如同燒起來一樣的灼痛。

貫穿了胸膛的劍，是那樣無情而不帶溫暖的東西。

無彩的世界中，即使想要逃跑，也難以分辨哪邊是正確的方向。

而我唯一能用以逃亡的雙腳也被斬過，迫使我倒向了地面，然後從右手掌心的劇痛，明瞭了他用劍將我的手釘在地上的事實。

我什麼也看不見。

也許，那是我第一次如此痛惡，我什麼也看不見。

『暉侍死了。』

在那樣疼痛到幾乎讓神經為之麻痹的痛覺中，聽覺依然正常地運作。

『我不應該等這麼久的……如果早一點就做出決定，事情是不是就不會變成這樣？』

那個我很熟悉的聲音，在那個時刻，聽起來是那麼陌生。

我想，他只是在問自己罷了，他並不想要我的回答。事實上，我又能回答他什麼？

而我痛苦的呼吸為之一滯，因為他那雙掐住了我脖子的手。

『只要你不存在就好了。恩格萊爾……』

比起他殘酷的行為，他口中吐露的話語，也許是更加能傷害我的利刃。

為什麼呢？

我虛弱的左手阻止不了他的行動，只能承受他雙手漸漸收緊的力道。

『露出破綻是你的不對，讓我有這樣的機會是你的錯誤，你不應該這麼大意的……』

他一直在和我說話。明明不想要我的回答，卻一直對我說話。

『所以……你就不要再掙扎了，就這樣快點死去，好不好？』

他的聲音和他的手指，都難以克制地出現了顫抖。

為什麼呢？如果我可以開口，我還是想問。

是因為這是你第一次殺人，還是因為……你殺的是我？

儘管他顫抖再劇烈，他的聲音甚至因為情緒而出現了哽咽，但他還是沒有鬆手。

我已經知道死亡是我必定的結局。

我的世界原本就是一片黑暗，所以我所能感覺到的，也就是他的聲音逐漸離我遠去吧？

直到最後，我所認識的，也就是他的聲音而已。

他的人，他的心，他的長相，我通通都不知道。

直到最後……我心裡只剩下一個低低的，十分沉靜，又像是快要笑出來，或者哭出來的聲音。

暉侍。

是啊，暉侍。

原來我們在一起相處了這麼多年，對你來說，我仍然比不上你那兒時就分離的哥哥分毫。

擁有光明，對我來說，已經是很久很久以前的事了。

那個時候我還是個孩子，由於年紀太過幼小，過的是什麼樣的生活、有著什麼樣的父母，整個世界是什麼樣子……我都沒有印象了。

西方城的皇帝不是我的父親。我所處的家庭，只不過是皇室遠親血脈的一個末梢，距離中心體系，實際上十分遙遠。

原本那應該是跟我毫無關係的一個人，原本那應該是和我毫不相關的一個位子……但皇帝的一個命令改變了這一切，也改變了我的一輩子。

我其實並不很清楚他是個什麼樣的人。斷斷續續組織起來的，都是一些聽說來的、別人告訴我的事情。

他沒有實質的權力。西方城的權力掌控在長老團的手中，而他只是掛著皇帝的名讓人操控，甚至不具有能夠保護自己的實力。

然而也許有一件事情是他能夠決定的。能夠讓人起死回生，能夠治癒任何傷口的王血——

那是這個世界二分之一的命脈，唯有他自己願意，才能傳給另一個人繼承。

而他就快要死了。

他不希望新選出來的皇帝延續他的命運，也盼望下一任皇帝能夠帶領著西方城強大起來，於是他拒絕將王血傳給自己的兒子，逼迫長老團將皇室血脈中所有的孩子聚集起來，他要選出最有天資的那一個，要未來的皇帝比誰都強悍，比誰都有實力說話，能夠讓所有的人畏懼，能夠得到天羅炎的認可，使其認主。

我便是在這樣的命令下離開了我的家。在茫然未知中被選中，然後，他們奪取了我的視覺，讓我再也看不見，只為了鍛鍊使用天羅炎最重要的素質——術法的基礎，「純粹想像」。

當我永遠失去了「看」的能力，我所剩下的，就只有想像了。

過去曾經看過的世界，在黑暗的時間中，漸漸沒了影子。

我的手在撫過所有未曾接觸過的東西時，我會想像它的樣子，想像它應該是什麼色彩、什麼姿態，也許那能令我快樂，但有的時候我也會不知道為什麼就落了淚。

慢慢的，我也不哭了。我不再對用身體感受其他事物有興趣，儘管我仍對它們好奇。

因為我得到的永遠不會是全貌。那麼，我就只在我黑暗的世界中想像它們，反正都一樣是我不真實的幻想，又有什麼差別呢？

皇帝在將王血傳給我之後，沒有多久就死了。

長老們確實按照他的遺願，教導我所有我應該知道的事情。或者說是，身為西方城的皇帝，應該知道的事情。

他們讓我知道什麼是皇帝該做的事，卻沒有打算讓我做那些事。

他們讓我見一些人，卻也只是裝作他們沒有封閉我的世界。

他們讓我學習魔法、邪咒、劍術，讓我變強，卻不敢給我自由。

他們說我是皇帝。只是，一切依然由他們控制。一切還是沒有改變。

聽話、服從……否則，便是教訓與處罰。

我從恐懼到習慣……從平靜到麻木。

原本我會用血替窗邊受傷的鳥兒治傷，在被鎖在牆上吊了兩天後，我就不再做了。

我學會了不多問，沉默。這樣，就算他們不會解開隨時束縛在我身上的鎖鏈，至少他們也不會再做多餘的事情，讓我的生活更難過。

用來囚禁我的不是這整個皇宮，就只是這個皇宮的幾個小小房間而已。

我幾乎不跟他們爭什麼，他們讓我用血救誰，我就救誰，哪怕那個人曾經因為一點小事毒打過對我還算不錯的僕人。

我也知道反抗沒有用，所有不合理的待遇，所有的痛苦知覺，只要將心隔絕開來，不要去感覺就好了。學會將整個人的情感抽離，學會空洞下來，學會封閉。學會了這些沒有哪裡不好，這樣我就還能繼續這麼過下去，還能自然地露出笑容，即使孤單寂寞也沒有關係，誰能看得出來我在想什麼，又有誰在乎呢？

後來他們給我安排了一個侍讀。說是我畢竟眼睛看不見，也許會有這樣的需要，我也就沒有拒絕。

事情大概就是這麼開始的吧？

起初，我對他沒有什麼感覺。他問我要唸哪本書，我就隨意挑一本讓他唸，他來了好幾天，我卻連名字都沒有問過他，因為，似乎也沒有這個必要。

只是當我習慣生活裡有這樣一個人的時候，自然而然的，就會不由自主，想要去了解。

我知道了他的名字，他叫做那爾西。

他似乎也不怎麼想跟我說話，他的聲音總帶了點高傲和不悅，很少有溫和或和善的時候——這是有原因的，後來我才知道他是前任西方城皇帝的兒子，沒有獲得他傳位的親生兒子。

所以他會不喜歡我，也是正常的。

但我偶爾又有事情讓長老們不高興，被他們管束結束後，他會待在床邊照顧我，問我需要什麼，雖然態度還是差不多，卻有幾分關心在裡面。

那個時候我覺得他是對我好的。

那個時候能跟我隨便說話聊天的，也只有他一個人。

『你再多說一點別的事情呀。你的事情，或者是外面的事情都好。』

『可以啊，你教我一招，我就告訴你一件你沒聽過的事情。』

他說他也想修練，但沒有好的老師，要我教他，我也不以為意就答應了。

這只是小事情而已，如果能讓他開心，又有什麼不好呢？況且他也不是沒有天分，只是找不到老師。

只是小事情而已。很簡單、很簡單的小事情。

因為有了侍讀，長老們也會拿一些和這個國家有關的東西讓我知道，只是，看過之後，依然是他們決定，這讓我不能理解他們的用意。

如果依舊想束縛我，什麼也不告訴我，不是更好？

或者，他們想等到他們死了，就放我自由，而他們並不希望到了那一天，我什麼也不會嗎？

坦白說，他們拿來的東西，我聽那爾西唸過後，也不會產生什麼特別的感覺。

這裡面唯一重要的，大概只有很久才捎來一次的，「暉侍」的信。

我大概知道，暉侍是那爾西的哥哥，在他們還很小的時候，暉侍就被送到了夜止，在那裡當間諜，定時傳回一些訊息。

我從來沒有見過這個人。那爾西說他們兄弟長得很像，但我連那爾西長什麼樣子都看不見了，實在也無從想像暉侍的模樣。

暉侍在那裡，最主要的目的，似乎是弄到沉月的另一半法陣。我知道西方城是主張封印沉月的，具體的原因也聽過很多種說法，但暉侍能不能拿到法陣，我實在無法判斷，這應該是很危險的事，不過，長老們對待別人採取的手段跟無情的態度，我也早就見識過了。

從暉侍的信上看來，他在夜止的生活應該還不錯，他在另一封單獨給那爾西的信件中會提到自己的事情，這似乎是他去夜止當間諜的條件之一——讓他能單獨與自己的弟弟通信。

那爾西有的時候會將暉侍單獨寫給他的信唸給我聽。聽起來，他在夜止也有個他很疼愛的義弟。讀完信後，那爾西總是會陷入長長的沉默，然後告訴我，他希望暉侍能夠回來，不要待在那麼危險的地方，做那麼不安全的事情。

而我無法回答他什麼，這終究不是我有能力決定的事。

我連長老們對我施加的壓力和掌控都無法甩脫。如果傳位給我的皇帝知道，可能也會對我很失望吧。

金線三紋又如何？沒有人有能力正面擊敗我，又如何？

和我失去的一切比起來……確實是，又如何……

剛以血救過人的虛弱時間，是他選擇下手的時機。

直至今日，我也不清楚，那些肉體所感覺到的殘破片段，是模糊還是清晰。

是什麼樣的力量，將我帶了回來？

如果是憎恨賜與了我新生，那麼我究竟該怎麼做呢？

在夜止的水池重生的我，所有的一切都是那麼陌生。

我看見了我的手，我的身體。我如今的容貌，如今的夜空與月亮。

我失明的雙眼恢復了還正常時的樣子，而我的身上也沒有了重重邪咒設下的限制，和讓我即便入睡，也覺得沉重的鎖鏈。

陌生伴隨著徬徨，我很難決定接下來我該怎麼做。夜晚的風帶了點冰涼，隨便抓了水池邊的衣服披上後，我仍然無法心安。這裡是夜止，我沒有夜止的新生居民印記，而即使受到沉月的影響，成為新生居民的我可以聽懂夜止的語言，我也是不可能冒充原生居民的，在這樣混亂的狀況下，當發現前方有人時，我因為害怕被看見，便潛入了旁邊的屋內。

那間房子的主人是一個新生居民。我進到屋子裡，他也沒有任何反應，整個人好像沉浸在自己的世界裡，只依稀傳來一些像是人名的低語。

我忽然覺得他像是我。像是我的其中一種可能。他陷入了自己死亡的陰影中，感知不到外界，旁邊的桌子上放著一點沒吃完的食物，那或許是他生存的本能。

從他身上挪移新生居民的印記，安置到我身上，是一件輕而易舉的事。但是這個人又該怎麼處理？

我心裡知道，我應該殺了他，湮滅他存在的痕跡，為了讓他的身分成為我的……可是，我真的能這麼做嗎？

很簡單的一件事情，做起來卻很困難。

但我最後還是做了。

我用了我的力量，讓他從這個世界消失。他在死亡的時候是帶著笑的，就像是知道自己可以結束這無止盡的夢魘了一般。

對夜止的人來說，我原本就是一個殺人凶手，只是那個時候是為了我的國家，現在卻是為了我自己。

為了我自己。

我真的很少為了我自己做什麼的，如果可以，我也希望，我為自己做的不是這樣的事情。

如果說那爾西對我來說是個特別的存在，那麼范統也是。

他是我拿回視覺後，第一個看見、接觸、交談的人。陽光下他沒什麼心機笑著的樣子，看起來十分爽朗明亮，一點也感覺不出他常常在發生一些倒楣的事情。

那樣的單純樂觀，或許正是我所欠缺的。

於是我終於也能像正常的、這個年紀的少年一般，交朋友、上學，試著開懷大笑，進入這個我錯失了十多年的美麗世界。

在我眼中，這個世界是美麗的，比起過去那無聲的黑暗，即使這裡不見得每個人都歡迎我，我還是很喜歡這裡的生活。

我是不想回去的。

就像以前一樣，在大部分的時間內，將討厭的東西隔絕。我的心放在隔膜內，幾乎不看不聽，不去想也不去意識，只要沒有感覺，那裡就不關我的事，所謂的故鄉留給我的印象便只是個牢籠，那麼我又怎麼可能會懷念，或是想要回憶？

只是，那次意外死亡又從水池重生後，我身上浮現的那些傷口，終於讓我知道我是錯的。

那是我第一次看見，他施加到我身上的烙痕。

我以為我可以忘記，但我根本不能。

事實上怎麼可能遺忘呢？怎麼可能置之不理，又怎麼可能用擱置來解決？

它們一直在我身上，從裡到外地發疼，我強迫自己無感了多久，它們便在那裡淒厲地嘶叫了多久。

我終有一天還是要面對的。

不管是那爾西，還是我的過去。

戰場就在前方，而我前行的腳步，一時也不知該放慢還是加快。

也許在踏出這一步的時候，心是有著刺痛的。

那是與以往都不同的刺痛。

我不知道這一次是不是為了我自己，只是，我的心裡似乎還是有一個角落，為了我不能選擇保有我喜歡的生活，而哀悼著。

無論怎麼選擇，我也無法得到幸福。

只因為有些事情，永遠不可能有人能代替我去做。

就如同無論我再怎麼希望我只是「月退」，我依然是恩格萊爾。

於是我將再一次走到你的面前，那爾西。

這一次，我終於能看清楚你臉上的表情。

你會用什麼樣的神態，迎接這沒有預期的會面呢？

是的，我會走到你的面前的……

不是月退，而是恩格萊爾。

The End

# ✣人物介紹（硃砂版）

**范統：**

來到這個世界後的室友。感覺是個不太老實的傢伙。無論是他說話的態度、武器跟身邊認識的一些人，都讓我不太想跟他建立良好的關係。這傢伙的實力到底超越白色流蘇沒？總是賴著月退，都沒有羞恥心嗎？

**珞侍：**

據說是東方城女王的兒子，同時也是東方城五侍之一。看過他又聽說他是男孩子後，我差點以為他跟我來自同樣的世界，頓時對那柔美的臉蛋產生了一點敵意，畢竟他也常常約月退出去。不過，仔細想想，他是原生居民，所以應該真的只是個像美少女的少年吧，暫時歸類在無害名單。

**月退：**

來到這個世界後的室友，我想結為伴侶的人。總而言之真是左看右看都合宜，越看越滿意，長相無可挑剔，身手完美無缺，唯一的缺點可能是太過遲鈍，加上對范統太好。不受美色誘惑的男人到底是值得讚許還是令人頭痛，我可能還得再思考一下，另外就是，他不能變成女人，所以我的女性人格有了目標，我卻還得思考男性人格方面該怎麼辦，就乾脆無視性別問題了嗎？

**硃砂：**

我是東方城的新生居民。原本來自一個暗殺家族。大家都說我那個世界很奇怪，因為人人都有兩個性別，但我覺得只有一個性別的他們才奇怪，簡直都是半個人，他們不覺得這樣缺少了些什麼嗎？找來的伴侶也只有一個性別，不覺得這樣太空虛了嗎？伴侶可以同時是可靠的夥伴與甜蜜的情人，這才是正常的吧，這些人都不嫌分成兩個人很麻煩。

**璧柔：**

聽說是西方城來的女人。我對她沒有什麼好感。光看她喜歡上的對象就可以判斷出她膚淺沒有眼光，喜歡一個空有一張臉的白痴簡直是我無法想像的事情，但是她就做得出來。外表還過得去，但也沒有我女性體的美豔。最重要的是月退看起來很在意她，盯著她的眼神總是讓我覺得怪怪的，所以我把她列在嚴重警戒名單中，至於范統，我直接列為最大障礙。

**米重：**

看似跟范統認識，總是跟大家很熟的樣子，整個人很油滑。什麼樣的人交什麼樣的朋友，范統會有這種不務正業的朋友我也不意外，這就是物以類聚、狼狽為奸，因為這個人，我對范統的評價又更低了點。而月退為什麼會有范統這種朋友，我想應該是涉世未深、識人不清，所以才會被騙。

**綾侍：**

東方城五侍之一，美得不像個男人的男人。一開始來到這個世界，就是他來替我進行部分記憶封印的程序，我想我會沒發現這個世界的人只有一個性別，他佔了很大的原因。我本來以為他是那種男性面貌很陰柔、女性面貌很陽剛，不小心生反了的人，結果沒想到是誤會一場，跟珞侍大人一樣，都只是個男人。行事方面他算是挺令人欣賞的，果斷乾脆，該狠的時候就狠，只看這樣的內在，倒也是個好對象，問題是他身邊有音侍大人這個包袱，這點就直接扣了五十分，真是可惜了。

**音侍：**

東方城五侍之一。有一張十分俊美的臉跟不可理解的內在。雖然看似有符合流蘇顏色的實力，但我還是怎麼看他怎麼不順眼。我想比起外在，內在實在重要很多，偏偏有一堆人總是被外在所迷惑，他們都不覺得自己這樣很蠢嗎？不過有的時候我也會覺得，要是月退肯被外在迷惑就好了，那我簡直就是手到擒來……

**違侍：**

東方城五侍之一。根據目前聽到的說法，似乎是新生居民的大敵。因為他差點把月退處死，我對他當然沒什麼好感，以當前的印象來說，我覺得他是個有點神經質的男人，只是，處在那樣的高層群中，工作壓力一定很大，神經質也許也是難免的。

**暉侍：**

東方城五侍之一。從來沒見過，我也不知道他怎麼樣。聽說他跟月退長得很像，所以我想他的長相應該不錯。可以消失好幾年還被人記得，人品應該也不錯，消失前聽說是淺黑色流蘇，實力應該也是不錯的……可惜人不見了，不然追不到月退的話還可以考慮看看。

**矽櫻：**

東方城女王。有鑑於她的兒子跟服侍她的下屬性別與長相的不合，我一度懷疑過她會不會是男的。可能是因為只有一個性別的世界對我來說太稀奇，我才會這麼認真研究每個人的性別，然後對此很在意。大家都女王女王地叫，應該真的是女人吧，雖然是個美艷女子，但是跟月退根本扯不上關係，所以不列入警戒名單。

**恩格萊爾：**

西方城的皇帝。除了長得跟月退很像以外，我對他沒什麼特別的感想。反正是跟我的生活圈完全沒有關係的人，頂多是教科書一直念到很煩吧。

**伊耶：**

西方城的魔法劍衛。是個頗有實力的男人，可惜矮了點。我雖然不介意伴侶的外表，但卻很介意後代的外表，長得平凡還在接受的範圍，長得矮就無藥可救了，為了後代子孫著想，太矮的男人不在考慮範圍內。

**雅梅碟：**

西方城的魔法劍衛。大致上來說，算是個可以接受的男人，只是腦袋好像跟音侍大人一樣有點問題。後代子孫的頭腦如果有智能障礙，那可是家族史上的大汙點，因此也只能捨棄了。

**奧吉薩：**

西方城的魔法劍衛。感覺成熟、穩重，可是年紀好像又大了點。如果可以，我還是希望找年齡相近的對象，情人彷彿可以當我爸爸的感覺不太好，要是對方的其他條件真的都很棒的話還可以考慮，但好像沒有棒到這種程度。如果是月退的話，他就算已經四十歲了，我還是不會放棄啊。

**焦巴：**

一隻鳥。原本是一頭大鳥，現在是一隻小鳥，音侍大人抓來送給璧柔的禮物，感覺有點笨。要是牠敢再不知死活來打擾我的睡眠，我不保證牠身上的器官會不會突然少一個。烤小鳥應該挺好吃的？

# 東方城五侍專訪特輯

〈珞侍篇〉

記者：珞侍大人，午安，我們是約好了今天訪問的《東方城週報》記者。

珞侍：嗯，快點進行吧。（看時間）

記者：本次訪問的內容，主要是想挖掘幾位侍大人不為人知的一面，不知道珞侍大人是否有過眾人認定的形象與您本身不符的困擾呢？

珞侍：這種事情我怎麼會知道。（皺眉）你先說說眾人認定的我的形象是什麼樣子吧。

記者：好的！（翻開紀錄本）根據民眾投書「你所知道的珞侍大人」單元，您的前三名特質分別是「美少女、不苟言笑跟實力差強人意」！

珞侍：……你為什麼可以失禮到當著我的面唸出來？

記者：不讓您知道就無法進行求證與比較，這是為了讓訪問能繼續下去啊！

珞侍：這年頭東方城的記者都這麼白目嗎？

記者：您誤會了，只是不夠白目、不夠心直口快的話，在大人物面前畏畏縮縮缺乏勇氣，又怎麼問得出料來呢？我們也是用心良苦啊！

珞侍：還真說得出口……

記者：您覺得大家對您的認知是否正確？或是您自己有不一樣的見解？

珞侍：當然不正確！姑且不論後面兩項，美少女是怎麼回事啊！東方城難道沒有美女嗎？我是男的，綾侍也是男的，你們整天妄想男人其實是女的到底有何意義！

記者：大家也只是想要知名度高的人成為國民偶像，如此受到眾人的喜愛，您有什麼感想呢？

珞侍：這跟喜愛真的有關係嗎？國民偶像一定要是女的嗎？

記者：珞侍大人，雖然離題有助篇幅成長，但接下來還有跟違侍大人的約，為了我們採訪小組的項上人頭，絕對不能遲到，時間有限，我們還是回到正題吧，如果您覺得大家對您的形象有所誤解，那麼是否能請您說說看自己真實的一面？

珞侍：這……應該從何說起啊？

記者：比如說，您平時的興趣？

珞侍：……

記者：城裡都流傳珞侍大人平時喜歡研究護膚保養，一天洗三次澡……

珞侍：沒有這回事！我平時都在練習符咒！這是哪來的流言啊！（憤而拍桌）

記者：還有一個小道消息說珞侍大人您被說中心事時會惱羞成怒。

珞侍：被汙衊的時候誰都會生氣才對吧？

記者：嗯，那麼珞侍大人目前有沒有意中人呢？大家對幾位侍大人的感情世界與婚姻關係都很關心。

珞侍：我才十四歲，關心這個也太早了吧？

記者：現在的孩子都比較早熟，況且連指腹為婚也考慮進去的話，有對象也不無可能啊！

珞侍：沒有那種事！以後也不要讓我聽到有這種流言！

記者：好吧……那麼，讓我們問點比較輕鬆的話題，據說您最近跟幾個新生居民走得很近？有什麼特別原因嗎？

珞侍：交朋友需要什麼特別原因嗎？（不悅）

記者：例如其中一個長得很像暉侍大人之類的……

珞侍：你在說出這麼失禮的話的時候從來沒有考慮過後果嗎？（真的惱羞成怒）

記者：我們都是一群懷有理想的好青年！我們可以為這篇報導而死，沒有問題！隨時都準備慷慨赴義！

珞侍：去找違侍送終吧，我不奉陪了。

〈違侍篇〉

記者：違侍大人，午安，我們是約好了今天訪問的《東方城週報》記者。

違侍：為什麼你們派個小孩子來進行採訪！為什麼你頭上會有獸耳！（驚恐後退）
記者：我是新生居民啊，而且我已經是資深記者了，我們那個世界的人都有動物的耳朵跟尾巴。（站起來搖晃尾巴）
違侍：我知道了，說重點，不要浪費我的時間！
記者：好的，本次訪問的內容，主要是想挖掘幾位侍大人不為人知的一面，不知道違侍大人是否有過眾人認定的形象與您本身不符的困擾呢？
違侍：我的形象一向表裡如一，沒有這種困擾。
記者：但您在東方城居民眼中的形象是「濫殺無辜、草菅人命跟司法不公」的代表，您真的覺得這樣的形容詞沒有偏頗？
違侍：這是誰說的！毀損我的名譽不可原諒，立即拘提押入大牢！
記者：呃……這是隨機抽樣調查，現在已經不可能找出發言者了，讓我們繼續訪問吧？違侍大人。（摸摸自己耳朵上的毛）
違侍：……哼！（別開臉）
記者：很多人都在猜測，違侍大人有著不為人知的祕密，像是上次有人目擊您在街角撿了一隻貓走……
違侍：那個人一定是看錯了！（僵硬）
記者：有些愛護動物的居民很擔心您是否在進行一些危險的活體實驗，您的說法呢？

違侍：絕對沒有這回事！那些貓都活得好好的！
記者：所以您還是撿了貓回去？
違侍：……無可奉告！
記者：根據神王殿巡邏衛兵的說法，違侍閣附近總是可以聽到小動物的叫聲……
違侍：哪個衛兵幻聽，我立即把他換掉！
記者：為了保護當事人，我們不能說耶，不然聊聊您平常的興趣好了？
違侍：我不需要興趣那種東西，我是為了東方城與女王陛下而生的。
記者：可是聽聞您常常買進大量雜糧與零食，莫非您食量超乎想像得大？
違侍：那些不是我要吃的！
記者：那麼，請問用途是什麼呢？
違侍：無可奉告！
記者：違侍大人，告訴我們嘛——（尾巴搖啊搖）
違侍：……！無可奉告就是無可奉告！
記者：哎，大家也想多了解一下違侍大人私底下的樣子啊，比如說玄殿的許願牌……
違侍：我沒有寫！
記者：或者是比武大會上音侍大人從您身上偷出來的手工娃娃跟鈴鐺……
違侍：那不是我的！是他自己拿出來栽贓給我的！

記者：但是您要求他還給您耶？
違侍：你們全都聽錯了！我沒有說過那種話！（瀕臨崩潰）
記者：違侍大人，要不要喝口茶冷靜一下，我們再繼續？
違侍：不要再繼續了！今天到此為止！
記者：咦？可是都沒有採訪出什麼內容來，我回去會被罵耶。（淚眼汪汪）
違侍：……那關我……什麼……事……你到底還要問什麼問題！最後一個！
記者：太感謝了！那麼，違侍大人目前有沒有意中人呢？如果沒有的話，您理想的伴侶要有什麼條件？很多人都在好奇您這輩子到底會不會結婚呢。
違侍：回答這種問題簡直像是公開徵婚一樣，我不屑於這種寡廉鮮恥的行為！
記者：可是說不定有機會可以找到對象啊？您一個人不寂寞嗎？
違侍：一點也不寂寞！
記者：不寂寞的原因跟那些零食雜糧是買給誰吃的有關嗎？
違侍：已經超過一個問題了！送客！

〈音侍篇〉

記者：音侍大人，晚安，我們是約好了今天訪問的《東方城週報》記者。咦？綾侍大人也在啊？

音侍：啊，是啊，他常常在我這裡啦。

綾侍：我只是來監督整個過程的進行。（避免他說出太多不該說的話）

記者：首先先感謝音侍大人願意接受訪問，一開始只有您答應呢！這之後違侍大人也同意受訪，然後我們也說服珞侍大人接受了，這個企畫能夠成功，都在於您肯給我們這個機會。

音侍：啊，好說好說，說得我都不好意思起來了呢，哈哈哈。

記者：既然綾侍大人也在，能不能順便接受採訪呢？

綾侍：我拒絕。要訪問音侍就開始吧，請。

記者：這樣啊……本次訪問的內容，主要是想挖掘幾位侍大人不為人知的一面，不知道音侍大人是否有過眾人認定的形象與您本身不符的困擾呢？

音侍：什麼什麼……一下子說得好複雜，可不可以說簡單一點啊？（搞不清楚狀況）

記者：根據調查，您在民眾心目中最顯眼的三個特質是「俊美、亂來、無法溝通」，您覺得貼切嗎？

綾侍：如果要拿三個特質形容他，應該是「笨蛋、白痴、智障」才對。

音侍：喂！老頭你不是只來聽聽嗎！在旁邊毀謗我算什麼！

綾侍：請繼續。

音侍：喂！

記者：音侍大人，您覺得自己的形象符合這些形容詞嗎？
音侍：啊，當然不！我應該是熱情奔放、冒險進取加上精力十足才對吧？什麼無法溝通的，我覺得我跟大家講話都很順暢啊！
綾侍：只有你覺得順暢。不管別人說什麼，你都自己說自己的，還能不順暢嗎？
記者：我們大概了解了。不知道音侍大人您有沒有什麼雅興呢？像是琴棋書畫之類的……
音侍：嗯——這裡面我大概只懂棋吧！
綾侍：你那樣也叫懂？
記者：呃，書法呢？音侍大人您該不會不識字吧？
音侍：胡說！我草書寫得可好了！
綾侍：好到沒有人看得懂。
音侍：我真的很擅長書法啦！
綾侍：但是常常弄破紙。
音侍：啊，也不過三張破一張而已啊！
綾侍：這樣很少嗎？
記者：我們大概明白了。音侍大人還有別的興趣嗎？
音侍：有啊有啊，像是去抓魔獸之類的，啊，魔獸就是小花貓。騎著在東方城裡奔馳，好像大家都會看我，感覺很好喔！有機會可以嘗試看看。

記者：音侍大人，為什麼一定要是魔獸呢？您不能騎騎馬嗎？真的不可以嗎？（代表全東方城居民說出心聲）

音侍：馬？那是什麼？跟小花貓差不多的東西嗎？

綾侍：不好意思，請當作沒看見他的丟人現眼。

記者：聽說音侍大人最近跟一個女孩走得很近，是真的嗎？東方城有不少少女都為之心碎了。

音侍：啊，女孩？哪個女孩？

綾侍：除了小柔還有誰啊。

音侍：噢，小柔啊，不用擔心啦，小柔不嫁我，而且她還有未婚夫，總之大概就是這樣。

記者：另外，音侍大人好像偶爾會用「朕」自稱，這有什麼特殊原因嗎？

音侍：噢，你們不知道，很久以前我跟落月的皇帝可是拜把兄弟……

綾侍：你給我閉嘴。（瞪）已經問了很多問題了，我想你們的採訪可以結束了。

記者：綾侍大人，真的不能接受訪問嗎？

綾侍：我已經拒絕過了。

記者：但是這樣真的很可惜，請您……

音侍：啊，綾侍都說不要了，那就別再糾纏他了，好了好了，採訪結束，快回去吧。（不耐）對了對了，我的篇幅一定要比死違侍大喔！說好了喔！（威脅）

〈綾侍篇〉與〈暉侍篇〉因為未取得採訪同意以及找不到人，無法進行，感謝大家支持東方城週報。

【愛藏版】

# 沉月之鑰

## 第一部・卷三


作者　水泉
插畫　竹官

2024 年 1 月 25 日 初版第 1 刷發行

發行人　台灣角川股份有限公司
總監　呂慧君
編輯　溫佩蓉
書衣設計　單宇
設計主編　許景舜
印務　李明修（主任）、張加恩（主任）、張凱棋

台灣角川

發行所　台灣角川股份有限公司
地址　104 台北市中山區松江路 223 號 3 樓
電話　（02）2515-3000
傳 真　（02）2515-0033
網址　http://www.kadokawa.com.tw
劃撥帳戶　台灣角川股份有限公司
劃撥帳號　19487412
法律顧問　有澤法律事務所
製版　尚騰印刷事業有限公司
ISBN　978-626-378-303-4





國家圖書館出版品預行編目 (CIP) 資料

沉月之鑰．第一部（愛藏版） / 水泉作．--
初版．-- 臺北市：臺灣角川股份有限公司，
2024.01-
冊；　公分

ISBN 978-626-378-301-0（卷 1：平裝）．--
ISBN 978-626-378-302-7（卷 2：平裝）．--
ISBN 978-626-378-303-4（卷 3：平裝）．--
ISBN 978-626-378-304-1（卷 4：平裝）．--
ISBN 978-626-378-305-8（卷 5：平裝）．--
ISBN 978-626-378-306-5（卷 6：平裝）．--
ISBN 978-626-378-307-2（卷 7：平裝）．--
ISBN 978-626-378-308-9（卷 8：平裝）

863.57　　112017496